メクツ村
北
西
東
南
イシカ村
峠
かげの森
モリガエルの森
小川の森
まがったカシの木
見晴らし山
入口の森
かかしの小屋
かかし
荒野

ドーム郡シリーズ1

ドーム郡ものがたり

芝田勝茂・作　佐竹美保・絵

小峰書店

装幀　鳥井和昌

もくじ

まえがき
――ドーム郡小史――

わたしは、外国のいろいろな本をあつかう会社につとめております。ある日のことでした。うす暗い会社の倉庫《そうこ》の中で、妙《みょう》に気になる一冊《さつ》の本を見つけたのです。

それは、羊皮紙《ようひし》でできた、ずいぶん古いもののようでありました。そして、中を開くと、見たこともない文字が、ぎっしりとならんでいるのです。わたしは、この書物が気になってなりませんでした。何が書いてあるのかを知りたくて、いろいろな人にたずねました。

その結果《けっか》、つぎのようなことがわかったのです。

この本は、ある国の、ある時代に書かれたものであること。

けれど、書いてある内容《ないよう》は、その国の、その時代のことではない。

ここに書かれてあることがらは、その国よりもずっと古く、遠い時代、遠い国のことであり、正確《せいかく》な場所、正確《せいかく》な時代を知ることは困難《こんなん》である。たぶん、民族から民族へ、時代から時代へと、この本の中身が、ことばを変えてうけつがれてきたものなのだろう。

――ざっと、そんなことでした。さいわいにも、わたしは、この書物の内容《ないよう》を知るための手がかりを、たずね歩くうちにえることができました。もっとも、それは、この本のことばを訳《やく》すための、辞書《じしょ》と、文法書のことだったのですが。

それから毎日、わたしは、会社から帰ると、この本の解読《かいどく》に必死《ひっし》になってとりくみました。読みすすむうちに、この本の中の話が、わたしの心をあたたかくし、夢中《むちゅう》にさせたのです。一年が、あっというまにすぎました。そしてようやく、この本の、ほんの一部ですが、訳《やく》しおえることができたのです。

ここに公開するのが、その一部であります。書物の題を、『ドーム郡小史』と申します。ある国の、ある時代に、「ドーム郡」という地方があったのです。この本は、そのドーム郡の歴史をつづったものらしいのです。

みなさんにご紹介《しょうかい》するのは、「ドーム郡小史・最初の試練」の部分で、副題《ふくだい》として、「クミルの旅」となっております。ドーム郡の、心やさしい娘《むすめ》、クミルの話です。読んでいただくとわかりますが、彼女《かのじょ》は、ドーム郡の歴史に大きな影響《えいきょう》をあたえた人です。その勇気と明るさは、ドーム郡の人々だけでなく、いまのわたしたちにも希望《きぼう》をもたらしてくれると信じております。

訳者《やくしゃ》しるす

プロローグ　クミル、先生となる

いったい、いつ、そもそもの話がはじまったんだろうと考えるとき、クミルはいつも、ヒース先生が、ヒナギクの花束《はなたば》をかかえてクミルの家にやってきた日のことを思いだします。

春でした。その日、クミルはテーブルを庭に出し、お昼ごはんのしたくをととのえていました。いつものように小鳥たちがやってきます。ところがその日はやってくる小鳥の数がいつもより多いのです。クミルは用意したぶんの食事で足りるかな、と、心配になりました。でも、足りなきゃじぶんのぶんをあげよう、と思って、「いただきます」と、小鳥の声で鳴いてみました。

待ちかねたように、小鳥たちは、いっせいにテーブルの上にひろげたごちそうをついばみはじめます。

「きょうのはね、この芽キャベツをきざんだのと、野イチゴとタラの芽のサラダ。それに、去年の秋からしまっておいたとっときのクルミ、あと、シイの実とカシの実よ。おいしいでしょ！」

と、クミルが能書《のうが》きをいっても、だれも聞いていません。あれ、いまの鳴き声、通じなかったのかな？　と気になっていると、一羽《わ》のコマドリがじろりとクミルを見て、こう鳴きました。

「しゃべってると、なくなるよ！」

クミルはおかしくなって、

「どうしてきょうは、こんなにお客様が多いの？」

と、そのコマドリにたずねました。

「評判《ひょうばん》を、聞いたのさ」

という返事です。あとは、ついばむのにいっしょうけんめいです。

ところが、突然《とつぜん》、みんな食べるのをやめ、おたがいに顔を見あわせました。そして、口々にさえずりだしたのです。

どうやら、別のお客様のようでした。それも人間、の。

「ヒース先生！」

クミルは、森の中にむかってよんでみました。すると、ノイバラのしげみをかきわけて、ひとりのおじいさんがあらわれました。クミルのたいせつな友だちで、いろんなことを教えてくれる先生でもある、ヒース教授《きょうじゅ》です。そのかっこうを見て、クミルは思わずくすくすわらってしまいました。どうしたことか、いつもは木こりのおじいさんみたいに、山歩きにぴったりの服を着ているヒース先生が、まるで結婚式《けっこんしき》に出るような正装《せいそう》に、ヒナギクの花をいっぱいかかえてやってきたのですから。ところが、ヒース先生が、にこにこわらっていったことばを聞いて、クミルは、うれしさとはずかしさでいっぱいになりました。

「誕生日《たんじょうび》おめでとう！　わしのいちばんの優等生《ゆうとうせい》、クミルや」

——そうでした。きょうは、クミルの、十七歳《さい》の誕生日《たんじょうび》だったのです。父も母もいない、森の中の、たったひとりのクミルの誕生日《たんじょうび》を、自分でもわすれていたというのに、ヒース先生がおぼえていてくれた。それなのに、先生のかっこうがおかしいなんてわらってしまった。クミルは、思わず、

「ごめんなさい。ありがとう、ヒース先生」

といいました。ヒース先生は、白くて長いあごひげをさすって、いつものようにうなずきました。それから
ふたりは、いっしょに昼食をとることにしました。

「あいかわらずのようじゃな、クミル。森は、変わりはないかな？」

「ええ、みんな元気です。ごらんのとおり、このごろ、お昼にやってくる小鳥たちもふえたんですよ」

「ふむ。おまえの小鳥語も、だいぶ上達したようじゃな。何か新発見でもあるかね。——このタラの芽はうまい！　新芽にかぎるな」

小鳥たちに負けずにヒース先生もせっせと食べながら話します。

「新発見といえば、このごろわかったんですけど、野ネズミとスズメは、鳴き声も、ことばも、ほんとによくにてるってことですね。そう思われません？」

「だが、野ネズミには哲学者《てつがくしゃ》や詩人がいるが、スズメにはいない。ちがうかね？　総《そう》じて、翼《つばさ》のある鳥たちは、深くものを考えないだろう。もっともわしは、おまえのように小鳥とペラペラしゃべれるわけではないから、これはカンだがね。あいた！　これ、わしの指をつつくな！」

しばらくは動物たちのことや、昼食の木の実やお茶の話に花がさきました。ほかの人間がくるときは遠慮《えんりょ》する小鳥たちも、ヒース先生がいっしょのときは逃《に》げたりすることもなく、にぎやかなお昼どきです。

でも、その日、なぜかヒース先生はそわそわして、小鳥たちにむかって、

「おまえたち、もうおなかいっぱいだろ？」

などと通じもしないのに人間のことばでいうのです。クミルは口笛《くちぶえ》をふくようなふりで、

「もう行きなさい。ヒース先生がお話があるみたいだから」

と、こっそり小鳥につたえました。すぐにみんな、テーブルから飛びたちます。ヒース先生はにやにやして、

「おせっかいのクミルめ。何かいったな？」

といいます。クミルはにっこりして、いいました。

「きょうは、特別《とくべつ》な講義《こうぎ》でもあるんでしょ？　さっきから、おっしゃりたくてたまらない、って顔ですもの」

「ふむ、特別《とくべつ》な講義《こうぎ》、とはうまくいったもんじゃ。実はのう、クミル。わしはきょう、おりいって、おまえに話があってきたんじゃよ」

ヒース先生は、まじめな顔でいいました。クミルは、思わず、「ノートをとりましょうか？」と冗談《じょうだん》をいいそうになりましたが、やめました。ヒース先生は、ぼそぼそと話しはじめます。

「長いこと、おまえは、わしのよい生徒じゃった。はじめて森で出会ってから、おまえは、わしの特別《とくべつ》な生徒として、また先生として、わしの持っている、あらゆる自然についての学問と知識《ちしき》をよく習ってくれ、ま

た、わしに、いろんなことを教えてくれた。わしには、大学*で多くの教え子がいるが、おまえよりずっと年上で、ずっと知識《ちしき》もあるくせに、ろくなおとなになってくれん。それどころか、このごろは、自然についての学問などくだらない、という教え子まで出てくるしまつじゃ。――ま、それはどうでもよいことじゃが、きょうの話のひとつは、おまえに、卒業証書《しょうしょ》をわたすことなのじゃ。うけとってくれんか？　クミルや」

　そういって、ヒース先生は、クミルに、一枚《まい》の紙をわたしました。それは、「カーサ大学卒業証書《しょうしょ》」という、りっぱなものでした。クミルはびっくりしました。

「だって、ヒース先生、わたし、先生の教えはうけましたけれど、大学には行ってません！　こんなの、もらうわけにはいかないし――」

「また、役にもたたん、つまらぬ紙きれでもある、といいたいのじゃな、クミルや。それは、そのとおりなのじゃ。おとなの中には、大学へもこずに、この紙きれを金で買うものもいる。じゃが、わしのいう意味は、おまえに教えることは、すべておわった、ということなのじゃよ。その、ひとつのしるしが、この紙きれだと思ってくれればよい」

「どうして、そんなことをおっしゃるんです？　ヒース先生。自然について学ぶには、人の一生ではすくなすぎるとおっしゃったのは、先生じゃありませんか！」

　そういってから、クミルはあることに気がつきました。

「まさか、先生――」

　ヒース先生は、ゆっくりとうなずきました。

「そうなのじゃよ。クミル。わしは、大学をやめて、しばらく旅に出る。その前に、おまえに会って、お別れをいっておこうと思ったのじゃ。ひとつは、そういうことじゃ。さて、もうひとつは、この、人里離《ひとざとはな》れた森の中で、たったひとりでくらしている、動物と小鳥と、うたとおどりのすきな娘《むすめ》のことなのじゃ」

ヒース先生は、クミルをじっと見つめました。その目には、とてもやさしいぬくもりがありました。

「おまえには、ほんとうにこの森がにあっておる。もめんのスカートをはいて、小鳥といっしょにうたい、子リスやウサギの世話をすることや、木もれ陽《び》をあびてダンスをしたりすることがな。おまえのすんだ目には、どんなけものも疑《うたが》いを持たぬ。じゃがクミル、わしは考えた。そうして、森の中で一生をすごすのが、はたして人間の娘《むすめ》のしあわせなのじゃろうか、とな。クミルよ。わしは、おまえに、ここを出ろ、そういいたくてきたのじゃよ」

「この森を？　わたしが生まれ育ったこの森をですか？」

「そうじゃ。いつかはこの日がくると思っていた。おまえも、この森の北の山のいただきに登ったことがあるだろう。山あいのむこうに、遠くかすんで見えるところについて、聞いたことがあるじゃろう。アイザリア*の南に、わすれられたように残っている古い土地。人々の心がおだやかで、平和このうえもないところ。わしは、クミル、おまえがそこで、この森でくらす以上に多くのことを学び、たのしく生きていけると信じておる――たのしく、というのはすこしちがうかもしれん。つらいこともあるかもしれん。だがな、クミル。

*訳注――原文では、「若者訓練所《ダサラージュ》」。原注に、「ドーム郡の優秀《ゆうしゅう》な子弟《してい》を集め、教えたところ」とある。
*訳注――「アイザリア」所在《しょざい》不明。

わしはおまえに、自然のことだけでなく、もっといろんなことを知ってもらいたいのじゃよ。おまえを、いわゆる世の中に出してみたいのじゃ。それが、おまえにとって、いちばんよいことのような気がするんじゃ」


クミルの心に、ひとつのことばがこだましました。クミルは、その名を小さくいってみました。

「ドーム郡――」

ヒース先生はうなずきました。ドーム郡。話には聞いていました。北の山のいただきで、きらきらかがやく川、家々、森を見て、そこがドーム郡とよばれ、人々がしあわせにくらしているところだと知って、クミルはいつか、そこへ行ってみたいと思っていました。もし、行けるものなら――。

「ヒース先生。でもわたし、ドーム郡には身よりもないし、住む家もありません。それに何より、いったいわたしに、ドーム郡で何をしろとおっしゃるのです？」

「おまえに、ぴったりの仕事じゃよ、クミル。おまえが、ずっと前から、やりたいと思っていたはずの仕事をするんじゃよ、クミル」

クミルのやりたい仕事？　それは、ひとつしかないのです。ヒース先生の話を聞いたり、森をおとずれる人から聞いた、いろんな仕事の中で、クミルがいちばんやってみたかった仕事！

「ヒース先生！　わたし、いつかは、この森を出て、ドーム郡に行きたいと思っていました。そして、その仕事ができたら、どんなにいいだろうと思っていました。でもわたし、ほんとうになれるんですか？」

ヒース先生はうなずきました。

「やってみるかね？　クミル。子どもたちの先生を！」

クミルは、いすからはねあがりました。くるくるまわって、ダンスをしてみました。

「やっほう！　子どもたちに、いろんなことを教える先生？　ダンスも、うたも、それに、自然のことを、いっぱい？　ヒース先生、ほんとに？」

「ここに、ちゃあんと、ドーム郡からの正式な任命書《にんめいしょ》を持ってきたよ、クミル。思うぞんぶん、やってごらん」

――まったく突然《とつぜん》のことでした。でもとにかく、そんなわけで、クミルは、夢《ゆめ》にまで見た、子どもたちの先生になることになったのです。


とある春の日、クミルは森の家をきちんとかたづけ、小鳥やリスの巣《す》に、たくわえてあったヒマワリの種やアサの実、木の実や草の芽などのごちそうをくばりました。あまったぶんは、クミルがいなくなってからもしばらくは、やってきた小鳥たちがっかりしないように、何日ぶんかのお昼ごはんにして、家の庭に置いておきました。そして、住みなれた森に別れをつげて、「ドーム郡」へとむかったのです。

第一章　ラノフ公立学校＊

「クミルさん。

あなたを、この春より、ラノフ公立学校の先生として任命《にんめい》します。わたしたちの期待にこたえ、がんばって、子どもたちとなかよく、いい先生になってください。

ドーム郡長官　ラタル　」


ラノフ公立学校の校長先生は、クミルの任命書《にんめいしょ》を小さな声で読み、もう一度クミルの、頭のてっぺんからつま先まで、じろりと見ました。

「ふうむ。――いや、失礼。しかし、正直なところ、びっくりしましたな。カーサの大学のヒース教授《きょうじゅ》から聞いてはいたのですが、その、新任《しんにん》のクミル先生というのが、こんなに若《わか》い娘《むすめ》さんだとは。ま、しかし、年をくってりゃいいってもんじゃない。あなたは、ヒース教授《きょうじゅ》の秘蔵《ひぞう》っ子として、全教科にわたって優秀《ゆうしゅう》だということも知っています。『とりわけ動植物に関する知識《ちしき》、野外における経験《けいけん》に関しては比類《ひるい》なし』と、ヒース教授《きょうじゅ》が最大級の賛辞《さんじ》をしておられる。さしずめ、クミルさんは、『自然の先生』ということになりますかな。このラノフの学校では、先生がたは、それぞれにとくいの分野があって、自分のいちばんよいものを、子どもたちに教えることになっております。あちらにおられる先生がたも、それぞれ、『絵の先生』『算術《さんじゅつ》の先生』『ことばの先生』というふうに、自分の専門《せんもん》をお持ちだが、それをしんにして、子どもたちにすべてのことを教えるのです。ひとつのことがじょうずにできるようになれば、あとはほかのことにもいくらでも応用《おうよう》できますからな。――さて、もうあなたのクラスは編成《へんせい》してあります。元気のいいのが、集まっておる」

「どんな子どもたちですか?」

校長先生は、クミルに名簿《めいぼ》をくれました。それによると、下は六歳《さい》の女の子から、上は十二歳《さい》の男の子まで十五人のクラスでした。クミルは、すぐに、その名簿《めいぼ》をかかえて、はりきって教室に出かけようとしました。すると、まわりで不安そうに見ていた先生のひとりがクミルをよびとめました。

「クミル先生。――『ことば』を教えているヨーといいます。がんばってください。忠告《ちゅうこく》をしておきたいのですが、子どもを教えるというのは、気長に、尊敬《そんけい》と信頼《しんらい》をかちとっていくということです。きびしさをわすれないでください」

「はい、ヨー先生、がんばります」

＊訳注――「学校」ということばは、この時代にはない。原文では、「子どもの牧場《スラージュ》」となっているが、便宜《べんぎ》上、および性格《せいかく》上、こう訳《やく》した。「先生」も、原文では「子ども番《スリム》」というほどの意味である。

すると、ほかの先生も、いろいろいいだしました。

「子どもにとってたいせつなのは、しつけです。それを、わすれないように」

「クミル先生。まず、自分の弱点を知ることです。それをわすれないでね」

「最初に会ったとき、きびしい顔をすることもだいじですよ。それから、すこしずつ、やさしくしていくんです」

クミルは、ひとつひとつうなずいて聞きましたが、きりがないので、

「ありがとう、みなさん！　がんばります！」

とさけんで、いきおいよく教室にむかいました。いわれたことはすっかりわすれていました。だって、子どもたちが待っているんですから。


クミルが教室に入ると、十五人の子どもたちがきちんと席にすわって待っていました。クミルはすっかりうれしくなってさけびました。

「やっほう、みんな！　元気？」

子どもたちは、ぽかん、としてクミルを見つめます。それから、いちばん年上らしい少年が立ちあがって、

「ねえ、お姉さんはだれ？　ぼくらの先生は、まだこないの？」

といいました。クミルは、くすっとわらって、自分を指さしました。

「みんなの、目の前！」

そのとたん、十五人の子どもたちは、

「やったぞ！」

「こわくないや！」

とさけびだしました。

「遊べるぞ。うれしいな」

「勉強したくないもん」

「ちっとも先生みたいじゃないぞ」

「うちのお姉ちゃんみたいだ」

クミルは、机《つくえ》を思いきりたたいて、みんなの三倍《ばい》はある大声でどなりました。

「静かにしなさあい！」

教室は、しゅん、としました。子どもたちの目を見て、すぐにクミルは、みんなが何を考えてるのかわかりました。森のヤマネコたちと同じです。クミルが出した声よりも、もっと大きな声でさわごうか、それとも、このままおとなしく引きさがろうか、ちょっとのあいだ、考えているのです。

クミルは、小さな声で、子どもたちにささやきかけました。

「わたしの名はクミル。みんなの先生になったの。森の中からやってきたの。何をしにきたと思う？」

それから、ほんとに小さな声で、聞きとれないくらいにこっそりと、こういいました。

「――みんなと、いっぱい遊ぶため、よ！」

——教室はもう、大さわぎです。こんなふうにして、ドーム郡での、ラノフ公立学校教師《きょうし》としての第一日がすぎたのでした。

つぎの日から、クミルと子どもたちの「授業《じゅぎょう》」がはじまりました。クミルは、ヒース先生に教わったことを全部、子どもたちに教えるつもりでした。

朝、教室で顔をあわせると、すぐ、クミルと子どもたちは、スケッチの道具や弁当《べんとう》やノートをかばんにつめこんで、ドーム郡の野山を歩きはじめました。このドーム郡は、一歩町の外に出ると、その季節《きせつ》ごとの花々や草木の種類がとても多く、けしきをはなやいだものにしていました。そして、小さな森があちこちにあり、クミルの住んでいた森と同じくらいたくさんの動物たちでいっぱいでした。

最初にクミルが教えたことは、動物たちとなかよくなることです。つる草をからだじゅうにまいて、子どもたちをみんな、そこいらの草や木に変装《へんそう》させました。そして、すこしずつ、森の中に入っていきます。リスや、ウサギを見つけたら、みんな息をとめ、うごかないで、じっと立っているのです。もちろん、だれかがかならずわらったり、うごいたりして、動物たちは逃《に》げていきます。そのあとで、リスのまね、つまり、顔つきとかしぐさを、みんなでやってみるのです。子どもたちもいろんな遊びを考えつきました。鳴き声のあてっこをしたり、しぐさだけでどの動物かを考えたり、フキの葉っぱなどで動物のお面をつくってみたり。それからラノフの学校の裏《うら》の森に、森の家をつくることになりました。もちろん、だれにもないしょのかくれがです。ときには一日じゅう、森の家ですごしたりすることもありました。

でも、森の中でぼんやりしていたわけではありません。クミルなりに、授業《じゅぎょう》はくみたてられていたのです。「食べること」「うたうこと」「うごくこと」の三つでした。

食べることとは、クミルのとくいなことです。春に野山に見られる草や木のほとんどの若芽《わかめ》が、とてもおいしいことを子どもたちは知りました。鍋《なべ》で煮《に》たりするとか、ちょっと焼くとか、ほんのすこし手をくわえるだけで、いつも見ているふつうの草が食べられることに、みんなびっくりしています。

「動物が食べているものはね、だいたいなんだって食べられるのよ」

と、クミルはいいます。

「おなか、こわさない？」

と、みんな心配そうでしたが、しまいには、とてつもなくにがいタンポポの根っこまで食べはじめ、

「けっこう、いけるよ」

なんていう子も出てきて、クミルをあわてさせました。

うごくことは、子どもたちのいちばんとくいなことです。ドーム郡のあちこちを走ったり歩きまわったりして、地図をつくりました。どこにリスがいて、どこにウサギの巣《す》があって、どこにおいしい野イチゴがあるか、というようなことを、教室いっぱいの大きな地図に、どんどん書きこんでいきました。そして、まだ名前のついてないところには、みんなで考えた名をつけました。ゲレンの山のふもとの森には、リラの花がさいていたので「リラの森」。「青ブドウの小道」や、「ヒナギクの丘《おか》」、それに「わたげの野原」などです。とりわけリラの森は、小さな広場があるので子どもたちの大すきなところでした。そこで、みんなで走った

りおどったり、うたをうたったりしました。

うたについては、子どもたちのほうがクミルよりずっと知っていました。ドーム郡には、おどろくほどたくさんのうたがあったのです。それに、どういうわけか、みんな、とてもうたがじょうずで、おどりも、ちょっと教えただけで、すぐに自分のものにしてしまいます。秘密《ひみつ》の森の家は、いつもうた声でいっぱいでした。

十五人の生徒は、クミルが、動物や植物についてたくさんのことを知っているのにすっかりおどろいたようで、クミルのことを、たよりがいのあるお姉さんと思ったようでした。そのお姉さんというのが、うたもおどりも、子どもたちよりたのしんで、気分よくやっていたわけです。

もっとも、すべてがすべて、うまくいったというわけではありません。まわりの先生たちは、クミルのやっていることに、あまりいい感じを持ってくれませんでした。

「クミル先生。あなたの生徒たちは、どうも、礼儀《れいぎ》を知りませんな」

と、あるとき、『ことば』を教えているヨー先生がいいました。頭がよくてすらりとしていて、でもちょっと理屈《りくつ》っぽい先生です。

「何か、うちの生徒が、失礼なことでも?」

「あいさつです。おはよう、こんにちは、を、あなたの生徒たちはいってませんね」

「まさか。——わたし、いつも、あいさつはきちんとするようにいってますよ?」

「とんでもない。けさだって、わたしはびっくりしたんだ。あなたのクラスの、あの年上のタギ、って子。

わたしの顔を見るなり、何といったと思います？」

「おはようございます、じゃなくて？」

「そう！　タギは、こうさけんだのですぞ、『グギャア！　グギャア！』こともあろうに、教師《きょうし》のわたしにむかって！」

クミルはわらいだしました。ヨー先生は、ますますおこって、

「それどころか、六歳《さい》のミズカちゃん、あのかわいい女の子がですな、わたしを見るなり、『グルルルル……』と、うなるんですぞ！」

「すみません、おどろかせて。――でもヨー先生、それ、みんな、あいさつなんです」

「あれが？　あれがあいさつ！」

「そうです。わたしが教えたんです。グギャア、グギャアっていうのは、白サギので、グルルルルっていうのはヤマネコなんです。おはようっていうよりは、おっす！　っていうような感じで、たしかにあんまり品はよくないんですけどね。でも、そんなのばかりじゃなくて、ベニヒワの朝のあいさつなんて、すごくかわいいのに――ピーコロコロ、っていうんですよ」

ヨー先生は、あきれて両手をひろげました。

「まあ、あとで文句《もんく》が出なきゃいいんですがね。わたしは、あなたのやりかたを理解《りかい》しているつもりです。理解《りかい》はしているけれど――」

「うれしい！　だったらだいじょうぶです」

まあ、とにかく一年ぐらいは、この、わがままな、子どもっぽい女の子の先生をだまって見守りましょう、というのが、ラノフの学校の先生たちの暗黙《あんもく》の結論《けつろん》でした。それでクミルたちは、思いどおりの毎日をすごせたのです。

なりたかった先生になれ、子どもたちにかこまれ、大すきな野山を歩きまわることができて、クミルの日々は、きらきらかがやいていました。

夏になりました。クミルのクラスでは、ドーム郡でいちばん見晴らしのいい、マイオーク山に登ることになりました。六歳《さい》のミズカが登れるかどうかクミルは心配でしたが、年上のタギが、

「だいじょうぶ、クミル先生。ぼくらがめんどうを見るから」

というので、つれていくことにしました。みんな、ふうふういいながら、頂上《ちょうじょう》めざして登ります。

のぼるときは　つらい
この道は　長い
だけど　歩こう　丘《おか》の上まで
苦しいことは　いつかはおわる
そうさ　雨があがれば　虹《にじ》が

丘《おか》のむこうに　かがやいている
ぼくら　これから
遠くまで　行くんだ

子どもたちのうた声は、山々にこだましていきます。

雨あがりの　虹《にじ》は
まだ　遠いけど
ほら　風がふくよ　この道
もうすぐ　きみに　きっと会える
そうさ　丘《おか》のむこうには
きみの　なつかしい笑顔《えがお》があるさ
だから　歩こう
この　白い道

マイオーク山の頂上《ちょうじょう》は、すばらしいながめでした。北のほうにはゲレンの山がそびえ、そのむこうは雲がかかって見えません。ドーム郡の町なみが、夏の陽《ひ》ざしに光っています。

「あそこを流れているのがラノフ川。東の山々から、西にむかってゆったりと流れているわ。そのすこし上が、わたしたちの、ラノフの学校よ。そして、その上がリラの森、あっちは……」

クミルがみんなに説明《せつめい》しているときでした。タギがクミルをつつきました。

「だれかが見てるよ、ぼくたちのこと」

見ると、クミルたちからすこしはなれて、ひとりの男の人が、クミルたちをじっと見つめています。きちんとした身なりで、それに、目つきが悪いというわけでもありません。

「クミル先生、だれ？　あの人」

「さあ？」

その人は、クミルと目があうと、あわてて目をそらしました。まだ若《わか》い人です。

「さっきから、ずっと、あとをついてきたみたいだよ」

と、タギはいいます。

「用があるなら、こっちにくるでしょ」

クミルはそういって、気にしないことにしました。その人は、クミルたちとことばをかわしたくないようでした。けれど、たしかに、その人は、そのあともずっと、クミルたちのあとからやってきて、じっと見ていました。

その日クミルは、どうやって、がけっぷちから谷川の水を飲むかということをみんなに教えました。かんたんなことです。つる草の長いのを結んで、その先に手ぬぐいをしばり、谷川の水にひたして、ひきあげればよいのです。水のたっぷりしみこんだ手ぬぐいをしぼれば、どんながけっぷちでも、谷川の水を飲むことができます。

「でもこれは、こまったときに使う方法よ」

「でなきゃ、汗《あせ》くさくって！」

帰り道、クミルは、ウグイスのことばをみんなに教えました。

「いまからやるのは、『こんにちは』っていう意味よ」

そして、クミルが鳴いてみます。すると、すぐに、しんとした森の中から、ウグイスが返事をしてきました。みんな大よろこびです。

「こんどは、ぼくがやってみる！」

「わたしも！」

と、すぐにみんな、クミルのまねをはじめました。森の中は急ににぎやかになります。それが、ひとわたり静まったところで、本物のウグイスが、ちょっと変わった鳴きかたをしました。

「ねえクミル先生、いま、何ていったの？」

「こういってたわ。『聞いてられねえや、へたくそども！』」

わらい声がいっせいにおきました。

「あしたは、いよいよラノフ川の上流探検《たんけん》に行きまあす！」

「やったあ！」

と、歓声《かんせい》。

「うまくいけば、カワウソが見られるかもしれません」

「ほんと！」

みんなの目が、かがやきます。

「いつものように、スケッチの道具、ノート、それにお弁当《べんとう》をわすれないように。解散《かいさん》！」

「さよならクミル先生！」

「たのしいあしたでありますよう、クミル先生！」

みんな、口々にあいさつして帰っていきました。――気がついてみると、クミルたちを見ていた男の人は、どこにもいませんでした。

第二章　ふたつのうそ

秋のはじめの夕暮《ゆうぐ》れどきでした。クミルは、ドーム郡のまん中を横切って流れている、ラノフ川の橋のたもとまでやってきて、ふと足をとめました。

橋の上で、ふたりの子どもが何か、いいあらそいをしているのです。

ひとりは、クミルのクラスの元気のいい男の子、タギです。そして、もうひとりは、ヨー先生のクラスの、やはりいちばん年上の女の子、モールでした。ふたりは、クラスはちがっていても、いつもとてもなかがよく、タギはクミルに、モールのことをよく話していました。頭がよくて、すばしこい目をして、ちょっと冷たくて生意気《なまいき》で、でも、とってもかわいい子なんだ、と。なかがよすぎて、けんかしているんだとクミルは思い、ひやかしてやろうと、ふたりのところにむかいました。ところが、ふたりはクミルに気づかず、こういいあっていたのです。

「クミル先生が学校をやめさせられたりするもんか！」

と、タギがさけびました。モールは、ふんとわらって、

「タギなんて、何も知らないくせに、おばかさん！　おてんば娘《むすめ》の子分のくせに！」

と、品のない悪口をいいます。おやおや、けんかの原因《げんいん》はわたしのことだったのと思い、ちょっととまどいながら、クミルはふたりのところにかけよりました。ところがクミルが、

「ふたりとも、けんかはあした！」

といったとき、タギは、

「こいつ！」

とさけんで、モールをつきとばしたのです！　橋の手すりに腰《こし》かけて、足をぶらぶらさせていたモールは、悲鳴をあげて、ラノフ川にまっさかさまに落っこち、ばしゃん！　と水しぶきをあげました。

「タギ！」

「クミル先生！　どうしよう！」

「すぐに人をよんできて！」

そうさけぶと、クミルはモールのあとを追って、橋の上から、ラノフ川にとびこみました。クミルは谷川で、よく水浴《みずあ》びをしていましたから、泳ぎはとくいです。ラノフ川の水かさは多く、しかも、ゆったりとした流れでした。クミルは夢中《むちゅう》になってモールのところに泳ぎつき、気を失っているらしいモールを岸辺《きしべ》にひっぱりあげました。

岸辺《きしべ》には、タギがよんできたおとなたちがやってきて、すぐに火をおこし、クミルといっしょにモールの

介抱《かいほう》をしました。やがてモールは気がつき、泣《な》きじゃくりはじめました。クミルたちはほっと胸《むね》をなでおろしました。

「まあ、よかった、よかった」

「それにしても、勇敢《ゆうかん》な娘《むすめ》さんだ」

「まったく」

クミルたちが服をかわかしていると、まもなく、ドーム郡の役人がかけつけてきました。そして、まわりの人に、事情《じじょう》を聞きました。

「すると、川に落っこちたこの女の子を、あなたがたが助けあげたわけですか？」

「いや、助けたのは、そちらの娘《むすめ》さんだ」

「実にたいしたもんだよ」

役人は、さらにたずねました。

「では、この女の子は、なぜ、川に落っこちたのです？」

みんな、首をかしげました。クミルは、何といってよいか、こまってしまいました。タギは、クミルを見て、青ざめています。

そのときでした。それまでだまってふるえていたモールが、突然《とつぜん》さけんだのです。クミルをまっすぐ指さして、

「この人よ！　この人が、わたしをつきとばしたの！　クミル先生が！」

クミルはびっくりしてモールを見つめました。モールの目には、にくしみさえありました。モールが、なぜ、そんなことをいうのか、クミルにはまったくわかりませんでした。まわりの人たちは、そのことばにおどろき、いっせいにざわめきました。

「まさか。この子は何をいってるんだ！」

「だが、子どもがうそをつくわけがない」

「へえー、ラノフの先生が！　子どもを川につき落とした！」

そんなささやきが聞かれました。役人は、するどい目をクミルにむけました。

「これは、とんでもないことだ。ほんとうですか。だとすれば、たいへんな事件《じけん》ですぞ、これは。ラノフ公立学校の、クミル先生とおっしゃいましたな？」

「――ええ。そうです。クミルといいます」

そのとき、はじめてタギが、歯をくいしばりながら、さけびました。

「ぼくです！　ぼくが、やったんです！モールは、うそをついているんです！ぼくが、モールとけんかして、つきとばしちゃったんです。クミル先生はモールを助けただけなんです！」

クミルは、はっとしました。このままだとタギがたいへんなことになる。しかも、けんかの原因は、ほかならぬクミルのことです。とっさにクミルはいいました。

「タギ、あなたはだまってなさい」

それからクミルは役人に向きなおっていいました。

「わたしが、モールを川につき落としました。それに、まちがいはありません」

まわりの人々から、怒《いか》りの声があがりました。

「なんてことだ！　ひどい！」

「かりにも教師《きょうし》じゃないか」

役人はいいました。

「クミル先生。このことは、報告書《ほうこくしょ》として郡庁《ぐんちょう》にとどけます。のちほど、あなたへの通知がくると思います。それまで、待っていてください」

クミルはうなずきました。人々は帰りはじめました。モールはクミルから目をそらし、タギに、ふんといった調子で顔をそむけ、帰っていきました。

「クミル先生、どうしよう！　たいへんなことになっちゃった！」

と、タギがいいます。

「あなたは心配しなくていいの。わたしは先生なのよ？　きょうのことは、もうおわすれなさい」

と、クミルはタギに、やさしくいいました。タギは、うなずいて帰りました。

そしてクミルは、ラノフ川を見ながら、この突然《とつぜん》ふってわいた事件《じけん》について、もう一度考えてみました。

——わたしは、何かまちがったことをしたのだろうか？　わたしは、うまれてはじめて、うそをついた。でも、それがまちがっていたとはどうしても思えない。うそといえば、モールもうそをついた。わたしは、そのうそを、わたしもうそをつくことで認《みと》めてしまった。モール！　あなたはきっと、苦しむにちがいない。でも、モールはきっと、いつか気づいてくれる。それなら、わたしは、自分のついたうそを守らねばならない。なぜって、わたしは、タギの先生でもあるけれど、モールの、同じ学校の先生でもあるのだから。――クミルは、ひとりでうなずきました。そうなのです。子どもを守るのは先生の役目。クミルは、そんなふうに思ったのでした。

ラノフの学校は、大さわぎになりました。学校だけでなく、ドーム郡は、この前代未聞《ぜんだいみもん》の「先生が生徒を川につき落とした事件《じけん》」でもちきりでした。タギは、みんなに、必死《ひっし》になってほんとうのことをいったのですが、だれもとりあってくれませんでした。みんな、タギがクミルをかばっていると思ったのです。一方、モールは、けっして自分のいったことをひるがえしませんでした。クミルは、しばらくのあいだ、学校を休むようにいわれました。そして、ドーム郡庁《ぐんちょう》では、クミルの裁判《さいばん》を行うことに決まりました。ひさしく事件《じけん》の起きたことのないドーム郡で、この裁判《さいばん》は、人々のうわさの種でした。

そのときになってはじめて、クミルは、いままでふつうにつきあっていた人たちのことを、深く知るようになりました。それまで、ずいぶんいい人だと思っていた人が、クミルのことを急に、けがらわしいものであるかのように見たり話したりしていました。また、その反対に、それまでクミルのことをきらっていると思えた人たちが、実は、クミルを、すっかり信じてくれていたりするのです。とりわけ、クミルのクラスの子どもたちと、その父や母は、ドーム郡庁《ぐんちょう》にかけあったり、いっしょうけんめい、クミルの身を案じてくれました。

不安なままに、ただじっと待っているだけの日々がすぎて、いよいよ、クミルの裁判《さいばん》が開かれることになりました。場所はドーム郡庁大講堂《ぐんちょうだいこうどう》、子どもは裁判《さいばん》にくることができません。つまり、クミルひとりの裁判《さいばん》なのです。でも、クミルはちっとも悲観していませんでした。それよりも、早く処分《しょぶん》を決めてもらいたいと思っていたのです。なぜならモールを助けたのも、クミルなのですから——と、そんなふうに、クミルは軽く考えていたのでした。

第三章　学校ってものは！

「それでは、ラノフ公立学校のクミル先生に関する裁判《さいばん》を、シェーラとタウラ*の息子《むすこ》たち、娘《むすめ》たちの名においてただいまからはじめよう」

裁判《さいばん》長、ドーム郡副《ふく》長官のラガ判事《はんじ》が口をひらきました。傍聴《ぼうちよう》席は、ドーム郡の人々でいっぱいです。

「裁判《さいばん》はひさしぶりのことなのだが、こういうことでもないと、ドーム郡の人々がみんな顔をあわせる機会がないので、わたしからみなさんに、ごきげんよう！　と、あいさつをさせていただこう。長官のラタルからも、よろしくとのことです。ドーム郡は、いつもと変わらず、平和でうまくいっています」

傍聴席《ぼうちようせき》からも、それに答えて声がありました。

「ラガ判事《はんじ》、ひげが白くなったんじゃないか」

「わしらからも、ラタルさんによろしく！」

＊訳注――「シェーラとタウラ」ドーム郡の由来にまつわる伝説《でんせつ》上の人物。後出。

ラガ判事《はんじ》は、しばらく待ってからいいました。

「きょうの裁判《さいばん》の、検事《けんじ》を紹介《しょうかい》しておこう。わたしと同じく、副《ふく》長官のヒショー君だ」

検事《けんじ》席から、ひとりの、目のするどい役人が立ちあがり、傍聴《ぼうちょう》席に目礼しました。こんどは、みんな、しん、としています。

「さて、それでは、はじめよう。これは、非常《ひじょう》に、むずかしい、やりにくい事件《じけん》だ。いろいろいわれているのを、わたしも知っている。とにかく、女の子がひとり、ラノフ川の橋の上から落っこちた。それを見たものは、本人をいれて三人しかいない。本人は、クミル先生が、自分をつき落とした、といっている。そして、もうひとりの少年は、自分がつき落としたといって、ゆずらない。最後に、クミル先生は、女の子のいうとおり、自分がつき落としたのだという。ところが、ふしぎなことに、ラノフ川にとびこんで、女の子を助けあげたのは、ほかならぬクミル先生だ。わたしたちは、この、謎《なぞ》ときをしなくてはならない。だがこの裁判《さいばん》には、当事者である女の子と男の子をよべない。子どもだからだ。よって、わたしたちは、クミル先生について、その処分《しょぶん》をおとなだけで決めなければならない。――この裁判《さいばん》に、かくも多くのドーム郡の人々が集まってくれたことはよろこばしい。判決《はんけつ》は、みなさんの前で、公明正大にくだされるでしょう」

そして、裁判《さいばん》がはじまりました。まず、クミルがよびだされ、いろいろたずねられました。しかし、クミルは、

「わたしがやったことです」

といったきり、何を聞かれても口をつぐんでいました。これ以上、動機や、理由をいったとしても、それは

うその上にうそをつみかさねることになるからだと思ったのです。

「それでは次に、検事《けんじ》のヒショー君。クミル先生の罪《つみ》について、のべてください」

ヒショー検事《けんじ》が立ちあがりました。えへん、とせきをひとつして、するどい目をしたヒショー検事《けんじ》は話しはじめました。

「ドーム郡のみなさん。そして裁判長《さいばんちょう》。われわれは、ここで、このように残念《ざんねん》な、情《なさ》けない事件《じけん》について集まらねばならなかったことを、まず不幸に思わなくてはなりません。それは、子どもたちから愛《あい》され、尊敬《そんけい》され、子どもを守るべきラノフ公立学校の教師《きょうし》が、こともあろうに、いたいけな少女を、橋の上からつき落としたという事件《じけん》であります。ドーム郡はじまって以来の不祥事《ふしょうじ》！　こんなことが許《ゆる》されていいものでありましょうか！」

そのとき、傍聴席《ぼうちょうせき》から、ひとりの男の人が立ちあがってさけびました。タギの父親で、腕《うで》のいい大工《だいく》、タキーガさんです。

「こら、ヒショー！　おまえ、たかが子どものけんかのことで、おとなげないったらねえぞ。クミル先生は、りっぱなかただ。モールが川に落っこったのは、うちのせがれのせいなんだよ！　かあいそうに、タギときたら、そのことで心配しちまって、飯《めし》もろくに食えなかった。もっともこのごろは、ふつうに食ってるがな。おかげでうちの飯《めし》びつはいつもからっぽだ！」

みんな、どっとわらいました。

「静粛《せいしゅく》に！　タキーガさん、それ以上そこでわめいたら追いだしますぞ！」

と、ラガ判事《はんじ》がどなります。ヒショー検事《けんじ》は、ふんと鼻でわらって、みんなの静まるのを待ちました。

「――続けます。いろいろいわれているのは、わたしだって知っている。しかし、みなさんにおたずねしたい。事実は、いくつあるのか？　タキーガさんの息子《むすこ》のいっていることが事実なら、クミル先生のいっていることは何です？　人が、口にまかせていいだすことが、みんな事実だったら、事実は百でも千でも出てくるんだ！　でしょうが！　なら、われわれは、何を信じればよいのだ？　子どものいうことか？　――いいや、ちがう。子どもを引きあいに出しちゃいけない！　そう。クミル先生のいったことがすべてだ。かわいそうなモールは、必死《ひっし》で、クミル先生がやったといった。なぜそうなったのか、そんなことはいまとなっては問題じゃない。クミル先生も、自分がやったと認《みと》めた。はっきりしているんだ。つけくわえるなら、タギは、自分の先生をかばったのです。クミル先生は、自分のやったことのおそろしさに気がつき、あわててモールを助けたのです。それだけの事件《じけん》にすぎない」

そこで、法廷《ほうてい》はすっかり静まりかえりました。みんな、ヒショー検事《けんじ》の話はおわったものと思い、ひと息ついたのです。ところが、ヒショー検事《けんじ》は、前の倍《ばい》はあるような声で、ふたたび演説《えんぜつ》をはじめました。

「この事件《じけん》について、わたしがいいたいことは、しかし、そんなことではないのです。わたしが、これからいうことを聞けば、みなさんも、このクミル先生がどんな人間か、おわかりになると思う。そして、彼女《かのじょ》が、はたして先生とよばれるにふさわしいかどうかも、おわかりになるはずだ！」

クミルは、ぎくっとしました。クミルが、かならずしもきちんとした手続きによって先生になったのではないこと、ヒース先生の厚意《こうい》にあまえたことを思いだしたからです。けれど、そんなことではありませんでした。ヒショー検事《けんじ》は、大声で、どなりちらしはじめたのです。

「聞いてください、ドーム郡のみなさん！　わたしは、この先生のことを調べて、あきれかえったのだ。この先生は、子どもたちにでたらめを教えているのです！　まず、春には、子どもたちと、野原をどこまでも走り、一日じゅう帰ってこなかった。何をしていたか？　タンポポの、わたげを追っかけまわしていたというのですぞ！　風がどこまでふいていくのか？　それを調べようといって、風の中を一日じゅう走っていたとも聞いている！　これが、まともな授業《じゅぎょう》だと、本人は、大満足《まんぞく》だというではありませんか！　それだけじゃない、この先生の教室では、虫や、カメや、ヒキガエルが、うじゃうじゃしているというのです、信じられますか？」

クミルは、思わず立ちあがっていいました。

「ヒショー検事《けんじ》、おことばですが、わたしの教室にはヒキガエルはいません！　あれはトノサマガエルなんです。ヒキガエルも、そのうち飼《か》おうといっていますけれど」

法廷《ほうてい》のあちこちで、くすくすとしのびわらいが、聞こえてきました。ヒショー検事《けんじ》は、

「ほら、ほんとでしょう！」

といって、ますます大声になりました。

「それだけじゃない！　こともあろうに、人間の子どもたちがですぞ、人間のことばを使わずに、鳥やけも

のの声を、鳴きわめいているというのです！　ヒバリの声でさえずるんですぞ！　まだある！　イヌのまねに、ネコのまね、それにですな、イノシシ！　ラノフ公立学校の生徒が、イボイノシシの走りかたを練習しているというのです！」

とうとう人々は、たまりかねてわらいだしました。

「ほかには何かあるかい？　ヒショーさん」

という声がします。ヒショー検事《けんじ》は、むきになって、

「いっぱいあるんだ！　ほかには、――ええっと、子どもたちがこう首をふって、何だっけな、あれは――」

クミルは口をはさみました。

「キツツキの、くちばし体操《たいそう》」

「そう！　それ！　――いやあんたはだまってなさい！」

法廷《ほうてい》は大爆笑《ばくしょう》です。ヒショー検事《けんじ》は、また、もとのような口調にもどっていいました。

「まあ、そんなような、およそばかげたことを、この先生はやっている。――いいですか、学校ってものは、しつけとか、礼儀《れいぎ》とか、商売のこととか、技術《ぎじゅつ》――つまり、役にたつことを身につけるところです。ところが、何の役にもたたぬことを、このクミル先生は、やっている。うたったりおどったり、それが何になるんです？　ドーム郡の子どもにまちがった道を教えているんだ、この先生は。だから！　だから、こんな事件《じけん》が起きるのです。クミル先生には、学校の先生というものが、どういうものなのかということを、教えると

いうことは、きびしいものなのだということを、わからせる必要《ひつよう》がある。厳重《げんじゅう》な処分《しょぶん》を、裁判長《さいばん》に要求《ようきゅう》します。以上」

ヒショー検事《けんじ》が着席すると、ラガ判事《はんじ》がいいました。

「それでは、弁護《べんご》のヨー先生、どうぞ」

クミルはびっくりしました。ヨー先生が、クミルの弁護《べんご》をするとは知らなかったのです。

「がんばれよ、先生！」

という声を背《せ》にうけて、ヨー先生が、おだやかに話しはじめました。

「ドーム郡のみなさん、そして裁判長《さいばん》。ラノフ公立学校で、子どもたちに『ことば』を教えているヨーです。クミル先生とは、この春から、ラノフの学校で、いっしょに教えています」

ヨー先生は、クミルをちらりと見て、にっこりわらいました。

「クミル先生の、ラノフの学校でのようすは、いまの、ヒショー検事《けんじ》のおっしゃったとおりです」

法廷《ほうてい》が、ざわめきました。

「しかし、ヒショー検事《けんじ》の話は、非常《ひじょう》に正確《せいかく》ですが、すべてをつたえてはいないようです。はじめのうちは、わたしも、このクミル先生のことを、ヒショー検事《けんじ》のように見ていました。なんて、くだらないことをやっているんだろう、と。でも、時がたつにつれて、すこしずつ、クミル先生のことがわかってきたのです。彼女《かのじょ》のやりかたがすべていいとは思いませんが、わたしなどにはとてもかなわない、と思うこともずいぶんあるのです。あれだけ子どもといっしょになって、自分もたのしんで遊べる先生は、どこにだっていやしない。わたしは教育って何なのか、すこし考えがかわってきました。つまり、クミル先生が、子どもといっしょにたのしそうに遊んでいる、ように見えることがですね、実は教育なんだ、と。――わかってもらえますかな、つまり、いやいやおぼえる、無理《むり》やり、がまんして勉強するんじゃなくて、クミル先生と、その子どもたちが、いっしょにたのしんで、うたったりおどったりする。あるいは、野山を歩いて、動植物の生態《せいたい》を知るってことは、これもやはり、ひとつの教育じゃなかろうかと思いはじめたわけなんです。ま、それを、教師《きょうし》であるクミル先生が、いちばんたのしんでやっているものだから、はた目には遊びとしか――いや、たしかに遊びなんですが、実は、それが、とてもたいせつなことではなかったかと、彼女《かのじょ》を見ていて思うようになったのです。クミル先生のクラスは、まるでひとつの大家族、あるいは、じゅずつなぎのビーズ玉のようです。しっかりと、心が結ばれあっている。そばで見ないことには、どうにも説明《せつめい》ができかねるのですがね」

ヨー先生は、もどかしそうでした。クミルは、うれしくて、心があつくなりました。

「クミル先生のクラスの生徒は、目のかがやきがちがいます。ラノフの学校で学んだことのあるみなさん！　考えてもみてください、クミル先生のクラスの子どもたちにとっては学校へ行くことが、たのしみなのですよ？　まるで、休日を待ちのぞむようにして、子どもたちが学校へくることを待ちのぞんでいる、そんな学校があったでしょうか？

「しかし、考えてみれば、たしかに、そのことも、こんどの事件《じけん》の原因《げんいん》のひとつではある、とわたしは見ています。ただし、ヒショー検事《けんじ》のいうような意味ではありません。ヒショー検事《けんじ》は、事実というものが、人の口から、百でも千でも出てくるといわれました。しかし、事実は、たったひとつしかないのです。わたしたちは、百も千ものことばの中から、そのたったひとつの事実をさぐりあてることをしなければならないのです。そのためには、この場にいない、子どものいうことも、大きな意味を持っているのです。

「さきほどもいったように、クミル先生は、たのしいクラスを持っていました。そのことは、さまざまな波《は》紋《もん》をひきおこしました。よそのクラスの生徒たちの中には、クミル先生とその生徒たちをうらやみ、ねたむ子だって出てきたのです。モールも、その例外《れいがい》ではなかったのでしょう。まして、なかのいい友だちが、クミル先生にすっかり心をうばわれるなら、なおさらです。そして、わたしは知っています。子どもだけでなく、おとなの中にも、クミル先生をうとましく思う人がいることを、です。そこにならんでおられる、ドーム郡庁《ぐんちょう》のかたがた！　あなたがたではないのですか、クミル先生をやめさせたい、と考えていたのは！」

法廷《ほうてい》は、急に緊張《きんちょう》した空気につつまれました。話は、思わぬところに発展《はってん》したのです。

「裁判長《さいばんちょう》！　弁護人《べんご》に異議《いぎ》あり！　何の根拠《こんきょ》もないことをいうな！　関係ないいじゃないか！」

と、ヒショー検事《けんじ》がさけびました。ラガ判事《はんじ》はうなずきました。

「ヨー先生。いいすぎですぞ、それは。話をもとにもどしなさい。だいたい、あんたは、もっと理性《りせい》的な人だと思っていたのだが、そんな感情《かんじょう》的なことをいうとは思わなかった」

「わかりました。裁判長《さいばん》。ともかく、モールは、どこかでおとなたちがクミル先生の悪口をいうのを聞いた。それをタギにいった。タギはクミル先生が大すきだから、腹《はら》をたててモールをつきとばした。そこを、通りかかったクミル先生が、身の危険《きけん》をもかえりみず、川にとびこみ、モールを助けあげたのです。しかし、クミル先生は、タギの罪《つみ》にしたくなかった。モールは、いままでのねたみもてつだい、とっさに思いついてクミル先生のせいにした。――これが、わたしの推理《すいり》であり、この事件《じけん》は、ほかに考えようがないと思っています」

クミルはヨー先生のことばを聞いて、はじめて、モールの気持がわかりました。そして、なんて、ばかだったのだろう。自分のクラスの生徒のことしか、考えていなかった、と思いました。――ヨー先生は続けました。

「しかし、クミル先生は、教師《きょうし》としては、ひとつのあやまちをおかしたと、わたしは思っています。彼女《かのじょ》は、モールのうそを、はっきりとうそだといい、モールも、そしてあんなことをしたタギをもしかるべきだったのです。それがおとなとしての、とるべき態度《たいど》です。彼女《かのじょ》には、それができなかった。ですが、クミル先生は、モールの命を助けました。そのことは、帳消しにしてよいかと思います。いずれにせよ、彼女《かのじょ》は、まだ若《わか》い、将来《しょうらい》のたのしみな先生です。こんな事件《じけん》につまずくことのないよう、寛大《かんだい》な処置《しょち》をお願いするしだいです。どうもありがとう」

ヨー先生が着席すると、あちこちから静かな拍手《はくしゅ》がおき、やがて法廷《ほうてい》じゅうにひびきました。ラガ判事《はんじ》がいいました。

「わたしから、クミル先生に質問《しつもん》したい。あなたは、学校で自然について教えているそうだが、それはなぜです？　どんな役にたつのです？」

クミルは、この質問にとまどいました。ヒース先生は、そのことについて、いろんないいことばをいっていました。でも、それはクミルの考えついたことばではありません。クミルは考えもまとめず、どもりながらいいました。

「何の、役にたつ、ですか？　なぜ？　――そんなこと、考えたこともないし――わたしには、まだ、わかっていないのです。でも、でも、とても、たのしいんです。野原をかけまわって、子どもたちと、ふうふういいながら、草の上にねころぶんです。するとそこにある小さな花が、友だちのように思えるんです。空の青さとか、広さに気がつくんです。雲が、話しかけてくるんです。風がほおをなでてくれると、もう、うれしくって。そして、もっともっと、いろんなことを知りたくなるし、自然の中で話したことは、けっしてわすれないで、いつまでも残る、すばらしい思い出になるんです！　いま、みんなで、小鳥のさえずりを練習しています。いろんな小鳥の鳴き声で、コンサートを開くのが、わたしたちの夢《ゆめ》なんです。もう、ヒバリ、コマドリ、カッコウは卒業しました。いまは――」

「もう、よろしい！」

ラガ判事《はんじ》が、ぴしゃりといいました。クミルはだまりました。

「わたしたちは、あなたの生徒じゃない。ここで演説《えんぜつ》しなくてもよろしい。――しばらく休憩《きゅうけい》ののち、判決《はんけつ》を申しわたします」

判事《はんじ》たちは、いったん別室に出ていきました。法廷《ほうてい》は、この休憩《きゅうけい》のあいだ、議論《ぎろん》する声でいっぱいでした。じっと待っているクミルには、長い長い時間がたったように思えました。

やがて、もとのようにラガ判事《はんじ》が着席しました。ラガ判事《はんじ》は、こういいわたしたのです。

「判決《はんけつ》。ドーム郡はシェーラとタウラの息子《むすこ》たち、娘《むすめ》たちの名において、クミル先生を有罪《ゆうざい》とする。処分《しょぶん》。クミル先生を、ドーム郡から追放する！　その期間は、無期限《むきげん》とする！」

おそろしい判決《はんけつ》でした。法廷《ほうてい》はいっせいにざわめき、ラガ判事《はんじ》への抗議《こうぎ》の声でいっぱいになりました。

「ひどいじゃないか！」

「どういうんだ、これは！」

「ラガ判事《はんじ》、狂《くる》ったのか？」

「静粛《せいしゅく》に願おう！」

と、ラガ判事《はんじ》はいいました。

「まだ、続きがある！」

みな、静まりました。

「ただし、ドーム郡は、クミル先生に、ドーム郡の外での、ある任務《にんむ》をあたえる。それをクミル先生がやりおえることができたなら、その瞬間《しゅんかん》に、この処分《しょぶん》は、すべてとり消され、クミル先生は、いままでどおり、ラノフ公立学校の教師《きょうし》として復帰《ふっき》できるものとする。以上が、判決《はんけつ》である。シェーラとタウラの息子《むすこ》たち、娘《むすめ》たちの名において、この判決《はんけつ》はくだされた。なんぴとも、ドーム郡のものは、これに反対することは許《ゆる》されない！」

「任務《にんむ》とは？」

「そう、それを聞かせてくれ！」

ラガ判事《はんじ》は、こういいました。

「クミル先生に課《か》せられた任務《にんむ》について、いまは、公表するわけにはいかない。ドーム郡の秘密《ひみつ》の任務《にんむ》である、とだけいっておこう。なお、クミル先生は、そのことについての通知がくるまで、自由にしていてよい。家で待っていなさい。――閉廷《へいてい》する！」

郡庁《ぐんちょう》からの通知は、すぐにやってきました。ドーム郡庁《ぐんちょう》へ出頭し、任務《にんむ》についての話を聞くように、とのことでした。

クミルは、複雑《ふくざつ》な気持で、郡庁《ぐんちょう》へとむかいました。何をいわれても、その任務《にんむ》をやりとげようと思っていました。でも、ドーム郡の秘密《ひみつ》の任務《にんむ》とは？　いったいどんな？

第四章　秘《ひ》密《みつ》の任《にん》務《む》

「お待ちしていました、クミル先生」

クミルが郡庁《ぐんちょう》の入口のドアをあけると、目の前に、役人らしい、きちんとした身なりの若《わか》い男が立っていました。その男を見て、クミルは思わず首をかしげました。どこかで会ったような気がするのです。

「あなたは――？」

「ドーム郡庁《ぐんちょう》書記官、オッテと申します。どうぞよろしく」

「わかった！　マイオークの山で、わたしたちを見てらしたでしょう！」

オッテさんは、にっこりわらってうなずきました。

「よくおぼえておいででしたね、クミル先生。いろいろお話ししたいこともあるのですが、えらい人たちが待っています。どうぞ、こちらへ」

マイオーク山で会ったのが、ドーム郡の役人だった？　クミルはふしぎな気がしました。オッテさんは、暗い廊下《ろうか》を案内してくれ、奥《おく》の部屋の前でとまりました。そして、こういいました。

「クミル先生、あなたは何も心配することはない。胸《むね》をはっていてくださいよ」

どういうことなのか、わかりません。ふたりは、その部屋に入りました。りっぱな応接室《おうせつしつ》です。床《ゆか》にはふかぶかとしたじゅうたん、壁《かべ》にはドーム郡の伝説《でんせつ》に出てくる英雄《えいゆう》、シェーラとタウラの絵、テーブルにはユズギクの花がかざられ、いいかおりをはなっています。そして、窓《まど》を背《せ》にして、三人の男がゆったりしたいすに腰《こし》かけていました。

「クミル先生をおつれしました」

と、オッテさんが、きまじめな口調でいいました。男たちのうちふたりは、ラガ判事《はんじ》とヒショー検事《けんじ》。ドーム郡の副《ふく》長官です。では、もうひとりは？

「はじめまして、クミルさん。ドーム郡長官、ラタルです」

その人がいいました。ずいぶん年をとっているようですが、からだつきはでっぷりとして、おだやかで、やさしそうな顔つきです。

「あんたのうわさを聞いて、ぜひ一度会ってみたいと思っとりました。まあ、こんな形で会うことになるとは考えませんでしたが」

そういって、ラタルさんはふたりの副《ふく》長官をじろりと見ました。

「わたしは、いまは、おおやけのことはこのふたりにすっかりまかせている。もう年ですからな。しかし、このふたりのやることは、どうもぎくしゃくしておる。郡の仕事をてきぱきやる現場《げんば》にいると、頭が、石ころみたいになるようだ。つまり、心が、どこかに行ってしまう。それでも本人たちは、ますます世の中のためになっていると思いこんでしまうものらしい」

「長官、時間もありませんので、はじめたいんですがね」

と、ヒショーさんがいいました。ラタルさんは、ちょっと不きげんそうにうなずきます。クミルは、緊張《きんちょう》しました。「秘密《ひみつ》の任務《にんむ》」についての話がはじまるのです。ラガさんが、口を開きました。


「それでは、クミル先生。あなたの判決《はんけつ》にもとづく、ドーム郡の秘密《ひみつ》の任務《にんむ》について説明《せつめい》します。これから話すことは、その時期がくるまで、ドーム郡の人々にはいっさいいわないでください。事は非常《ひじょう》に重大で、かつ急を要《よう》することなのです。そして、われわれがあなたにくだした、きびしい判決《はんけつ》も、実は、このことに深く関係しています。われわれは、ほかに名案がうかばなかった。人々から非難《ひなん》されようと、ほかに方法がなかったのです」

「そんなことをいう必要《ひつよう》はない！　ラガ判事《はんじ》、われわれは、クミル先生に、必要《ひつよう》な任務《にんむ》のことだけいえばいいのだ！」

と、ヒショーさんがするどくいいました。ラガさんはすこし考え、それから、また話しはじめました。

「クミル先生。おどろかないで聞くのですよ。――このドーム郡は、荒《あ》れはて、ほろびてしまうかもしれないという、たいへんな危機《きき》をむかえているのです」

「ええっ？」

「信じがたいことですが、ほんとうなのです！」

クミルはおどろきました。ドーム郡がほろびる？　この平和な、山あいの地方が？

「どういうことです？　戦争ですか？　まさか。いったい、なぜ？」

「戦争でも、疫病《えきびょう》でも、そのほかの、人間が考えつけるような理由ではないのです。わたしたちにも信じられない。だが、その危機《きき》は、現実《げんじつ》のものとして、もう、すぐそこまでやってきているのです。シェーラとタウラの時代からこのかた、はじまって以来の、いや、ドーム郡にとって、はじめての試練といっていいかもしれない。しかも、その原因《げんいん》というのは、とるにたらない、つまらぬ黄色い花だというんだから！」

ラガさんは、何をいっているのでしょう？

「黄色い花が原因《げんいん》で、ドーム郡に危機《きき》がおとずれたというんですか？」

「そこからは、わたしがお話しします」

オッテさんがいいました。三人はうなずきました。このドーム郡のえらい人たちは、おたがいにしっくりいっていないようです。オッテさんは、しっかりした、きびきびした口調で、いいました。

「ドーム郡は、ご承知《しょうち》のように四方を山に囲まれた、アイザリアの南ではもっとも発達《はったつ》したところです。東の山々のむこうに、ドーム郡とほぼ同じくらいの、マドリム郡という地方があります。あまり交渉《こうしょう》はありませんが、やはり、シェーラとタウラの息子《むすこ》たち、娘《むすめ》たちの友人の地方としてさかえていたところです。その、マドリム郡が、ここ数年間で、かつての繁栄《はんえい》と平和をすべて失い、人々は離散《りさん》し、荒《あ》れはて、いまでは住む人もない荒野《こうや》になってしまったのです。それも、五年前にさいた、たった一本の黄色い花が原因《げんいん》だったのです！

「五年前のことです。マドリム郡の道のはずれに、だれも見たことのないような、一本の黄色い花がさきました。もちろん、そんな花に注意する人はだれもいませんでしたが、通りかかった旅の男が、その花を見て、こんなことをいったのです。――『これは、たいへんなものがさいたものだ。ほうっておくと、マドリム郡は、ほろびてしまうだろう』。男は、マドリム郡の役人に警告《けいこく》しました。『あんたたちは知らないだろうが、この花は、フユギモソウ、*という名のおそろしい花だ。いまのうちに、何とかしなければ、かならず後悔《こうかい》するだろう』。『いったい、そんなちっぽけな花が、なぜおそろしいのだ？』と、マドリム郡の役人は聞きました。『フユギモソウは、人の心をこおらせてしまうのだ。この花は、人の心の中にあるすべてのよいもの、希望《きぼう》、愛、やさしさ、そして夢《ゆめ》をこおらせてしまい、にくしみ、ねたみ、うらみ、そういった悪いものでいっぱいにする花なのだ！』。男は、そういったといいます。しかし、だれが、そんなことを信じます？　男はマドリム郡の人々から、つまらぬうそでひともうけをたくらんでいるペテン師《し》として、わらいものにされ、マドリム郡を去っていきました。もっとも、いくらか気持の悪い思いがした役人たちは、その黄色い花をひっこぬき、道ばたにすてたそうです。

＊訳注――原名「フラバジール」。「凍心草《とうしんそう》」と訳《やく》すべきだが、原文の語感を尊重《そんちょう》して、「フユギモソウ」とした。

「ところがつぎの年、マドリム郡には、その黄色い花が、あちこちにぽつん、ぽつんとさいたそうです。でも、だれも気にかける人はいませんでした。ただ、それまで平和だったマドリム郡は、その年から、どことなく重苦しい、暗い気分がただようようになっていました。あちこちの家庭で、よくけんかが起き、仕事なかまのあいだで、いざこざがあったといううわさが聞かれました。それも、つまらない理由がほとんどで、翌日《よくじつ》の朝にはわらえるようなことだったのです。

「そして、三年め。黄色い花は、マドリム郡の空き地という空き地にかならず見られるようになりました。この花をいやがって、かりとった人もいましたが、すぐにはえてくるのです。そして、それまでなかったような犯罪《はんざい》が起きはじめました。どろぼうや、刃物《はもの》を持った傷《きず》つけあいのけんか、おまけに、おそろしいことに人殺《ひとごろ》しまで！　人々は、おたがいにおたがいのことを、よく思わなくなったそうです。気がついてみると、だれがにくらしいとか、あいつを何とかして苦しめてやりたい、とか、そんなことを考えているというのです。人が、信じあう気持ちをなくしかけてきたのです。そして、それを反省《はんせい》する人は、ごくわずかになりました。この、突然《とつぜん》の異変《いへん》に気づいたマドリム郡の役人は、記録を調べて、黄色い花との関係に思いいたりました。そして、学者たちに調べてもらいました。『これは、ほんとうに、人の心をこおらせる、フユギモソウという花なのか？』。学者たちは、あっさりと答えました。『ばかばかしい。フユギモソウなんて花があるわけない。この黄色い花は、キリルソウ*、というのです』。」

「キリルソウ――」

と、クミルはつぶやきました。オッテさんが、

「ごぞんじですか？　クミル先生」

と、たずねます。

「ええ、おもに、しめった、暗い土地にさく、黄色い花です。森の中の沼のそばにときどき咲きます。ドーム郡ではほとんど見かけませんけど――」

「そう、マドリム郡の学者たちは、そう断定《だんてい》したのです。役人たちは、何かわりきれませんでしたが、納得《なっとく》せざるをえませんでした。『悪いことが続くのは、この花のせいなんかじゃない。――しかし、なぜ急に、みんな、こんなに気が荒《あら》く、すさんでしまったのだろう？』。

「そして四年め。マドリム郡の野といわず道といわず、黄色い花がいっせいにさきました。だれも、その花を見ずに、一日をすごすことはできませんでした。おそろしいたくらみが行われ、マドリム郡では、人々がふたつに分かれて、手に武器《ぶき》を持ち、いくさをはじめたのです！　人々は、たがいににくしみ、ののしりあい、殺《ころ》しあいをはじめました。つい数年前までは、何のいざこざもなく、平和に、なかよくすごしていた人たちが、です。人々は、けっしておたがいを許《ゆる》しあうことなく、果《は》てしないいくさを続けたのです。ただ、ほんのひとにぎりの人が、気がつきました。『この花のせいだ！　あの旅の男のいったことはほんとうだった。あの男を、見つけなければ！　そして、マドリム郡をすくってもらわねば！』。けれど、何もかも、もうおそすぎたのです。マドリム郡は、半年にわたる、このいまわしいいくさのために、あとかたもなくほろび、いまでは住む人とてない荒野《こうや》となり、あとには、黄色い花が、勝ちほこったようにさいているというの

＊訳注――原注によればキリルソウの外見はセイタカアワダチソウに似ている。

です。そうなのです。その花こそ、人の心をこおらせ、愛をうばい、にくしみだけを人の心にはびこらせるという、フユギモソウだったのです！」

「なんて、おそろしい話――」

「それだけなら、わたしたちは、遠い国の話として、聞きすごせるのです。しかし、フユギモソウは、マドリム郡をほろぼしたあと、一歩一歩、このドーム郡にむかって、東から近づいてきているのです！　二年後には、いや、早ければ一年後にも、ドーム郡の東の谷間に、いまわしいフユギモソウの最初の一本がさくかもしれない。クミル先生、これが、当面している、ドーム郡の、おそろしい危機《きき》なのです」

オッテさんが話しおえると、重苦しい空気で部屋はいっぱいになりました。こんどはラガさんが話しはじめました。

「このことをわたしたちにつたえてくれたのは、マドリム郡の最後の役人でした。わたしたちは風のうわさで、マドリム郡の滅亡《めつぼう》のことを聞いていましたが、それがどんな理由によるのかは知るよしもなかったのです。この役人が、ドーム郡の危機《きき》を警告《けいこく》してくれたのです。かれは、ある使命をおびていましたが、それを果《は》たせぬうちに、マドリム郡の滅亡《めつぼう》を知ったのです。いまでは、どこへ行ったものやら。しかし、その男は、わたしたちに、フユギモソウに関する、知るかぎりのことを教えてくれました。もちろん、ドーム郡庁《ぐんちょう》としても、あらゆるてだてをつくしました。その結果《けっか》、ドーム郡をすくうには、ただひとつのことしかない、とわかったのです。そして、クミル先生、その任務《にんむ》こそ、あなたに課《か》せられたものなのです！」

「わたしの、秘密《ひみつ》の任務《にんむ》というのは、じゃあ、その、フユギモソウから、ドーム郡をすくうことなのですか？」

三人の男の人は、いちようにうなずきました。

「でも、どうやって？　何をすればよいのです？　わたしに、いったい何ができるというのです？」

それまでだまっていた、ヒショーさんがいいました。

「クミルさん。あんたに、ひとりの男を見つけだし、ドーム郡につれてきてもらいたいのだ」

「だれです？　その男の人というのは」

「マドリム郡で、最初にフユギモソウを発見し、警告《けいこく》した、旅の男のことだ。この男はフユギモソウのことを知っていた。だけでなく、フユギモソウを退治《たいじ》する方法も知っていたのではないかと思えるのだ。さっきの、オッテ君の話に出てきたマドリム郡の役人も、この男をさがしに出かけ、とうとう見つけることができなかった。その役目を、クミルさん、われわれは、あんたにやってもらうことにしたのだ。いいかな？　あんたの罪《つみ》は、この男をさがしだし、ドーム郡につれて帰ることによって、すべて消える。これが、あんたの、秘密《ひみつ》の任務《にんむ》にほかならない。もし、できなければ、あんたは、判決《はんけつ》どおり、ドーム郡を追放の身となる」

そのとき、ラタル長官がわらいだしました。

「ヒショー君！　きみという男は、何というか、頭の中はみいんな規則《きそく》でできとるらしいのう。クミル先生が、その男をつれてこられなければ、ドーム郡追放どころか、そのドーム郡がほろびてしまうというのに」

「そんなことは、だれにもわかりゃしませんよ、長官！　わたしはね、フユギモソウなんて花のことを、これっぽっちもおそれちゃいないんだ。人の心をこおらせる？　ふん、そんな花があってたまるか！　だが、わたしは、用心深いんだ。万全の策《さく》を講《こう》じておくのが、行政官《ぎょうせいかん》というものです。クミルさんにその男をさがしに行かせることも、ひとつの用心であるだけのこと。ここに、罪《つみ》をおかしたものがいる。そのつぐないとしては、格好《かっこう》の材料だというわけですよ」

——この人は、まちがったことをいっているわけじゃない、とクミルは思いました。でも、この人のことばは、なぜかわたしを傷《きず》つける。

クミルは、オッテさんにむかってたずねました。

「その、旅の男の人は、何という名前で、どこへ行けば見つかるのですか？　何か、手がかりはあるのでしょうか」

「手がかりは、あります。しかし、ほんのかすかな手がかりです。その男は、名をヌバヨ、といいます」

「ヌバヨ？」

「そう。そして、ヌバヨは、コノフの森に住んでいるということです」

「コノフの森。——どこにあるのです、その森は」

オッテさんは、首をふりました。

「クミル先生、申しわけないのですが、コノフの森のヌバヨという男について、わたしたちはうわさでしか知ってはいないのです。このドーム郡から、はるか遠くに、コノフの森というところがあるそうです。その道は、細く長く続いており、けものでさえまようことがあるといわれています。方角もさだかではありません。西に南に、東に北に行けばコノフの森があるというのです。マドリム郡の使者は、何人も、ヌバヨをさがしに行ったそうです。けれども、だれひとり、見つけることができませんでした。それどころか、『コノフの森など、どこにもない、ヌバヨなんて男はいない』といって帰ってきたそうです」

「ふん、ほんとにいないんじゃないのか」

と、ヒショーさんがいいました。オッテさんは、

「いえ、ヌバヨはいます！　ドーム郡の外の遠い村々では、みんな、コノフの森のことを知っています。ヌバヨと会って話したこともあるという旅のものもいます。クミル先生、あなたなら、きっと、コノフの森を見つけ、ヌバヨをつれてくることができる！　わたしは、そう信じているのです」

といいました。

「どうして、わたしが？」

「ヌバヨというのは、ずいぶんふうがわりなうわさを持っています。コノフの森に住む、ただの木こりだという話もありました。みすぼらしい森番で、ふたりの女の子を育てているという話もあります。また、そのあたりの王だといううわさもありますし、動物のことばを話す、ふしぎな術《じゅつ》を持っているとか、学者だという話もあります。その、どれがほんとうなのか、たしかなことは何ひとつわかりません。ただ、ふつうの人間とは、ほとんどかかわりを持とうとせず、動物を相手にしているということなのです。役人がさがしに行っても、会えるわけがないのです。でもクミル先生、あなたはちがう。あなたは、森の中で生まれ、育った人だ。あなたは動物たちと、心を通わせておられる。ヌバヨを見つけだし、つれてくることができるのは、

ドーム郡には、あなたしかいません！」

「ヒース教授《きょうじゅ》がいれば、もっといい忠告《ちゅうこく》もできたろうといいたいんじゃないかね、オッテ君」

と、ヒショーさんがいいました。クミルは顔をあげました。ラガさんがいいます。

「あの人も、ふうがわりすぎたよ。わたしは、ヒース教授《きょうじゅ》には、ドーム郡にとどまってほしかったんだ。だが、やむをえなかったな。ヒショー君のいうとおり、時代おくれなんだよ、あの先生は」

「わしのように、かね？」

と、ラタルさんが口をはさみました。ラガさんもヒショーさんも、気まずそうにだまりました。ラタル長官は、クミルをじっと見て、やさしい口調でいいました。

「まあ、そんなわけじゃよ、クミル先生。ドーム郡は、長らく平和で、おだやかな土地でした。ここの人間は、シェーラとタウラの時代から、もう外の世界へは出てゆかぬことにしたのです。やっと、おちつける土地を見つけたのですから。もう、旅をすることなど、わすれてしまったのです。だが、こんどばかりは、そうもいっておられんのです。あんたには、聞きたくもない話もずいぶんあっただろうが、ラガ君もヒショー君も、そしてオッテ君も、このドーム郡のためを考えて、いっしょうけんめいやっておるのです。ひとつ、このドーム郡のために、ヌバヨとかいう男をさがし、つれてきてください。そして、フユギモソウを退治《たいじ》し、また、わしらはなかよくくらそうじゃありませんか。娘《むすめ》さん、お願いします」

　そういって、ラタルさんは、クミルにむかってふかぶかと頭をさげました。ほかの三人は、それを見て、びっくりしていいます。クミルは、いすから立ちあがって、ラタルさんの手をとりました。そして、こういっていました。

「ラタル長官、ご心配なさらないで！　わたし、できるだけのことをしてみます。コノフの森の、ヌバヨを見つけ、ドーム郡に帰ってきます」

　こうして、クミルは、思いもよらぬ旅をすることになったのです。ラノフの学校の十五人の子どもたちと、ごく少数の人々に見送られ、ドーム郡をあとにして、コノフの森へと出発したのでした。それは、ラノフ川にうつる木々や山々が、ほんのすこし色づきはじめた、ある秋の日のことでした。

第五章　道は果《は》てしなく

ドーム郡の西には、一本の道が長く続いています。それは、いくつもの山々をこえ、行く手を変え、果《は》てしなく続く道でした。ときおり旅人たちが通るほかは、けものたちしか歩かない道です。コノフの森は、この道をずっと行ったところにあるはずだ、と、オッテさんはいいました。

秋が深まろうとしていました。野山の大すきなクミルにとって、この旅は、苦しいだけのものではありませんでした。まだ見たことのない草や木におどろき、ドーム郡では見かけないような虫や、鳥や、動物たちに胸《むね》をときめかせました。ふと歩くのをわすれ、それらにいちいち見とれている自分に気づき、いそいで歩きだすことがしばしばです。ヒース先生はいつもクミルに、「こわくてたのしい山歩き」と、うたうようにいっていましたが、その、たのしいほうは、いちばんの見ごろの秋でした。

山々は色づいて、女の子の服のようにあざやかでふしぎな模様《もよう》を描《えが》いています。もみじの林をぬけるときなど、まるで赤や黄やオレンジ色のトンネルでした。それに夜。そこにはたくさんの星があります。クミルは、こんなけしきの中にいるのがうれしくて、うっとりするのです。

けれども、寒い夜、そして、雨や風の日はたいへんでした。どんなけしきも目に入りません。クミルの、ギンネズミの皮でできたリュックは、夜はあたたかい寝袋《ねぶくろ》になるのですが、それでも寒い夜は、木のほら穴《あな》を見つけ、かれ葉をいっぱいかけてねむりました。

――ねむりながら見る夢《ゆめ》は、ひとつは、ドーム郡のことでした。ラノフの学校、子どもたち。ほんの半年ほどしかいなかったというのに、クミルには、ずいぶん長いあいだ、子どもたちといっしょにくらしたような気がするのです。タギ、ミズカ、そのほかのクラスの子どもたちが夢《ゆめ》の中に出てきて、いつもクミルをはげましてくれました。

もうひとつの夢《ゆめ》は、まだ見ぬコノフの森と、そこに住むヌバヨという男の人のことでした。

あるときは、ヌバヨは、こわい山賊《さんぞく》のようでした。（ヒショーさんによくにた顔でした。）あるときは、年をとったおじいさんでした。またあるときは、とても美しい若者《わかもの》でした。けれども、夢《ゆめ》に出てくるヌバヨは、

「ドーム郡にきてください」

というクミルのたのみを、いつも、そっけなくことわってしまうのです。

「夢《ゆめ》でよかった！」

と、クミルはつぶやいて、目をさまします。秋の陽《ひ》ざしをあびながら、泉《いずみ》や谷川で顔をあらい、木の実のかんたんな朝食をとるのです。すると、すぐに小鳥たちがやってきて、いっしょに木の実をついばみます。クミルもその小鳥たちのさえずりのなかまいりをしようとするのですが、なかなかうまく通じません。

ある朝、またしてもヌバヨにことわられた夢《ゆめ》を見たあと、クミルは、

「あなたたちも夢《ゆめ》を見る？」

と、小鳥たちにたずねてみました。うまく通じたかな？　と思っていると、小鳥たちはきょとん、として、急に飛んでいってしまいました。クミルは、あたりを見まわしました。すると、

「あれえ！　こりゃ、いってえ、どういうこっただ！」

と、林の中から声がして、弓《ゆみ》を持った猟師《りょうし》がクミルの前に姿《すがた》を見せました。気のいい顔をしています。ドーム郡を出てから何日ぶりかで、はじめて出会った人間でした。

「おはよう、猟師《りょうし》さん！」

と、クミルは元気よくあいさつします。猟師《りょうし》は、目をまるくしました。

「おら、夢《ゆめ》でも見てるだか？　あんた、山の精《せい》ではあんめえな？　――いいや、そうかもしんねえ！　おらのかみさんは、ぶきりょうですだよ！」

クミルはわらってしまいました。そのことばは、前に、ヒース先生に習ったことがあるのです。

「狩人《かりゅうど》たちは、山の精《せい》というのは、ねたみ深い女の子だと思っているんだ。だからね、山の精《せい》にねたまれないように、かれらは、山で何か悪いことに出会うと、きまってこういうのさ、『おらのかみさんは、ぶきりょうですだ！』ってね」

――クミルはいいました。

「でも、きっと、すてきな奥《おく》さんなんでしょう？」

猟師《りょうし》は首をふって、

「うんにゃ！　ほんとに、どうしようもねえくらい、ぶきりょうですだ！」

そこでクミルは、自分が山の精《せい》でも何でもない、ただの娘《むすめ》だと猟師《りょうし》に納得《なっとく》させるまでに、何回も「ぶきりようですだ！」を聞かなければなりませんでした。

「ふうん。それで、娘《むすめ》さん、こんなところで何をしてるだね？」

「旅をしてるんです。この道は、コノフの森へ行けますか？」

猟師《りょうし》は、目をまるくしました。

「コノフの森？　あの、ヌバヨのかね？」

「そうです！　ごぞんじなんですか！」

猟師《りょうし》は、首をふりました。

「うんにゃ、おいら行ったことはねえよ。だけんど、ずいぶん遠いっていうだよ。この道を、まっすぐ南に行けば、コノフの森だって話だがね」

「南？　わたしはてっきり西にむかって歩いてると思ってたのに――」

「うんにゃ。この道は、先のこた知んねえが、南にのびてるだ。そのずっと先に、コノフの森があるっていうだ」

そのことばだけでも、クミルにはじゅうぶんでした。コノフの森は、やっぱりあるのです。そして、クミルは、コノフの森にまちがいなくむかっているのです。

「ねえ、ヌバヨという人について、知っていることがあったら教えてくださいな」

するとと猟師《りょうし》は、また首をふりました。

「おらたちは、あの男のことは話さねえだよ、娘《むすめ》さん。悪口でもいった日にゃ、ここらのけものや鳥は、一匹《いっぴき》残らず、いなくなっちまうちゅうだ。そんなことにでもなったら、おらはどうすりゃいい？　ひあがっちまうだ、おらも、それから――」

「きれいな奥《おく》さんも、ですか？」

「うんにゃ！　ぶきりょうですだ！　それじゃまあ、これで！　気をつけてな、娘《むすめ》さん。クマに会わんように、おたっしゃで！」

そういって、猟師《りょうし》は、林の中に入っていきました。小鳥たちがもどってきて、木の実の残りをついばみます。クミルはつぶやきました。

「そうなの。あなたたち、きっと、ヌバヨを知ってるのね」


それから数日後、山道はおわり、小さな谷あいの村に出ました。ドーム郡からは遠い村です。人々のことばづかいも、顔つきも、ドーム郡とはちがってきます。そこをぬけるとまた山、そしてこんどは平野の村々。

クミルは、いくつもの山をこえ、いくつもの村を通りました。そして、会う人ごとに、

「コノフの森はどっちですか？」

と、たずねました。すると、人々は、いつもクミルの行く手を指さして、

「この道を、まっすぐ行きなさい。そうすれば、コノフの森があるというよ、娘《むすめ》さん。でも、そこまでは、まだまだ長い道のりだよ」

と、答えました。そして、クミルに、食べものや、牛や、ヤギの乳《ちち》をくれたり、宿《やど》をかしてくれたりするのでした。

季節《きせつ》が、秋から冬になろうとするころ、クミルは、メクツという村にやってきました。その村には一軒《けん》の宿《やど》があり、夕暮《ゆうぐ》れどきにはいつも村人たちが集まって、お酒を飲んだり、うたをうたったりしていました。

その宿《やど》に案内してくれた若者《わかもの》は、ちょうど集まっていた村人たちにクミルのことを紹介《しょうかい》しました。

「おうい、みんな。ドーム郡から、はるばる旅をしてきなさった娘《むすめ》さんだ。歓迎《かんげい》してあげとくれ！」

すると、そこにいた人々は、

「ようこそ、娘《むすめ》さん！」

「ゆっくり休んでいきな！」

「けなげなもんだ」

などと、口々にあたたかいことばをかけてくれます。すみっこにいた若者《わかもの》が、クミルの見たこともない、たて琴《ごと》のような楽器をひきはじめ、クミルにむかってにっこりわらいかけました。

「うたうかい？　娘《むすめ》さん！」

「へただけど。いい？」

と返事すると、みんなが拍手《はくしゅ》して、クミルは、人々のまん中におしだされました。子どもの前や、森では平気なのですが、ちょっとどきどきしています。でもクミルは、うたいはじめました。すぐにさっきの若者《わかもの》が、伴奏《ばんそう》をつけてくれます。

いまは　まだ
旅のとちゅうだけど
そして　まだ
知らないことも　多いけど
この　はるかな
空のむこうに
きっと　あなたが　待っている

通りすがりの
人も　風も
みんな　やさしいから
そして　わたしに
勇気《ゆうき》を　くれるから
何も　こわくは　ないのです

おどろいたことに、そこから先は、聞いていた人たちも、クミルといっしょにうたいだしました。

虹《にじ》色に　かがやいてる
この空のかなた
あなたと　くらせる
街《まち》がある
追いかけてゆこう　どこまでも
夢《ゆめ》があるかぎり
あなたがいるかぎり

やんやの拍手《はくしゅ》です。クミルはとてもうれしくなりました。

「みごとなもんだ。ドーム郡の娘《むすめ》さんだね、さすがに！」

「まったく。血はあらそえねえ」

そんな声がします。クミルは首をかしげました。

「どういうことなんです？」

と、伴奏《ばんそう》をしてくれた若者《わかもの》にたずねると、若者《わかもの》はこういいました。

「どういうこと？　うたとおどりのドーム郡のお人たちは、やっぱり人をうっとりさせる、ってほめてるんだよ」

クミルは、ただのほめことばとして、それを聞きました。そのときのクミルは、何も知らなかったのです。若者《わかもの》は、クミルにたて琴《ごと》のような楽器をさしだしてこういいました。

「ドーム郡の娘《むすめ》さん、あんたに、この楽器をあげよう。これはハプシタールといってね、白馬のたてがみと、カモシカの皮でできてるんだ。あんたのうたのお礼だよ。それから、いい旅でありますよう、っていうお守りだ、とっときな」

「ありがとう。こんど会うときまでに、もっともっと、うたがじょうずになるように練習しておくわ」

「ああ。できたら、こんどはおどりも見せてもらいたいな」

そのメクツの村をすぎたころ、季節《きせつ》はちょうど秋から冬になりました。山々が、雪でまっ白になるのを見ながら、クミルの旅は続きました。

第六章　ひと冬だけの学校

季節《きせつ》は、冬になりました。イシカという名の村で、泊《と》めてくれた家の人にお礼をいい、旅だとうとすると、ちらちらと雪が舞《ま》っています。こまったな、とクミルは思いました。道は細く、ちょっと目をそらすとわからなくなってしまいます。もし雪がつもったら、まよってしまうことでしょう。それに、食べもの。いままでは、人の厚意《こうい》にあまえたり、野山の木の実や、野生の食べものがたくさんありました。でも、冬の山道では、それはたいへんな苦労になりそうです。

「いいわ。行くとちゅうには、また村があるでしょうし、それに、冬の山だって、動物たちは生きている。何とかなるわ」

と、クミルはつぶやきました。こまる前から心配したってはじまらない。クミルはいつも、そんなふうに考えることにしています。こまったことができたら、それはそのとき考えればいい。――ドーム郡にいたときもそうでした。でもそのとき、村の人が、こういったのです。

「娘《むすめ》さん。やっぱり、行かねえほうがいいよ。せめて、ひと冬、待ってみたらどうかね？　山は雪でまっ白だ。道はわからなくなるし、食べものもなくなって、のたれ死にしちまうよ。あんたさえよければ、いくらでもこの村にいていいんだよ」

「ありがとうございます。でも、わたし、ごやっかいになっても、何もお礼することができないんです。——だから、やっぱり出かけます」

するとと村人は、こういいました。

「娘《むすめ》さん、あんたには、じゅうぶんなお返しがしてもらえるんじゃないかと、わしらはみてるんだ」

「わたしに、何ができます？　お役にたてることがありますか？」

「大ありだよ。——実は、ゆうべ、そのことで、わしらは話しとったんだ。娘《むすめ》さんは、たしか、ドーム郡で、学校の先生をしとったといわれたな？　この、イシカの村にも、子どもがいるんだが、ドーム郡のような、りっぱな学校も、先生もないんだよ。そこで、あんたさえよければ、ひと冬のあいだでいいから、村の子どもらに、学校というものがどんなものか、まねごとでもいいから、教えてやってほしいんだ。もちろん、イシカには、りっぱな設備《せつび》も、その、教科書っちゅうものもないんだが、あんたがひきうけてくれるんなら、家を一軒《いっけん》と、ひと冬の食べものと、それから春になって、あんたが出発するときに、いるだけのものを準備《じゅんび》するだ。どうかね、やってくれんかね？」

また、子どもたちを相手にして教えられる！

「やらせてください！」

と、クミルはさけんでいました。すると村人は、外にむかって大声でどなりました。

「わるガキども！　入ってこい！　さっきからそこにいることは、わかってるだ！」

そのとたん、かわいい三つの顔がクミルにむかってかけよってきました。女の子と、ふたりの男の子です。

「ぼくは、チタ」

「あたしはソンエール」

「ぼくはリノ」

「わたしの名はクミル。きょうから、みんなの先生よ！」

「ねえ、音楽を教えて！」

と、ソンエール。目のくりくりした、色の黒い女の子です。

「クミル先生、とんぼがえりできる？」

と、チタ。こっちは元気がよくて、荒《あら》っぽそうな男の子です。

「もちろんよ！」

「ねえ、数のかぞえかたとか、字を読んだり書いたりできるようになるの？」

そういったのはいたずらっぽくて、人なつっこそうな男の子のリノです。

「なれるわ。それ、全部、それから、もっといろんなこと、いっぱい教えてあげる。そのかわり、みんなも、わたしに何か教えてくれる？」

クミルがいうと、子どもたちは口々にいいました。

「あたし、イシカの村のごちそうのつくりかたを知ってるわ。かんたんで、とってもおいしいのよ！」
「ぼくは、木登りを教えてあげるよ。どんな木にだって登れるんだから」
「じゃ、ぼくは、リスのかくした木の実の見つけかただ！」

こうして、クミルと、イシカの村の三人の子どもたちとの、冬の学校がはじまりました。クミルのあまりとくいではない、読み書きや、かぞえかたの勉強も、この三人は、はじめて習うたのしさで、どんどんおぼえていきました。お昼は、三人が、クミルのお弁当《べんとう》を持ってきてくれます。そしてみんなで、ラノフの学校と同じうたをうたいました。

さあ、食べちゃうぞ！
おまえは　ぼくのもの！
食べる子よい子　元気な子
ねる子は育つよ　食べる子も育つよ
さあ、食・べ・ちゃ・う・ぞ！

ハプシタールをひいてうたをうたったり、外で雪合戦や鬼《おに》ごっこをしました。子どもたちは、お昼だけでなく、夜もやってきました。クミルたちは、あたたかい暖炉《だんろ》の前で、いろんな話をしてすごしました。クミルは、子どもたちといっしょの冬の夜が大すきでした。

ある夜、クミルは三人に、あることをもちかけてみました。

「あのね、ドーム郡の学校で、冬になったらわたしのクラスでやってみたかったことがあるんだけど——それを、みんな、やってみない？」

「どんなこと？」

「動物のことばを、しゃべれるようにすること」

「ええ？　そんなこと、できる？」

「あのね、ほんとうはね、動物には、人間みたいなことばは、ないの。でも、人間と同じような心があるの。それは、鳴き声だけじゃなくて、目のかがやきとか、鼻のうごかしかたとか、いろんな、からだのしぐさといっしょになって、いいたいことをつたえるようになっているのよ。わたしだって、そんなにじょうずじゃないけど、すこしはできるの。どう、やってみたい？」

もちろんのこと、子どもたちは大よろこびで賛成《さんせい》しました。「動物のことばをしゃべる」——それは、ヒース先生によれば、クミルだけの、特技《とくぎ》なのだそうです。クミルにしてみれば、どうしてこんなことができないのかと思っていましたが、この子どもたちなら、クミルと同じようにできるかもしれないと思ってわくわくしました。


まず、クミルは人間のことばを使わないようにといいました。そして、イヌだったら、イヌになったつもりで、イヌの鳴き声で、自分の思ったことをあらわしてみるのです。それを、ずっと、続けます。はじめのうちは、おたがいにいらいらして、すぐに人間のことばで、

「やーめた！　ぼくはね、いま、おなかがすいた、っていおうとしたんだよ！」

「うそ！　わたしは、きのうのけんかのことをいってるもんだと思ってたのに！」

というやりとりだったのが、一週間もすると、ふしぎなことに、相手のいいたいことが、すこしずつ、わかるようになってきたのです。そして、やがて、おたがいに、鳴き声だけで、いろんなやりとりができるようになってきました。子どもたちは、もう夢中《むちゅう》でした。

「クミル先生、きのう、うちのイヌと、こんな話をしたんだよ。『おい、ニワトリをちゃんと見はっとけよ！』って、ぼくがいったんだ、そしたら、何て答えたと思う？」

「さあ？」

「『はい、チタぼっちゃん！』だって！」

こんな調子で、どこまで通じているのかは保証《ほしょう》のかぎりではありませんでしたが、とにかく、いろんな動物となかよくなれたようでした。リノは、ある日、しょげかえっていいました。

「クミル先生、ぼく、あんまり評判《ひょうばん》よくないんだ。いつも、棒《ぼう》きれを持って手あたりしだいネコとか小鳥とかを追っかけてるから、みんな、ぼくをすきじゃないっていうんだ」

「みんな、ってだれよ？」

「スズメのやつらさ！　あいつら、そんなことをいうんだぜ！　石を投げてやったよ、ぼく」

やがて、みんな、クミルの前でネズミになって、平気でクミルのうわさ話までするようになりました。

「ねえ、ソンエール、クミル先生って美人だと思う？」

と、チタ。

「あら、美人よ。すっごくきれいだと思うわ。あたしと、おんなじくらい！」

するとリノが、チューチューいって話にくわわります。

「クミル先生ってさ、ときどき、ぼくらと同い年くらいに思うことがあるんだ。こないだ、いっしょに雪の中を走ってたときなんかさ、ぼく、思わず、クミル先生、っていわずに、ソンエールにいうみたいに、『こっちだよ、クミル！』っていいそうになっちゃった」

「リノも！　ぼくもそんなときがあるんだ。だって、クミル先生ってさ、ソンエールよりもおっちょこちょいで、あぶなっかしいときがあるんだものね！」

クミルは、ネコのうなり声でいいます。

「なまいきなネズミども！　食べちゃうぞ！」

みんな、びくっ、としています。ちゃんと、通じたようでした。

ある日、チタが、息をはずませて走ってきていいました。

「クミル先生！　ゆうべ、ぼくんちのネズミが、たいへんなこといってるの聞いちゃった」

「なあに？」

クミルはちょっと用心して、目を細くしてたずねました。チタにはこのあいだも、これでいっぱいくわされたからです。

「たいへんたいへん、リノとソンエールが大げんか！」

というので行ってみると、おとなりどうしのリノの家とソンエールの家で、それぞれにぎやかな夫婦《ふうふ》げんかが起きていて、村の人たちも見にきているところでした。当のリノとソンエールときたら、なかよく、

「あとどれくらい続くか、あてっこしようか！」

「うん、やろう、やろう！」

なんていってたのです。この夫婦《ふうふ》げんかは、イシカの村の名物で、月に一度はあるのだそうです。

で、こんどもそんなことだろうとクミルは思ったのでしたが、チタはまじめな顔でいいます。

「ネズミたちがさ、クミル先生のことを、うわさしてたんだよ！」

「何ていってて？」

「あの娘《むすめ》さんは、人をさがしてるんだってね。その人に会えるかどうか、わかるかい、って、一匹《ぴき》がいったんだ。そしたら、もう一匹《ぴき》が、こういうんだ。『会えることは会えるかもな。でも、つれて帰ることは無理《むり》だろうよ』――そういってた！」

その人とは、ヌバヨのこと！　クミルはそう思いました。

「ありがと、チタ。それは、いい知らせだわ」

チタは、心配そうにいいます。

「でも、その人をつれて帰ることはできない、って――」

クミルはわらいました。

「ネズミに決められてたまりますか！」

数日のあいだに、リノもソンエールも、にたようなうわさを聞いたとクミルに教えてくれました。リノは、イヌとネコから、そしてソンエールは、スズメに聞いたといいます。クミルがヌバヨには会えない、とスズメたちはいっていたそうです。イシカの村の動物たちは、クミルのうわさでもちきりのようでしたが、当のクミルには、スズメもネズミも何もいってくれないようでした。

「クミル先生、どうやって、コノフの森のヌバヨさんをつれて帰るつもり？」

と、ソンエールがたずねます。

「どうやって？　お願いします、っていうのよ。それだけよ」

「でも、もしことわられたら？」

「それは、そのとき考えることにするわ。いまは、ヌバヨさんに会うことだけを考えていればいいんじゃない？」

「それもそうね」

子どもたちはうなずきました。リノが、ネコの鳴き声で、何かいいました。みんなわらいました。

「いま、何ていった？」

と、クミルがにらむと、リノは逃《に》げだしました。ソンエールが、

「クミル先生が、美人だったらね、ですって！」

「チタ、リノをつかまえて！　ぶんなぐっていいから！」


クミルの、ひと冬の学校は続き、三人とも短いあいだに、いろんなことをおぼえていきました。

「クミル先生、ドーム郡に帰れなかったら、ずっとこのイシカの村にいてほしい」

と、ソンエールがぽつりとつぶやいたのは、フキノトウが雪の下からかわいい芽を出したある日のことでした。

「ソンエールのバカ！　そんなこといっちゃだめだぞ！」

とチタはいいましたが、チタもリノもさびしそうでした。

「ぼく、大きくなったらドーム郡に行く」

と、チタがいいます。

「あたしも、うんと勉強して、ドーム郡の大学に入りたい。そして、クミル先生みたいになる！」

と、ソンエール。

「リノは？」

とたずねると、

「ぼく、このイシカの村で、村のために働くよ」

と、きっぱりといいます。

「大すきよ、三人とも！」

クミルは、とくいなコマドリのさえずりでいって、みんなをだきしめました。

そうです。また、出かけるときがきたのです。タンポポがいっせいに花ひらき、野山が黄緑色にまぶしくかがやく春、クミルは、なつかしいイシカの村をあとにして、ふたたび旅だちました。

めざすはコノフの森。目の前には、一本の道が果《は》てしなく続いています。太陽のきらめきを、からだいっぱいにうけとめ、肩《かた》にかけたハプシタールを風にひかせて、小鳥たちとうたいながら歩く旅でした。

第七章　ハプシタール

　とある山道にさしかかろうとしたとき、こまったことにぶつかりました。

　道が、ふたつに分かれているのです。二本とも、うっそうとした山の中に続いています。これまでは、ただまっすぐに歩いていけばよかったのですが、これでは、どちらかの道を選ばなくてはなりません。

　クミルは、その分かれ道にすわりこんで、しばらくどうしたものかと考えました。

「だれよ！　コノフの森は、この道をまっすぐ行ったところにある、なんていったのは。それにしてもこまったな。――ひょっとして、この二本の道は、また出会うことがあるのかしら？　だったら、どっちに行ったっていいんだわ。でも、もし、そうじゃなかったら？　行っても行っても、コノフの森がなかったら？　とんでもない！」

　いくら考えても、わかりません。右がすきか左がすきかと聞かれても、クミルにはどっちだってすききらいはないのです。それに、道の広さだって、にたようなものです。

そのうち、おなかがすいたので、クミルはとりあえずお昼を食べることにしました。小鳥たちがやってきます。コマドリ。そうだ！　コマドリにたずねてみよう！

「ねえ、どっちへ行けばいい？　どっちに行けば、わたしの行きたいところに着ける？」

するとコマドリはいいました。

つらい道。左の道なら、楽な道！」

右の道はつらい？　するとコマドリは、またいいます。

左の道を行けばいいのかしら？　コマドリは、またいいます。

「つらい道を行けば、苦しいことも百倍《ばい》。たのしいことも百倍《ばい》。楽な道を行けば、つらいことも、たのしいことも、どっちもたいしたことはない」

こんなえらいことをいうコマドリははじめてです。クミルはうれしくなって、

「ありがとう！」

といって、立ちあがりました。そしてまよわず右の道、つまり、コマドリのいう「つらい道」を選びました。自信は、ありません。けれど楽な道には、クミルのもとめているものがあるような気がしなかったのです。

ところが、その道は、ほんとうにつらい道でした。これまでにない、けわしい登りが続き、下を見れば、はげしい流れの谷川です。がけっぷちの細い道を通り、丸木《まるき》の橋がかかっているところに出ます。思いきってわたりきると、あたりが急に暗くなりました。クミルは、ひと休みしながら、なんとなく不安になりました。こんなときは、それまで友だちのように思えた木々や、あたりのけしきまで、どことなくよそよそしくなります。冷たい目でクミルを見ているような気になるのです。そのとき、突然《とつぜん》、クマザサのしげみが、ガ

サッとゆれました。風もないのに！

「だれかいるの？」

また、林は、しん、としています。昼すぎなのに、あたりは夕方のようです。クミルは立ちあがりました。

そのときです。クマザサのしげみから、大きな黒いものが、ぬっとあらわれたのです！

「クマだわ！」

クミルは思わず悲鳴をあげました。冬眠《とうみん》からさめたばかりの、腹《はら》ぺこの、獰猛《どうもう》な大グマ！

大グマは、ゆっくりとクミルに近づいてきました。そして足をとめ、クミルをじろりと見つめました。けもののにおいが、つんと鼻をさします。足がふるえてきました。

「クマに出会ったら？」

クミルは必死《ひっし》で考えました。たしか、ヒース先生にこう習いました。死んだふりをする。まさか。いま、悲鳴をあげたばかりなのに、そんなに急に死んだふりができるものですか。もうひとつ。クマと、にらめっこする。けっして目をそらさない。でも、それもだめ。クミルは、にらめっこがいちばん苦手なのです。それに、大グマは、ものすごい目をしてにらんでいます。にらめっこではとてもだめ！　どうすればいいのでしょう？


そのときです。すうっと風がふいたのです。そして、肩《かた》にかけたハプシタールがゆれて、美しい音色をかなでたのです。その音色は、こういっていました。

「何をこわがってるの、クミル先生！」

クミルは、はっとしました。

――そうだ！　なぜ、わたしは、この大グマを、あたまっからこわいものと決めてかかっているの？　ラノフの学校では、いつもいってたじゃない、「動物たちは、みんな友だち。いやがったり、こわがったりするのは、人間の、かってな思いこみよ」って。

クミルは、大グマを見つめなおしました。そう思って見ると、ものすごくおそろしそうな目は、何やら、好奇心《こうきしん》の強そうな、いたずらそうな目に見えてきます。

「これ、何だと思う？」

クミルは、ハプシタールを肩《かた》からはずし、クマに見せながらたずねました。大グマは首をかしげています。

クミルはくすりとわらって、ゆっくりとハプシタールをかなで、うたいはじめました。ラノフの学校で、子どもたちとうたったうたです。

のぼるときは　つらい
この道は　長い
だけど　歩こう　丘《おか》の上まで
苦しいことは　いつかはおわる
そうさ　雨があがれば　虹《にじ》が

丘《おか》のむこうに　かがやいている
ぼくら　これから
遠くまで　行くんだ

なんと、大グマは、クミルがうたいだすと、クミルといっしょに首をふり、リズムをとりはじめたではありませんか！

雨あがりの　虹《にじ》は
まだ　遠いけど
ほら　風がふくよ　この道
もうすぐ　きみに　きっと会える
そうさ　丘《おか》のむこうには
きみの　なつかしい笑顔《えがお》があるさ
だから　歩こう
この　白い道

——クミルがうたいおわると、大グマはくるりとうしろをむいて、クマザサのしげみに入っていきました。

クミルは何とも、てれくさいような気持でした。

そして、ようやく峠《とうげ》に出ました。ふりかえってても、イシカの村もメクツの村も、そしてドーム郡も、はるかな山のかなたにかくれているようでした。行く手もやっぱり山々です。そして、その谷あいには、小さな森がちらばっています。

そこはすこし見晴らしのいい峠《とうげ》なので、クミルは食事にすることにしました。いつも木の実や野生のものではつまりません。イシカの村でもらった麦の粉と、卵《たまご》があります。ギンネズミのリュックは、いつもいっぱいにしておきたかったのですが、どうせなくなるものなら、いい場所で食べるにこしたことはありません。そこでクミルは火をおこし、チャパティールという食べものをつくりました。卵《たまご》でねった麦の粉を、うすくのばして、石にぺたんとはりつけ、そのまま焼くのです。黄色く、こんがりとなったら石からはがして、熱いところをふうふうしながら、ちぎって食べます。ソンエールが教えてくれた、「秘密《ひみつ》の薬味」を入れて、チャパティールは、とてもおいしそうにできあがりました。

「これで、だれかといっしょに話したりしながら食べられると、最高なんだけど」

クミルがそうつぶやいたとき、

「ついでに、お茶があれば、もっといい」

という声がして、クミルはびっくりしてふりむきました。すると、いつのまにかクミルのうしろにおじいさんが立っていたのです。木こりでしょうか、炭焼きでしょうか、長いひげで、クマの毛皮を着て、にこにこしてクミルを見ています。

「お相伴《しょうばん》していいかな？　娘《むすめ》さん」

「ええ、もちろんですとも！」

——そういって、ふたりは、おたがいにしばらく、首をかしげ、ほとんど同時に、

「ヒース先生！」

「クミル！」

と、さけびました。

そうです。ヒース先生だったのです。クミルに自然を教え、ラノフの学校の先生になれるようにしてくれた、ドーム郡の大学教授《きょうじゅ》。

「ヒース先生、大学をおやめになって、こんなところで何をしてらっしゃるんです？」

「それは、わしのほうこそ聞きたいよ、クミル。ドーム郡の先生になって、しあわせにくらしていると思っておったのに！　——じゃが、ものには順序《じゅんじょ》があるな。わしは、ドーム郡の石頭どもとけんかして、大学はやめたんじゃよ、いや、やめさせられたのかな？　じゃが、わしには、ちょっとだいじな調べものがあったのでな、あちこちを旅しておったのじゃ。そのうち、ドーム郡に帰って、おまえのことも、じっくり相談にのってあげようと思っておったのじゃが。——そのようすでは、うまくないことでもあったのかね？」

「とても、かんたんにはいえませんわ」

「なら、食事をしながら話そうじゃないか。お茶があるかね？　クミルや」

「ありません。カップと、お茶をわかす鍋《なべ》ならありますけど――」

「それでいい。クマザサの葉っぱを、わしは持っておる。笹《ささ》の葉茶、*といこうじゃないか」

「おいしいんですか？」

ヒース先生は、にらみました。むかしどおりの、こわい先生です。

「あたりまえじゃよ！　峠《とうげ》で飲む笹《ささ》の葉茶ほどおいしいものがあるか！」

クミルたちはクマザサの葉をこんがりとキツネ色になるまで火であぶり、お湯をわかして笹《ささ》の葉茶をつくりました。それはもう、あまくて、いい香《かお》りがする、最高のお茶でした。ヒース先生の、笹《ささ》の葉の効能《こうのう》についての講義《こうぎ》も、ずいぶんたのしいものでした。

「ま、そんなわけでな。笹《ささ》の葉だけでも、一週間は元気にすごせるということだ。――それで、クミルは、なぜ、こんなところにおるのじゃ？」

クミルは、ドーム郡の先生になったところから、これまでのことを、すっかりヒース先生に話しました。ヒース先生は、むつかしい顔をして聞いていました。クミルが話しおえても、ヒース先生は、しばらくだまりこんでいました。それから、やがてため息をつきました。

「そうか。コノフの森へ行くのか」

クミルは思わずさけびました。

「ヒース先生！　コノフの森をごぞんじなんですか？　教えてください！　どこにあるんです、コノフの森

＊訳注――「笹《ささ》の葉茶」訳者《やくしゃ》が試してみたところ、ほんとうにおいしいお茶でした。保証《ほしょう》します。

は！」

「まあ、待ちなさい、クミル。——こまったな。どこだと聞かれて、ここだと答えるわけにはいかないんだよ、コノフの森は」

ヒース先生は、ふしぎなことをいいます。

「どうしてです？」

「お聞き、クミル。コノフの森とは、ヌバヨのいる森のことだ。それがどこにあるか、と聞かれても、だれも、ここがコノフの森だ、とはいえないんだよ。たとえば——」

ヒース先生は、山すその森のひとつを指さしました。

「おまえが、あの森に入るとする。で、そこがただの森で、ふつうの森と何の変わりもなければ、そこはコノフの森ではないのだよ。だが、もしも、そこがだな、小鳥のさえずりとうた声にみちていて、森の木々が光りかがやき、動物たちがみな、生きていることのたのしさ、すばらしさ、そしてよろこびを、からだいっぱいにあらわしているようだったら、クミル、そこがコノフの森なのだ。そこに、ヌバヨがいる。だれも、その森に入ったときに、そこがコノフの森だと気づかない。ただ、あとになって、その森のできごとが、たのしく生きいきと思いだされてはじめて、ああ、あそこがコノフの森だったと思うんだ。そこにヌバヨが住んでいる。あの男は、ただの森をコノフの森にしてしまう。——クミルや、残念《ざんねん》ながら、おまえに教えてやれるのは、これだけなんじゃよ。人が、コノフの森へ行こうとして行けるものか、わしにはわからない。おまえに、もっといい答えをやりたいが、これだけしかいえない。コノフの森というのは、そんなところなんじゃ」

ヒース先生は、そういって、気《き》の毒《どく》そうにクミルを見つめました。クミルは、

「森の木々が光りかがやき、小鳥のうた声にみちていて、動物たちがみな、生きているよろこびを、からだいっぱいになってあらわしている森」

と、つぶやきました。そのことばはとてもぼんやりしているけれど、でも、すばらしいことを感じさせてくれることばでした。

「ヒース先生、だいじょうぶ。わたし、かならず、その森を見つけます。そして、ヌバヨという人を、ドーム郡につれて帰ります！」

「うむ、やっとクミルらしいことばを聞けたのう」

と、ヒース先生はいいました。

「では、わしは、行かねばならん」

「どこへ？　ドーム郡は、ヒース先生が必要《ひつよう》だと思います。フユギモソウのことだって、ヒース先生がいたら――」

先生は、首をふりました。

「クミルや。おまえの話を聞いて、わしには、わしの調べていることがたいへんなことだという気がするんじゃよ。だから、わしは、わしで、旅をしなければならんのじゃ。いま、ドーム郡にとって必要《ひつよう》なのは、わ

しのような老いぼれの知恵《ちえ》ではない。若《わか》く、強い意志《いし》なのじゃよ。どうかクミルや、ヌバヨを見つけ、ドーム郡をすくっておくれ。そのことが、わしたちを勇気づけるのじゃ」

「わかりました、ヒース先生。でも、教えてくださいな、いったい、何を調べる旅なのです？　いつ、ドーム郡に帰ってこられるのです？」

「ふむ。それを話すには、おたがいに時間もないし、また、わしには、まだ話す時期でもないのじゃ。ただ、こういっておこう。わしは、ある古いドーム郡の詩のなぞを解《と》くために、旅に出たのじゃ、とな。そして、わしはいまだ、そのなぞを解《と》くにはいたっておらん。ま、そんなわけでな、わしはわしで、旅を続けねばならんのじゃ。また会う日もあることじゃろう。さらばじゃ、クミル。わしの、いちばんの優等《ゆうとう》生《せい》！」

「ごきげんよう、ヒース先生！」

ふたりは、その見晴らしのいい峠《とうげ》で別れました。クミルの頭の中は、ヒース先生に聞いたコノフの森のことでいっぱいでした。

第八章　おまえは大うそつき

　クミルにはなんとなく、その谷間におりていくのがためらわれました。左手には、のこぎりの歯のような、きり立った山々がそびえ、ちょうどその山のかげになった道を行かねばならないのです。けれど、道が続くかぎり、いやだなどといってはいられません。

　ひんやりとした暗い谷間でした。そこをこえると、こんどは森に入ります。左手の山々はずいぶん高く、まったく太陽の光をさえぎっています。そして、右手の山々の峰《みね》にはようやくお昼前の陽《ひ》があたっています。

　森の中は暗く、じめじめしていました。コウモリが飛ぶかと思えば、ヘビがいます。夜行性《せい》のけものたちが、森のかげで目を光らせています。この森には、なぜか人のいやがるような、そんな動物たちばかりがいるみたいです。

「まず、ここがコノフの森だなんてことはないでしょうねえ」

と、クミルは思いました。森の木々は、光りかがやくどころか、暗くてぬめぬめしたつる草におおわれ、吸《きゅう》血《けつ》ヒルが落っこちてきたりします。鳥は、「ギェー、ギェー」とか、「グジャグジャ」というようなしゃがれた声をたてて、クミルにはそれがどんな意味なのかさっぱりわかりません。それに、寒いのです。まだ、雪どけ水が足もとを流れています。

　おまけに、この森が意外に大きく、行けども行けども、なかなかおわらないのでした。さすがにクミルもうんざりしてきて、元気を出そうと思ってハプシタールをひいてみても、ちっともたのしい気分になれません。

　こんなときは、ラノフの学校を思いだすにかぎります。ここは、みんなで探検《たんけん》に入った森の中。ところが、気持の悪いことばかり。

「クミル先生、こわいよう！」

ミズカが、そういって泣《な》きだすにちがいありません。すると、タギが、

「だいじょうぶ！　すぐに出られるよ！　ねえ、クミル先生？」

というに決まっています。

「でも、こんなところ、もういやだよ！」

「ねえ、おなかすいたよ！」

「クミル先生、道がわかってるの？」

「寒いよう！」

――もうだめ。これ以上、ラノフの子どもたちをつれていけません。そこでクミルはすぐにみんなを、あ

ったかくて陽当《ひあ》たりのいいところにつれだして——でもクミルは、あいかわらず、このへんてこな道を歩いていました。

やがて、あいかわらず暗いことは暗いのですが、道がぬかるんでないところに出ました。すこし歩きやすくなって、じめじめした感じはなくなります。

「ほうら、ね。いつだって、悪いことは、すこしずつよくなっていくものなのよ」

と、クミルはつぶやきます。それにしても暗い森でした。かれた大木が、死んだように横たわっています。

そして、そんな森の中で、夜をむかえます。星が見えません。ギンネズミのリュックを寝袋《ねぶくろ》にして目をとじると、何だかこわいことばかりうかんできます。

「人の心をこおらせるというフユギモソウも、こんな森の中で生まれたのかしら？」

そう思うと、ぞっとしました。夢《ゆめ》の中で、森の木々が、クミルを追いかけてきます。しかたがないので、起きて、火をたくことにしました。なかなか火がつきませんでしたが、それでも何とか、小さなたき火ができました。いやな夢《ゆめ》を見ながらねむるよりは、まだ火を見て起きているほうがましです。やがてクミルはいつのまにか、うとうとしていました。

「ヒエ、ヒエ、ヒエ、ヒェ！」

クミルはおどろいて起きあがりました。夢《ゆめ》の続きかしら、と思って、目をこすりました。気持の悪い、さけびのような、わらい声のような声です！

「ヒェッ、ヒェッ、ヒェッ！」

あたりは、まだまっ暗で、たき火がくすぶっています。その、たき火のむこうから、低《ひく》い、わらい声がするのです。ヒヒでしょうか、それとも、何かほかのけものでしょうか？

「だれ？」

すると、暗闇《くらやみ》の中から、

「まっすぐ立ちな」

という声、まぎれもない、人間の、男の声がするではありませんか！　クミルは、半分ほっとして、

「どこにいるんですか？　どなたです？」

といいました。

「立て、っていってるじゃねえか！　手に、何も持たないで、すなおに立つんだよう！」

と、その声はいいます。すこしずつ目がなれてきました。クミルの前に、うずくまっているかげがあります。

「あやしいものじゃありません。旅をしているんです」

と、クミルはいいました。そして、立ちあがりました。

「ようし。刃物《はもの》は持ってないようだな」

と、その声はいいました。わたしが女の子であることぐらい、声からわかりそうなものなのに、とクミルは思いました。

「どなたなんですか？　わたし、旅のものです。何も、悪いことしてませんよ」

「しゃべるんじゃない！　うしろをむけ」

クミルは、いわれたとおりにしました。森の中には、ときどき変な人間がまぎれこんでいて、あまり村や町の人とはつきあわないと聞いています。そういう人は、うたぐり深く、用心深いので、つきあうのに苦労するそうなのです。ヌバヨも、そういう人なのではないかとクミルは想像《そうぞう》したことがありました。男は、クミルがうしろをむいているあいだ、荷物を調べているようでした。

「何だ、これは？　木の実に、草の芽、ぼろ布《ぬの》に、火打ち石、ろくなものを持ってないな――わっ！」

ハプシタールが音をたてたのです。

「それは、楽器です。ハプシタールっていうんです」

「がっき？　ハプシ？　何だ、それは？」

「うたを、うたうときに使うんです」

「うそを、使うときにうたう？」

「うたです！　そっちをむいてもいいですか。お話もできないわ」

男は、しばらく考えて、それから、

「よかろう」

といいました。あたりが明るくなりはじめています。クミルは、ゆっくりとふりむきました。ひとりの男が、クミルにむかって刀をつきつけています。とてもすきになれる顔ではありませんでした。顔つきも、口もともだらしなく、目は、おくびょうのような、そのくせ人をこわがらせようとする、にごった色でした。クマの毛皮を着ています。

「おはようございます！」

クミルは、無理《むり》やり顔をひきつらせてわらいながらいいました。男は、わらおうともしません。

「どっからきた？　何してる？」

と、男はいいました。

「ドーム郡からきました。ある人をさがして、旅をしているんです」

「だから！　何しに、この、かげの森にきたのか、って聞いてるんだよ」

クミルは、同じことをくりかえして、旅のとちゅうにここに入ったのだといいました。

「あなたの名前は？　ここでくらしておられるんですか？」

「なんで、おれの名前を聞く！」

男はまたおこります。クミルは、そのときはじめて、これは、山賊《さんぞく》ではないのかと思いました。

「いえ、いいたくないんでしたら――。わたし、クミルっていいます。どうぞよろしく」

「よろしく、どうだっていうんだ？」

「あの、わたし、もう行きます。荷物を返してください」

「返せ、だと？　たしかにそういったな？　返せ？　これは、おれのもんだ。おれが、もらっとく。がらくただが、何かの役にたつかもしれないからな」

――やっぱり！　これは、山賊《さんぞく》なのです。相手が山賊《さんぞく》では、どうしようもありません。でもクミルは、ギンネズミのリュックと、それにハプシタールは、ぜったいわたしたくありませんでした。

「あの、その楽器、うたをうたわない人には、ほんとに役にたたないと思うんです、だから、それだけでも返してもらえません？」

「すると、おまえには役にたつものなのか？」

「ええ。ちょっと、かしてくださいな」

クミルはそういって、ハプシタールをわたしてくれるよう、手をのばしました。大グマのときのことを思いだしたのです。うたのきらいな人はいません。この山賊《さんぞく》だって、うたを聞いたら、心がなごむかもしれない。

山賊《さんぞく》は、ハプシタールがどんなものか、興味《きょうみ》があったのでしょう、いやいやクミルにわたしてくれました。

クミルは、すぐにうたいはじめました。

もう　春の　風
また会いましたね
ふりむけば　そこに
あなたの　笑顔《えがお》
ひなたぼっこは　もう　やめて
そろそろ　出かけるところです
こんなとき　あなたに

おくりものが　したい
タンポポの　花なんか
あなたに　にあいそうで

わたげが　ゆれて
飛んでいきました
口笛《くちぶえ》ふいて
あいさつしてる
あたたかい陽《ひ》ざし　追いかけて
これから　出かけるところです
こんなとき　あなたに
おくりものが　したい
タンポポの　わたげに
手紙なんか　むすんで

ところが、クミルがうたいおわっても、山賊《さんぞく》はちっとも表情《ひょうじょう》を変えません。うたが聞こえなかったのでしょうか？　こんなことは、はじめてのことでした。それどころか、山賊《さんぞく》はいいました。

「返せ。そいつは、おれのもんだ」

「どうしてなんです？　あなたに、これが必要《ひつよう》なんですか？」

「ヒェッ、ヒェッ、ヒェッ。あなたに必要《ひつよう》ですか、とよ！　ヒェッ！」

山賊《さんぞく》はわらいました。いやなわらい声です。それからクミルにいいました。

「これは、おまえにたいせつなものか？」

「そうです！　とってもたいせつなんです！」

「だったら、おれがもらっておく。この袋《ふくろ》も、おまえのだいじなものだな？　ヒェッ、ヒェッ」

クミルは、情《なさ》けなくなってきました。

「どうして？　どうしてなんです？　あなたに、どんな得《とく》があるというんです？」

すると山賊《さんぞく》は、目を光らせ、するどい顔になっていいました。

「同じことばかりいいやがって！　なんでおれが、いらないものをほしがるかだと？　おまえがたいせつがっているからよ。おまえのだいじなものをとりあげると、おれの気持がいいからよ！　そいつは、おれにとってずいぶん得《とく》なことじゃねえか！　とりわけ、おまえのようなやつからは、よけいにそうしたいんだ、わかったか、この、うそつきの小娘《こむすめ》が！」

その山賊《さんぞく》のことばは、クミルをかっとさせました。なぜ、このいやらしい山賊《さんぞく》に、うそつきよばわりされねばならないのでしょう？

「わたしは、うそつきじゃないわ！」

すると山賊《さんぞく》は、突然《とつぜん》、気味の悪いわらい声をあげました。

「ヒエ、ヒエ、ヒェッ！　うそつきじゃないだと！　ヒェッ、ヒェッ！　大うそつき！　こんな大うそつきは見たことがねえや！　ヒェッ！」

「なぜ、わたしがうそつきなのよ！」

クミルは、絶対《ぜったい》に許《ゆる》せないと思いました。ハプシタールを、ギンネズミのリュックをとられたっていい、だけど、この悪者に、大うそつきといわれるすじあいはないはずです、絶対《ぜったい》に！

「ヒェッ！　おれは、人のものをかっぱらう悪党《あくとう》だがよ、おまえよりゃ、ましってもんだぜ！　ええ？　大うそつき！」

「二度と、そのことばをいわないで！」

「うそつきが、うそつきといわれておこってやがる。ヒエ、ヒエヒェ！　教えてやらなきゃわからねえのか、おまえが大うそつきだってことが。ええ？　そうとうなもんだぜ、こりゃあ。おれには、おまえをひと目見たときから、うそつきだってこた、わかってたんだ。うそつきは、みいんな同じことをいうんだ。おれを追いだしたやつらもそうだ。自分だけがいちばんえらいと思ってやがるんだ。おい、うそつきの小娘《こむすめ》、おれが刀をつきつけたとき、わらってあいさつしやがったな？　おはようございます、だと？　なんで、『命だけはお助けを！』っていわねえんだ？　なんで、おれを見て、わらうんだ？　ええ？　おまえ、わらいたくもなかったろうが！　そうだろう！　おれを、うたなんぞでまるめこもうったって、そうはいかねえぞ。うたなんてもなあな、うそしかいわねえものなんだ。おれが、ごまかされると思ったら、大まちがいだ。がらく

たの荷物でかんべんしてやろうと思ったが、それでさえも返せだと？　たいせつなもんだと？　命が助かりゃ、それでいいだろうが！　かげの森でよ、山賊《さんぞく》のこのおれに出会って、傷《きず》もつかずに逃《に》げられるだけでもありがたいってもんじゃねえか。へ、おまえ、内心そう思ってるんだろ、だがな、そうはいかねえ。おまえの、そういう、もののいいかたがよ、おれに、いやなことを思いださせてしまったのよ。自分はちっとも悪くない、悪いのは、みんな、このおれだ、っていう口ぶりが気にくわねえ。そんなふうにいうやつぁ、みんな大うそつきなんだよ！」

クミルは、こわさと、怒《いか》りで、からだがふるえてきました。

「わたし、だって、何も悪いことはしてないわ。突然《とつぜん》やってきて、わたしのものをうばおうとする人と、どっちがいけないの？」

「ほら見ろ！　おまえは悪くないといったろう？　殺《ころ》してやる！　そういうやつは、殺《ころ》してやるんだ！」

山賊《さんぞく》は、刀をふりあげました。クミルは、ひるみませんでした。

「だったら殺《ころ》してみなさいよ！　でもそんなことしたって、あなたにとっては、何の得《とく》にもならないことなのよ！　でも待ってよ！　あなたが、どうしても、わたしの命をとりたいんだったら、あげてもいいわ。でも、わたし、仕事があるの。どうしても、やらなきゃならない仕事なの。それがおわるまで待ってよ！」

山賊《さんぞく》は、急に、へなへなと腰《こし》を落としました。

「あっちへ行け！　大うそつき！　おまえみたいなやつ、見たくもねえ！」

それは、まるで、子どもが急にすねたみたいでした。クミルは、あっけにとられました。

「――行くわ。でも、わたし、うそつきじゃない！」

「おい、娘《むすめ》っ子、おぼえとけ。おまえは、大うそつきだ！　けがらわしいやつだ。おまえの歩く道を、みんな呪《のろ》ってやる！」

「わたし、だれにだって、うそつきだといわれたことがありません。だから聞くわ。答えてください。なぜ、わたしが、けがらわしいうそつきなのかを！」

クミルは、むかむかする胸《むね》をおさえて、もう一度だけ、と思い、山賊《さんぞく》にむきなおります。

山賊《さんぞく》は、クミルにおそいかかりました。あっというまに、クミルは、山賊《さんぞく》に組みふせられ、首に刀がつきつけられました。山賊《さんぞく》はいいました。

「死ぬ前に、ようく聞いとけ。いいか。この世の中には、ふたとおりの人間しかいねえんだ。おれみたいな悪者と、それに、おまえみたいな、うそつきさ。自分が悪くないと思っているやつは、みんな、うそつきなのさ。そして、そいつらのほうが、このおれみたいな悪者よりはよ、ずっとずっと悪いやつだってこった！おれは、おまえみたいなやつがいちばんきらいなんだ！　だから、おまえは、殺《ころ》されるんだ」

クミルは、必死《ひっし》で、手にふれた棒《ぼう》きれを、山賊《さんぞく》の顔につきつけました。思いがけず、それは山賊《さんぞく》の目につきささったのです！　おそろしいさけび声があがり、クミルは、夢中《むちゅう》で山賊《さんぞく》をふりはらうと、森の中を走りに走りました。おそろしさと、くやしさ、それに、生まれてはじめて人を傷《きず》つけたことで、クミルは、泣《な》きだしました。泣《な》きながら、ただ走っていました。

第九章　ほんとうのこと

いつのまにか、クミルは「かげの森」を出ていたようでした。リュックも、ハプシタールもありません。うしろには、暗い山々と、暗い森がありました。行く手には、かれた葦《あし》の荒野《こうや》がひろがっています。そのかれ葦原《あしはら》に足をふみ入れ、クミルは、道をたしかめようともせず、ただやみくもに歩きました。ここは、かなり広い平原のようで、遠くには連山がかすんでいました。どこを目ざして行けばいいのでしょうか、そして、どこに森があるのでしょうか？

やがて、風がふきはじめ、空がどんよりとくもって、雨になりました。クミルは、ずぶぬれになりました。ゆうべから、何も食べていませんでした。荒野《こうや》には、食べものになるようなものは、何ひとつありませんでした。それより何より、クミルは、食べようという気持をなくしていました。足もとがふらついてきました。そして、遠い連山のほうへ行くつもりなのに、足は、ひとりでに、左手にある近くの山々にむかおうとしているのに気がつきました。そっちのほうにコノフの森があるとはとうてい思えませんでした。いままでどおりの道ならば、まっすぐに、このかれ葦原《あしはら》をつっきって、遠い連山へとむかうはずです。でもクミルは、道を見失ったことを口実に、左に折《お》れていったのです。山のふもとに行けば、食べるものが手に入ると思ったからでした。雨はふりしきり、風は強くなりました。クミルは、どこにも休めるところを見つけられませんでした。そのうちに、この荒野《こうや》の中に、道を見つけました。その道は、近くの山々のほうへとむかっていました。それが、いままでのクミルのたどってきた道だという保証《ほしょう》は何もありませんでした。クミルは、かげの森で、完全《かんぜん》に道を見失ったのです。といって、もう一度、あの、かげの森までもどろうという気にはなれませんでした。あのいやな山賊《さんぞく》には、二度と会いたくありません。

山賊《さんぞく》！　そのことは、思いだしたくないことでした。クミルは、自分がうそつきだといわれたことが、泣《な》きたいくらいくやしくて、腹《はら》だたしかったのです。考えたくないのです。――それは、おかしなことでした。もし、クミルがうそつきでなければ、何も気にすることのない、いやな山賊《さんぞく》のたわごとなのです。それなのに、クミルは、とても傷《きず》ついていました。

クミルのからだは、すっかり冷えきっていました。

そのとき、クミルは、道のほとりに、みすぼらしいかかしが、ぽつんと立っているのを見つけたのです。だれがつくったのでしょう、やぶれた帽子《ぼうし》に、ぼろ布《ぬの》の服、そして、おかしな顔が描《えが》いてありました。その顔は、何だか、とってもやさしそうな、人のいい顔でした。

クミルは、かかしのところまでやってきて、そこに立ちどまりました。かかしの顔は、もうずいぶんふつうの人に会っていないクミルに、なつかしさと、やさしいなぐさめをあたえてくれたのです。

「わたし、クミルっていうの、かかし」
と、クミルはつぶやきました。そして、かかしにむかって、思いつくままに、自分の心の中を、ひとりごとのように、ぽつりぽつりと話しはじめたのです。

「かかし、聞いてくれる？　わたしね、ドーム郡という、遠いところからきたの。どこにあるかもわからない、コノフの森をさがして、どんな人かもわからない、ヌバヨという人に会うために。なぜって、ドーム郡は、フユギモソウというおそろしい、人の心をこおらせる草がやってくるので、何とかしてヌバヨにきて、助けてもらいたいからなのよ。そして、わたし、はるばると、旅をしてきたの。かかし、それはつらい旅だったの。道はけわしかったし、クマにも出会ったの。でも、どんな苦労だって、それがドーム郡のためだったら、たえられると思ったわ、かかし。でも、もうだめ。山賊《さんぞく》はね、わたしのことを大うそつきだっていったわ。——もう道もわからないし、ドーム郡にも帰れないの、だから、ほんとのことをいうわね。山賊《さんぞく》のいったことは、ちがってたわけじゃないのよ。わたしはね、大うそつきなのよ。そうなのよ！」

かかしは、首をかしげていました。クミルは、日ごろならけっしていわないようなことを口走っているのに自分でもおどろいていました。けれど、口をついて出てくることばは、どんどんかたよっていきます。

「いったい、なぜ、こんなことをひきうけてしまったのかしら。わたしに、ドーム郡がすくえるわけがないのよ、いつも、いい子でいたかったから、あんなにやすやすとひきうけてしまったんだわ。ほんとうは、いやだったのよ。きっと——それが、最初のうそ、いえ、まだあるわ。ラノフの橋のことだわ。モールのうそを、なんでうそだっていわなかったのかしら！　そうだわ、かかし、わたしって、ほんとうにばかだわ。みんなにいってやればよかった。いえ、みんなだってそうよ！　ドーム郡の、あのえらい人たち、みんなうそつきよ！　自分が、こんな苦労をしたくないから、わたしなんかにおしつけたのよ！　それを、あんな裁判《さいばん》をして、わたしが、ドーム郡を出なきゃいけないようにして——。山賊《さんぞく》のいうとおりだわ、悪者と、うそつきばかりだわ！　さっさと、やめてしまえばよかった、こんな旅！

「フユギモソウにほろぼされる、ですって。あんな、ドーム郡なんか、ほろぼされてしまえばいいのよ、どっちみち、もうわたしには関係のないところですもの、ねえ、かかし。それに、ヌバヨなんて、ほんとうにいるの？　いるとしたって、ヌバヨなんて人には用はないわ。だって、わたしが、こんなにつらい思いをしているというのに、ちっとも会えないもの。きっと、ドーム郡がなくなってから、のこのこ出てくるのにちがいないわ、『おいらのいうとおりにすりゃよかったのに！』なんていうのよ、きっと。——ヌバヨって人のことを、わたし、何度も夢《ゆめ》に見たのよ、かかし。だって、コノフの森の話を聞いたら、だれだって、そりゃあすてきな人だって思うわ。でもね、いまは、とてもにくらしい名前だわ。どこにいるかもわからないヌバヨなんて、あの山賊《さんぞく》以下だわ。ああ、あの、いやらしい山賊《さんぞく》！　片目《かため》をついただけじゃ気がすまない！　あんなの、死んでしまえばいいのよ！」

クミルはこのときほどひどいことをいったり、考えたりしたことはありませんでした。それは、クミルではない、ひねくれ、いじけた、もうひとりの人間がしゃべっているようでした。

「かかし、わたし、どうしたのかしら。からだがとても冷たいわ。雨、やまないのね。この雨があがるまで、わたし、生きていられるかしら。でも、こんなに、みじめな気持のままで、ほんとうに死んでしまうのかしら。もし、わたしが死んだら、――いやだなあ。わたし、いろんな人を呪《のろ》ってやる。わたしの心を、こんなにこおらせてしまった人たちを！」

雨は、ほんとうに冷たく感じられました。からだがふるえて、歯が、がちがちいいます。クミルはもうろうとしながら、それでも、かかしにむかってつぶやきました。

「かかし、あなたを人間にしてあげる。だってわたし、だれにも見とられずに、ひとりぼっちで死んでいくの、いやだもの。ヒース先生、あなたもいけない人だわ。わたしは、わたしの森で、じゅうぶんしあわせだったのに！　そうよ、あそこにいればよかった！　――それより、でも、もっと悪いのは、――わたしの父さん！」

クミルは、それまで、父親のことを、悪く考えたことはいちどもありませんでした。けれど、ひとりでにことばが口をついて出てきます。

「父さん、わたし、あなたを、やっぱりにくむわ。あなたは、わたしを、おいてけぼりにして行ってしまった。ねえ、かかし！　あれは、とてもよく晴れた、春の日だったわ。わたしと父さんは、野イチゴをつみにいったの。森の南の丘《おか》にはね、そりゃあすてきな野イチゴ畑があってね、わたしは、夢中《むちゅう》で野イチゴをつんでたのよ。でも気がついたら、父さんは、どこにもいなかったの。そして、二度と帰ってこなかったの！　父さんは、クマと同じなのよ。知ってる？　かかし！　クマはね、春になると、野イチゴの野原に子グマをつれだして、子グマを、野イチゴに夢中《むちゅう》になってる子グマをよ、そこに置きざりにしてしまうのよ。父さんも、けものと同じことをしたのよ！」

かかしも、雨にうたれていました。そして、クミルのいうことを、しんぼう強く聞いているようでした。

クミルは、もう立っていることができなくなってきました。心は、すっかり冷えきっています。

「かかし、わたし、自分で、自分がいやになってきたわ。もう、生きていたってしかたがないような気もする。だって、こんなに、みんなの悪口をいって――」

そのとき、クミルは、かかしが何かいったように思えました。

「なあに、かかし？　――おかしなクミル。かかしが、ものをいうわけがないものね。もう、ほんとうに、おしまいなのかしら――」

もう一度、クミルは、声を聞きました。その声は、かかしが実際《じっさい》にしゃべったようでもあり、クミルの心の中に、何かがささやきかけたようでもありました。とにかくクミルは、こんな声を聞いたような気がしたのです。


「うしろを見てごらん」


クミルは、ぼんやりと、その声を聞き、そして、ゆっくりとふりむきました。

そこには、一本の、人の背《せ》ほどの草が、黄色い花をつけて、雨にうたれているクミルを、じっと見つめていたのです。その花は、キリルソウによくにていました。

クミルは、

「フユギモソウ！」

とさけびました。そして、その場で、気を失って、たおれてしまいました。

第十章　かかしの仕事

　気がつくと、クミルは、ふんわりしたベッドの上でねていました。

「ここはどこだろう?」

とつぶやき、クミルはあたりを見まわしました。頭が、ぼんやりしています。

　そこは、小さな小屋の中のようでした。暖炉《だんろ》があって、あたたかい火がちろちろと燃《も》えています。ベッドは木のベッドですが、ふとんは、羽根《はね》ぶとんでした。雨にぬれていたクミルの服は、すっかりかわいています。

「だれかが、わたしを助けてくれたのかしら?」

　起きあがろうとしました。すると、

「気がついたかい?」

という声がします。クミルは、起きあがりました。

クミルのベッドの足もとのほうに、ゆりいすがひとつ、そのいすに腰《こし》かけて、パイプをくゆらせ、こっちを見ているひょろっとした男がいました。クミルは、思わずからだをかたくして、ベッドの上で、身がまえました。

「だれよ、あなたは！」

——山賊《さんぞく》のことがあります。人に、心を許《ゆる》してはいけないという気持が、クミルにそんな態度《たいど》をとらせました。

「ごあいさつだなあ」

男は、いすから立ちあがり、クミルにむかって、頭をかきながら、人なつっこそうにわらいました。

髪《かみ》の毛はぼさぼさで長く、ぼろの服を着ています。とてもみすぼらしそうな男です。立ちあがったところを見ると、背《せ》はひょろ長く、手も足も長い男でした。そして、目は、とろんと、ななめにたれています。人のいいような悪いような、何ともとらえどころのない、ふしぎな顔つきです。クミルはその顔に、どこか見おぼえがあるような気がしました。

「どこかで会ったことがある、ような気がするんだけど——」

するとと男はいいました。

「ふむ、その、どこかで何か、にたことがあったような気がする、ってのは、だいじなことだな、うん。そういう感じ、ってのはね、うん、きっとたいせつなことだと、おいらは思うね」

「そうかもしれないけど——どこで会ったのかしら。ねえ、あなたは、だれ？　何者？」

男は、また、にやりとわらって、とくいそうにいいます。

「おいらは、かかし」

「まさか！」

クミルはおどろきました。でも、そういえば、クミルが会った、あの道ばたのかかしによくにた顔をしているのです！

「それじゃ、あれは、あなたなの？　ほんとに？」

男はわらいだしました。

「おかしな娘《むすめ》さんだよ！　さっき、といっても、きのうのことだがね、あんたがたおれていたところにあったのは、ほんもののかかし。そして、おいらの名前が、かかし。いくら世の中がおかしいっていっても、まさかほんもののかかしが、しゃべったり、たおれてる娘《むすめ》をひろってきたりはできまいよ。いや、待てよ、おいらが、ほんもののかかしで、あそこに立ってたのは、ありゃ何だろうな、おいらの看板《かんばん》かな？　まぎらわしいよな、ほんとに、うん」

「つまり、あなたのよび名が、かかしってわけね？」

「よび名が？」

男は、むっとしたようにいいました。

「いいかい、おいらは、かかし。よび名じゃなくて、ほんものの、かかし。わかったかい？」

「だって——」

クミルは、なんとなくおかしくなっていいました。

「かかしだったら、畑で、一本足で立ってるもんだわ。作物を荒《あ》らさないように、鳥たちをおどかすために立ってるのが、かかしでしょ?」

男は、あきれたといわんばかりに両手をひろげました。

「なんてこった! 鳥をおどかすために! 人間の畑で立ってる! ひどい話だ! かかしの侮辱《ぶじょく》だ!」

「ちがうの?」

「あたりまえだよ。あんた、ほんとに、かかしの仕事を知らんのかね?」

「つまり、あなたの仕事?」

「そう。おいらの仕事。かかしの仕事」

「知らないわ。でも、かかしさん、その仕事の中に、わたしに食べものをくれるっていうことは入ってないでしょうね?」

クミルは、ずいぶん、あとで考えると礼儀《れいぎ》知らずのことをいいました。でも、このかかしには、なんとなく、平気でそんなことをいわせる気やすさがあったのです。それより何より、ぐっすりねむったあとで、とてもおなかがすいていたのでした。

「もちろん、そんな仕事は、おいらの仕事じゃないさ。でも、あんたが立ちあがって、暖炉《だんろ》まで行けるようなら、そこにかかっている豆《まめ》がゆを食べてもいいよ。うん」

クミルは、大よろこびでベッドからおりました。でも、からだが弱っていたのでしょう、よろめいてしまいました。するとかかしは、すばやくクミルをささえます。そのとき、つんと、木のにおいがしました。クミルの大すきな、森の木のにおいです。

「世話のやける娘《むすめ》だなあ」

と、かかしはいいました。そして、結局、クミルに、おわん一杯《ぱい》の豆がゆをよそってくれました。

「おいしい！　ねえかかし、わかったわ。あなた、木こりでしょう！」

「ふん、こんどはよびすて、おまけに見当はずれ！　木こりっていうのは、森の木をかってに切ってもってく仕事だろ？」

クミルは、ちょっとふくれっつらをしました。クミルの父親も木こりでしたから。

「木を育てるのも木こりだわ！」

「まあいいさ、さっきから、何度もいうようにだ、おいらは、かかし。わかったか！」

「それで、かかしの仕事は？」

かかしは、えへん、と、せきばらいをひとつして、背《せ》すじをのばしました。そしていいました。

「まあ、そんなたいしたもんじゃないがね」

「ええ、ええ、そうでしょうとも！」

クミルもかかしの調子につられて合いの手をいれました。

「かかしの仕事は、ふたつある。ひとつは、鳥や、けものたちに、人間がきたぞ！　逃《に》げろ！　って、知らせる役目」

「わかった！　あなたは、動物たちの、かかしなのね！」

「もうひとつは、うん。あんたは、わかりが早いな。もうひとつは、ただの道案内」

「道案内！」

「そう。わたり鳥なんかがまようだろう。それに、荒野《こうや》の、さすらいオオカミなんぞもよく道にまよったりするし──」

　クミルは、がっかりしました。なんだ、動物の道案内か──。

「人間の道案内は、しないの？」

「人間の？　だってあんた、人間は、道案内なんて、いらないじゃないか！　みんな、自分の行くところはよく知ってて、せかせか歩いてるだろ？」

「それが、そうでもないかわいそうな人だっているの」

　クミルは、情《なさ》けない声でいいました。でも気をとりなおして、聞いてみました。

「ねえ、どうやって道案内するの？　ちゃんと、つれていってあげるわけ？」

「道案内っていうのは、つれていくんじゃないさ。ごあんない、するだけだよ」

「道案内なのに、つれていかない？」

「そう。おいらは、ただ、指さすだけさ。あっち！　それとも、こっち！」

　そういって、かかしは両手をまっすぐにのばしました。道ばたのかかしと同じかっこうです。

「どっちなの？」

「うん。それを決めるのは、おいらじゃないな。あんただよ、娘《むすめ》さん」

「クミル、っていうのよ」

「で、クミル。いったいなんで、あんなところにたおれていたんだい？」

「それを話すには、豆がゆをもう一杯《ぱい》と、あと、食後のおいしいお茶がほしいな」

「へっ、おいら二度と、のたれ死にしそうな人間を助けないからな！」

かかしは、でもちゃんと、おいしいお茶をいれてくれました。クミルは、ドーム郡でのことと、これまでのことを話しました。雨の中で、例《れい》のかかしに話したいいかたとは、ずいぶんちがいました。クミルはまた、いつものクミル先生になれたような気がしました。かかしは、パイプをふかして、目をつむって、じっと聞いていました。


「そして、その山賊《さんぞく》から逃《に》げて、道にまよったの。それで、いまでも、山賊《さんぞく》のいったことが、わたしには、わからないの。ねえかかし、ほんとうに、人間には、悪い人と、うそつきしかいないと思う？」

かかしはわらいました。

「だったらクミル、人の心を悪くさせるフユギモソウとやらをこわがることはないだろ？　だってみんな悪けりゃ、心を悪くさせる草もないわけだからな。そいつのいったことはね、こういうこったよ。人間は、悪くなったり、うそをついたりすることもある、ってね。それだけのことさ。ただね、あんたみたいな人は、悪くなったり、うそをついたりすることがないから、そういうやつのことがわからないのさ。そして、その山賊《さんぞく》にしてみれば、自分が悪いとも思わずに、しらずしらずに悪いことをしたり、うそをついたりする連中が許《ゆる》せなかったんだろうさ。よくいうだろ、『知らずに悪いがいちばん悪い』って」

「わたしだって、うそをついたり、悪かったりすることがある」

クミルはぽつりといいました。

「それがわかっただけ、よかったさ。ひとつ勉強したわけだ。それで？　クミル、あんたは、これからどうするんだい？　どこへ行くんだい？」

「道案内してくれる？」

かかしは、うなずきました。クミルは、うれしくなっていいました。

「じゃあ、コノフの森をごぞんじ？」

かかしは、大いばりで答えます。

「ごぞんじ、ない！」

「――でしょうよね」

クミルは、何だか、がっかりしたような、ほっとしたような気持でした。かかしは、クミルの顔をのぞきこんでいいました。

「あんた、ほんとうにそこへ行きたいのかね？」

クミルは、どぎまぎしました。そして、思っていることを、そのままいいました。

「あのね、よくわからないの。行きたいかって聞かれると、すなおにうん、といえないの。でも、行かねばならない、という気持はあるの。これ以上、つらい旅をしたくない、って気もするし、そんなことじゃいけない、とも思うの。――つまり、よくわからない」

かかしは、にっこりしました。

「じゃあ、やめなよ」

「やっぱり？」

「そうだよ。『ねばならない』と思って行くところに、ろくなところはないさ。うん」

そういわれても、クミルの気持はちっともすっきりしません。

「でも、かかし。行ってみたいな、とも思うんだけど。その、コノフの森がどんなところか、とにかく行ってみたいな、ヌバヨに会ってみたいな、とは思うのよ？」

「やっぱり、やめたほうがいいな」

「どうして？」

「『行ってみたいな』なんてことじゃ、やっぱり、たいしたところへは行けないね、うん」

「そうかなあ。そんな気持じゃ、だめなの？」

「そうさ。行きたい！　なら行きな。行きたくない！　ならやめな。ふたつにひとつさ。かんたんなこった。決めればいい」

なるほど、そういうことでした。たしかに、かかしは道案内です。クミルは、しばらく考えて、いいました。

「ありがとう、かかし。心の中が、すっきりしたわ。わたし、コノフの森に行きたい！　いえ、かならず、コノフの森へ行きます」

「無理《むり》してるんじゃないのかい？」

クミルは、えへん、といってわらいました。

「無理《むり》をするのがクミル先生なの。そうよ、ちょっとくらいの無理《むり》をしないで、どうしてコノフの森が見つかるの？　わたし、行くわ！」

「よくいった。じゃあ、おいらが道案内してやろう！」

クミルは、あきれてかかしを見ました。

「あなた、自分の知らないところを、道案内できるの？」

「だって、仕事だからな。おいらは、かかし。道案内はするが、けっしてそこへつれていくことはできない。それがかかしさ、クミル」

クミルは、ほのぼのとあったかい気持でいっぱいになっていいました。

「かかし！　あなたの仕事って、すてきよ！」

第十一章　百の森・千の森

かかしの小屋は、荒野《こうや》のはずれの山すそにありました。クミルは、かかしの小屋で数日をすごし、旅のしたくをととのえます。ギンネズミのリュックのかわりに、木の皮で編《あ》んだリュック、ハプシタールのかわりに、つる草をまいてクルミの実を結んだタンバリン*をつくりました。やはり何か楽器がないとさみしいのです。すっかり旅じたくがととのうと、かかしは、

「じゃ、行くか」

といって、先に立って山道を歩きはじめました。その道は、ひとつの山のいただきに続いていました。

「この山は、何ていうの？」

かかしはわらいます。

「山は山さ。いちいち名前をつけなきゃ、気がすまないのかい？　見晴らしのいい山だよ」

「じゃあ、見晴らし山」

「ほら、そこに子リスがかくれてる。あれは子リスだろ？　名前がいるのかい？」

「なかよくなれたらね」

「おかしな趣味《しゅみ》だなあ」

「ちっともおかしくないわ」

そんな他愛《たあい》のないことをいいながら、クミルとかかしは登っていきました。かかしと友だちになり、山を歩きながら、ひさしぶりに人と話すことができて、クミルはうきうきしていました。

やがて、ふたりは、見晴らし山の頂上《ちょうじょう》に着きました。クミルは思わず、

「やっほう！」

とさけびました。


すばらしいながめでした。見たこともないような、広い広い平野が、クミルの足もとにあったのです。平野は、数かぎりない森で、うめつくされていました。森は、陽《ひ》の光をあびて、きらきらとかがやいていたのです。

「なんて、たくさんの森！　それに、なんて美しい森！」

かかしはいいました。

「ここは、『百の森・千の森』といわれているんだよ、クミル。たしかな森の数は、だれも知らない」

＊訳注——原文は「チャパブリーン」まるい鈴《すず》たば、の意。

その平野の左手には、クミルが歩いてきた山々が連なっています。その山々のはるかむこうから、クミルは歩いてきたのです。その手前には、とくに高く、けわしい山なみがありました。ちょうど、その裏側《うらがわ》が、山賊《さんぞく》のいた、「かげの森」のあるところなのでしょう、陽《ひ》の光をさえぎるようにそびえています。

まっすぐ前方には、森がつきるあたりに、やはり山々がありました。ドーム郡は、どのあたりなのでしょうか。そして、右手には、地平線の果《は》てまで、「百の森・千の森」が続いています。クミルはふりかえりました。うしろには、かかしの小屋、そして、クミルがさまよった荒野《こうや》が、灰色《はいいろ》にひろがり、そのむこうは、やはり遠い連山です。

クミルは、もう一度、目の下にひろがる森を見つめ、そしてつぶやきました。

「こんなにたくさんの森。――ひとつひとつ、さがし歩いていたら、一生かかるかもしれない」

かかしは、うなずきました。

「この中に、あんたのさがしているコノフの森が、あるかもしれない。だが、ないかもしれない。それは、おいらにゃ、何ともいえない。うん。――さて、クミル。道案内は、ここまでだ。どうする？　行くかね？」

「行くわ。もちろん」

するとかかしは、クミルの目を見てあっけらかんといいました。

「じゃあな。元気で。あばよ、クミル」

かかしは、帰ろうとしました。クミルは急にさみしくなりました。

「ねえかかし、わたしたち、もう会えないの？」

「――たぶん、な。だって、あんたは、あっちへ行く。それ以上、道案内はいらないだろう？」

「こんどわたしが道にまよったら、どうすればいいの？」

かかしはやさしい目でわらいました。

「どうしたい？　コノフの森をさがす自信がなくなったのかい？　うん？」

クミルは、かかしの前では、自分の気持に正直になれました。とてもすなおにいいました。

「ちがうの。あなたに、また会いたいの。そして、わたしがこまったとき、助けてほしいの。道にまよったら、教えてほしいの！」

それが、どんなに自分かってなたのみか、クミルにはよくわかっていました。でもいわずにはいられなかったのです。

「あんたは、いつもひとりでやってきたんだろ？　それに、あんたは強い娘《むすめ》だよ」

「ちがうわ！　わたしは、ひとりぼっちの、ちっとも強くなんかない娘《むすめ》よ。それだけは、わかって！」

かかしは、しばらくだまって、それからいいました。

「おいら、あんたを助けることはできない。だが、あんたの助けにはなれるかもな。なぜって、おいら、かかしだから。――こうしよう。ほんとうに道案内がほしいときには、その、つる草とクルミのタンバリンを思いきり大きく三度鳴らしな。そしたら、小鳥がきっと、おいらにつたえてくれるだろうさ。で、おいらたちは、また会えるだろうよ。だがな、クミル。おいらは道案内をするだけだよ。決めるのは、あんただ。なぜって――」

「おいら、かかしだから」

と、クミルは口まねをしました。かかしは、クミルの鼻を指でつつくと、片手《かたて》を高くあげてあいさつし、見晴らし山をおりていきました。


そして、クミルは、「百の森・千の森」へと、足をふみ入れました。

「そうだわ、ほんとうに、かかしの手をやかせないようにしなくちゃ。このたくさんの森、どれがどれだかわからなくなることがないように、ひとつひとつの森に、名前をつけていこう。どんな名前も思いつかないほど、すばらしい森だったら、きっと、そこがコノフの森なのだわ。そして、そこにヌバヨという人がいる。きっとわたしを待っててくれる」

そしてクミルは、最初の森に入っていきました。そこを、まず「入口の森」と名づけて。

入口の森は、まぶしいくらいかがやいていました。小鳥たちがさえずります。動物たちは、クミルを見ても逃《に》げようともせず、自然のままのふるまいをしています。「かげの森」や、荒野《こうや》を通ってきたクミルは、生きかえったような気がしました。道はたいらで、さくらんぼや野イチゴが、おいしそうな実をいっぱいつけています。春なのです。そしてクミルはやはり、森で生まれ、森で育った娘《むすめ》なのです。思わずうたが、口をついて出てきます。小鳥たちがさえずって、どんな楽器よりもいい伴奏《ばんそう》をつけてくれるのでした。

そうなの　これが
旅のはじまりだから
さがしに　行くのよ
心の　とびらの
秘密《ひみつ》の　かぎを
ひとつひとつの木のみきに
ひとつひとつのおもいをきざみ
たしかめながら　行きましょう
小鳥たち　うたって
もう泣《な》かないから
小鳥たち　高く飛んで
夢《ゆめ》のつばさ　つばさならべて

第十二章　夢《ゆめ》の森

「入口の森」からもう、かぞえきれないほどの森を通りすぎました。小さな森は、あっというまにおわり、大きな森は、ぬけ出るのに何日もかかりました。どの森も、それぞれに美しく、すてきなところでした。でも、ここがコノフの森、という、たしかなものはありませんでした。

「ええっと、入口の森、うたの森、つまずきの森に、つる草の森。それから、朝露《あさつゆ》の森でしょ？　そして、まがったカシの木の森、小川の森、サンショウウオの森、モリガエルの森、チャパティールの森、そのあとが、何だっけ、そうそう、たそがれの森だったわ。そのあとが、サルスベリの森、それに、いま何時の森――どんな森だっけ？　ああそうだ、朝ねぼうして、起きたときはずいぶん明るくて、あそこにはたしか、フジの木があったのよね。フジの木の森、にしようかな。そのつぎが、片耳《かたみみ》ヤマネコの森、あっというまの森、ヒース先生のひげの森、ソンエールの緑の髪《かみ》かざりの森でしょ、こんなにたくさん、おぼえていられるのかしら」

クミルはつぶやきながら、新しい森に入っていきます。

「こんどは、いったい、どんな森だろう？」

いつも、森に入るときは、胸《むね》がときめきました。もしかしたら、その森にヌバヨという人がいて、「そうだよ、娘《むすめ》さん。ここが、コノフの森だ！」というかもしれないではありませんか。

でも、こんどの森にも、人がいるような気配はありません。けものの道を歩きながら、クミルは、あちこちに気をくばります。どこか、ほかの森とちがったところはないかしら。でも、森は、どの森もちがうみたいで、よくにてもいます。結局、わかりません。

一本の、とてつもなく大きい、古い木に出会ったのは、ちょうどお昼すぎでした。

「これは、何の木かしら？　ずいぶん古いのね。それに、この太いみき。そして、ごつごつした根っこ。このみきの中に、わたしの家がすっぽり入ってしまうくらいだわ」

クミルはその大木を見あげました。そして、ふと、あることを思いつきました。根もとに、ちょうどいい陽《ひ》ざしがさして、そこが、たいらなベッドのように見えたのです。

「この根っこの上で、ちょっとお昼寝《ひるね》してみたら、どんなにいい気持かしら」

それは、とてもいい考えのように思えました。さっそくクミルは、つる草とクルミのタンバリンをまくらもとに置き、リュックをまくらにして、その大きな木の根もとに、だかれるようにして横になりました。つかれていたのでしょう、まもなくクミルは、ぐっすりとねむりこけてしまいました。

どれくらいの時間がたったでしょう、クミルは、おだやかな声で目をさましました。あたりは、暗くはないのですが、ミルク色のぼんやりしたもやにつつまれています。声は、クミルのまくらもとから聞こえてきました。

「むかし、むかしのことじゃったがのう。それにしても、なんと、そのころを思いださせる娘《むすめ》じゃろうか」

クミルは起きあがりました。でも、だれもいません。声は続きます。

「その娘《むすめ》も、小鳥といっしょにうたっておった。その娘《むすめ》も、道を歩くときには、小さな花をふんづけないよう、こまやかな心をくばっておった」

その声は、どうやら、クミルがまくらにしてねむったこの古い大木から聞こえてくるようでした。

「まさか、この木がしゃべるなんて、そんな――」

いいえ。声は、やはりその大木でした。

「おどろかなくてよい、娘《むすめ》よ。いまでは、わしらは人間とはめったに口をきかないが、ずっとずっとむかしは、それがあたりまえのことだったのじゃ。ただ、人間たちは、そういう心を、自分ですてていったのだ。そして、わしらも、人間としゃべろうなんて気をなくした。何十年、いや、何百年ぶりのことだろう、ひさしぶりに、おまえのような娘《むすめ》がおとずれて、すっかりわしに気持を許《ゆる》して、わしのふところで休んでくれたものじゃから、わしは、つい、話しかけてしまったのじゃよ」

クミルは、大木を見あげました。じっと見ていると、その古い木が、悲しく、深い目をしたおじいさんのような気がしてきました。

「あなたは、いったい、いくつなんでしょう、いえ、その前に、わたしのお昼寝《ひるね》の場所をありがとう。とっても気持がよかったわ」

「ときどき、わしは目をさますことがあるのじゃよ、何十年に一度、何百年に一度、な。たまたまそのときに、おまえがいたというだけのことなのじゃ。そして、わしは、ずっと前のことを思いだしたのじゃ。そのころは、わしも、目のさめている時間が、いまより長かったので、その娘《むすめ》のことを、おとなになるまで見ておった。娘《むすめ》よ、おまえによくにた子だったよ。いつも、わしにむかっていっておった。自分の夢《ゆめ》を、な」

「どんな夢《ゆめ》だったのです？　その娘《むすめ》の夢《ゆめ》は」

「その娘《むすめ》はな、いつも、心がきらきらかがやいて、しあわせでいっぱいじゃった。そして、すべての人を自分と同じくらい、しあわせにしたいというのが、その娘《むすめ》の夢《ゆめ》だったのじゃ。だから、わしに相談するのは、こんなことじゃった。『わたしは、いつか、この森を出て、世界じゅうを歩きまわるわ。うたって、おどって、わたしを見つめる人が、みんなたのしい気持になるようにしたいわ。そうよ、わたしは、旅の歌姫《うたひめ》、旅の舞姫《まいひめ》になるの！』。わしは、その娘《むすめ》に、祝福《しゆくふく》の葉を何枚《まい》も落としてやったのじゃよ」

　クミルは、その大木の話にすっかり心をうばわれました。

「それで？　その娘《むすめ》さんはどうなったの？」

「はるか地の果《は》てまで、旅をしたということじゃ。そのつぎにわしがその娘《むすめ》のうわさを聞いたのは、何十年もあとで、娘《むすめ》も死んでしまっていたのじゃからな。もう、人はいいつたえでしか、その娘《むすめ》のことをおぼえてはいなかった。娘《むすめ》は、赤と緑の服を着て、風のように旅し、小鳥たちとうたい、舞《ま》い、そして死んだというのじゃ。娘《むすめ》のうたを聞いたもの、娘《むすめ》の舞《ま》いを見たものはみな、しあわせな気持でいっぱいになったそうじゃ。

だがな、わしにはどうしても気になることがあった。人をしあわせにしただけ、そのぶん、娘《むすめ》もしあわせだったのかどうか、わしは、もう一度だけ、あの娘《むすめ》に聞いてみたかったのじゃよ」

クミルは、それとよくにた話を、どこかで一度だけ、聞いたことがあるような気がしました。木こりだった父に聞いたのかしら？　それともヒース先生だったかしら？

「その娘《むすめ》の名前、おぼえておられますか？」

「おぼえている。わしの出会った人間たちの数は、けものたちよりはずっとすくないのでな。たしか、シェーラとかいったぞ」

その名前を聞いて、クミルは、はっきりと思いだしました。ラノフの学校で、ヨー先生に教えてもらった話です。

――クミル先生、ドーム郡の人たちの祖先《そせん》の伝説《でんせつ》に、シェーラという娘《むすめ》がいるのですよ。その人は、小鳥娘《むすめ》ともいい、あちこちをうたいおどりながら、放浪《ほうろう》の旅をしたのです。ドーム郡の人は、もとは、さすらいの旅人たちだったのです。だから、みんな、いまでもうたがすきなのです。

ヨー先生は、そういっていました。

「シェーラ！　きっと、その娘《むすめ》は、わたしたちの祖先《そせん》にちがいありません。おじいさん、――あなたのことをそうよんでいいですか？」

「いいとも」

「では、おじいさん、わたしは思いますけど、その娘《むすめ》さんは、きっと、しあわせだったにちがいありません。

まわりの人以上にしあわせだったと思います！」

「なら、いいのだが。――ある日、小鳥がわしに、つる草に木の実のついた冠《かんむり》をはこんでくれたのじゃ。わしは、ひと目見て、その冠《かんむり》が、シェーラのものだと気がついた。そして、どんな気持で死んだのだろうと考えて、涙《なみだ》があふれてきたのじゃ。あれは、心のやさしい娘《むすめ》だったからのう」

「シェーラは、いいえ、その娘《むすめ》さんは、ほんとにしあわせな人です。おじいさんに、そんなに思ってもらえるなんて。――わたしのこと、ここで、失礼な昼寝《ひるね》をさせてもらったわたしのことも、おぼえていてくれますか？　こんど、あなたが目をさます、何百年かあとでも？」

　老いた大木は、しばらく返事をしませんでしたが、やがてこういいました。

「娘《むすめ》よ、わしは、もう、ねむらねばならんのじゃ。そして、それが、わしの、最後のねむりになるのじゃよ。わしは、もう、目をさますことはない。このまま、ねむりについたまま、かれはて、くちていくのじゃ。だから、わしは、おまえのことを、ずっとおぼえていると、約束《やくそく》できる」

　クミルは、涙《なみだ》がこみあげてきました。

「あなたがねむられるまで、わたし、ここにいます。おやすみのうたを、うたってあげます！」

「それにはおよばん。もう、ねむるときがきたようじゃ。――よいひとときがもてた。娘《むすめ》よ、おまえに、シェーラの、つる草の冠《かんむり》をあげることにしよう。それを、おまえの髪《かみ》にかざりなさい、きっとにあうはずじゃから――」

　おじいさんの木の声は、だんだん遠くなって、そして、消えていきました。クミルは、木の根もとにひざまずき、その木の根をだきしめていました。

クミルが目ざめたとき、あたりには、午後の陽《ひ》ざしが、すこし弱めにさしていました。さっきのことは、夢《ゆめ》だったのでしょうか？

「でも、なんて悲しい夢《ゆめ》だったんだろう」

クミルはリュックをとりあげて、ほおに流れていた涙《なみだ》のあとをぬぐいました。古い大木は、夢《ゆめ》の中に出てきたのと同じです。でも、何もいわず、だまって立っていました。

「あなたは、ほんとうに、何千年も、こうして立って、いろんなことを見てきたのでしょうね。それで、わたしは、あんな夢《ゆめ》を見たのだわ。悲しかったけど、いい夢《ゆめ》を見せてもらって、ありがとう。わたし、出かけます」

そういって、クミルはその木をあとにしました。

「そうだわ。この森を、『夢《ゆめ》の森』と名づけましょう」

と、クミルは思いました。

しばらく歩いてから、クミルはあることに気がつきました。

「たいへん！　タンバリンがない！　あの木の根もとに、わすれてきちゃった！」

かかしの小屋でつくった、つる草とクルミのタンバリン、あれがないと、かかしをよべません。クミルは、大あわてで、もう一度、古い大木のところまでもどりました。そして、クミルのねむっていたところにそれを見つけ、ほっとしました。

「いつも、片手《かたて》で持ち歩いているからわすれてしまうんだわ」

クミルは、いいことを思いつきました。このタンバリンのかたちは、冠《かんむり》のようなのです。クミルは、髪《かみ》にかざってみました。うまいぐあいに、クミルの頭の大きさにぴったりです。

そのとたん。

――それまで、たのしくさえずっていた小鳥たちの声が、はっきりと、まるで人間の声と同じようにクミルの耳にとびこんできたのです。しかも、その声は、クミルにむかって、こういっているではありませんか！

「クミル、だいじにするんだよ、その冠《かんむり》を！」

「おじいさんの木から、あんたへの贈《おく》りものなんだからね！」

「シェーラの冠《かんむり》＊っていうんだよ！」

クミルは、タンバリンを頭からはずしました。すると、たのしげな小鳥のさえずりです。それまでのクミルなら、その小鳥の声の意味は、ぼんやりとしたことばでしかうけとれませんでした。「だいじにね」とか、「いいものだよ」という意味でした。ところが、このタンバリンを髪《かみ》にかざると、おしゃべりな女の子たちの声のようにはっきりと、いっていることが全部わかるのです！　クミルは、ふたたび頭につけて、こういいました。

「まさか！　これは、わたしが、かかしの小屋でつくった、つる草とクルミのタンバリンよ？　シェーラの冠《かんむり》だなんて！」

　すると小鳥は、クミルのいったことに、きちんと答えてくれるではありませんか！　クミルが小鳥のことばを使ったわけでもないのに。

「おやおやクミル、あれが夢《ゆめ》だと思っているね？」

「じゃ、夢《ゆめ》じゃなかったの？　このおじいさんの木は、ほんとうにシェーラの知りあいで、そして、わたしに、この冠《かんむり》をくれたっていうの？」

　かかしの小屋でつくった、つる草とクルミのタンバリン、それを、おじいさんの木が、シェーラの冠《かんむり》に変えたのでしょうか？　見たところ、つる草のタンバリンは、どこも変わったようすはありませんでした。でも、見れば見るほど、シェーラの冠《かんむり》のようにも思えてくるのです。小鳥たちはいいました。

「でもクミル、気をつけるんだよ、シェーラは、その冠《かんむり》をかぶっていたばかりに、つらい目にあったというからね」

「どういうこと？」

「おじいさんの木が、クミルにそうつたえておくれ、ってさ！」

　小鳥たちは、そういって飛びさっていきました。

　クミルは、シェーラの冠《かんむり》を、しっかりと髪《かみ》にとめて、おじいさんの木を見あげました。そして、厳粛《げんしゅく》な気

＊訳注──原文では「シェーラ・カリーン」。「カリーン」は、「冠《かんむり》」のほかに、「髪《かみ》かざり」の意味もある。

持になっていいました。

「贈《おく》りものをありがとう。あなたと会えたことを、けっしてわすれないわ。もうねむってしまったんでしょうね？　だれも、あなたのねむりをじゃましませんように！　おやすみなさい！」

第十三章　何かがはじまる

「いったい、どうしたっていうの？」

「夢《ゆめ》の森」をあとにして、またいくつかの森をすぎてから、変な森にぶつかりました。

　クミルは、その森に、「からっぽの森」と名づけたのですが、動物が、どこにもいないのです。子リス一匹《ぴき》、ウサギ一匹《ぴき》どころか、小鳥たちもいないのでした。といって、森のようすに、それ以外に変わったところはありません。クミルは首をひねりました。ふしぎなことには、そのつぎの森もまた、動物が、一匹《ぴき》もいない森だったのです。そして、三番めに、またしても動物のいない森に入って、

「いったい、どうしたっていうの？」

と、思わずさけんでしまったのです。

「もともと、動物のいない森なのかしら」

　クミルはそう考えましたが、そんな森があるとは思えませんでした。そこで、道をはなれて、木々のしげ

みに入ってみました。案のじょう、そこには、動物たちの住みかが見つかりました。リスの家、キツツキの巣《す》、それに、キツネのかくれが。でも、そこに住んでいるはずの動物たちの姿《すがた》は、どこにも見えません。

「わたしをこわがって逃《に》げたのかしら」

それはあたっていないように思えました。クミルはだいいち、めったに動物にこわがられることはありません。ほんのときどき、クミルを見ておびえる小さなけものや、動物の赤んぼうがいますが、それも、ほんのすこしのあいだだけです。たいていは、知らん顔をしているか、あるいは、クミルを通りすがりの風のように思っているのです。おじいさんの木がくれた、シェーラの冠《かんむり》をつけていても、クミルを警戒《けいかい》するようなけものはいませんでした。

子リスの家では、たったいま、子リスがかじったばかり、というような木の実のくずが落ちていました。たいていの空き家は、それなりにきちんと整理されていました。つまり、

「ちょっと、るすにしますよ」

と、いっているみたいでした。

そこでクミルは、とりあえず、「からっぽの森」のつぎを「もぬけのからの森」、三番めの森には「おるすの森」と名づけ、このなぞをとくために、どんどん進んでいきました。

しばらく行くと、紫《むらさき》色にかがやいている広い野原に出ました。ムラサキバナがいっぱいにさいている、森にかこまれた野原です。この花は、ドーム郡では、服を染《そ》めたり、インクに使ったりします。野原のむこうに、何か茶色の、うごいているものがいます。目を細くして見ると、それは、シカの群《む》れでした。何十頭

もいます。きちんと列をつくって、せっせと歩いています。あっというまに、シカたちは、するすると、ひとつの森に入っていってしまいました。クミルも、走って、そのあとを追いましたが、見失ってしまいました。でも、シカたちの足跡《あしあと》は、森の中に続いています。

でも、やっぱりその森にも、だれもいませんでした。

「みんな、どこかへ行ったのね」

あちこちの森から、動物たちがみんな、どこかへ行こうとしているのです。どこへ、そして、何をしようとして、何のために出かけたのでしょう？

クミルは、シェーラの冠《かんむり》を、頭にかぶってみました。ずっとかぶってはいなかったのです。鳥やけものたちのことばを、すべて知ることは、クミルにとって、それほど必要《ひつよう》なことではなかったし、おじいさんの木の贈《おく》りものですから、たいせつなときだけ使いたいと思ったからでもありました。それに、小鳥のさえずりは、さえずりとして聞いているとたのしいのですが、いちいち、その話に耳をかたむけていると、あんまりおもしろくて前に進むことなんてできなかったからです。

しばらくは、何の声も聞こえてきませんでしたが、やがて、森のかたすみで、

「チェッ。チェッ」

という、舌打《した》ちが聞こえてきました。

「よかった。この森には、だれかいるわ」

クミルはその声のするほうにむかって、

「出てらっしゃいよ！」

と、よびかけてみました。すると、

「チェッ。まだ、だれか、いるのかよ」

という声がして、一匹《ぴき》の、灰《はい》色のけものが出てきました。タヌキのようです。タヌキはクミルを見て、いっしゅんひるみました。

「チェッ。二本足かよ。チェッ。さっさと行きなよ。まさか、みんなのとこへ行くんじゃないだろうがよ。チェッ」

クミルは、やさしくいいました。

「クミルっていうのよ。はじめまして」

タヌキは、いやそうに返事をしました。

「マムールさ。チェッ」

「マムールは、みんなと行かなかったの？」

「チェッ。おいら、おいてけぼりくっちまったのさ。チェッ。だれが、行くもんかよ。おいらだって、行く気だったよ。だからよ、おいら、この、右肩《かた》のくせ毛をよ、いっしょうけんめい、なおしてたのよ。チェッ。なのに、あいつら、さっさと行っちまいやがって。チェッ。だれが行くもんかよ」

「みんな、いったい、どこへ行ったの？」

するとマムールは、道のまん中にひっくりかえりました。

「どこへ行った？　チェッ。どこへでも行きやがれ！　チェッ。おいらの席は、もうないだろうよ！　チェッ！」

「何があるの？」

　マムールは起きあがりました。

「おい二本足、いっしょに行ってくれるかい？　ひとりじゃ、行きづらいんだよ、チェッ。そりゃ、ひとりで行くやつだっているよ、けど、おいらみたいに気の弱いのはだめなんだよ、チェッ。でも二本足だもんな、チェッ」

「わたしも行きたいわ、つれてって？」

　そういうと、マムールはとびあがりました。

「つれてって？　チェッ、そうかよ、そうかよ、チェッ。しかたがないやな、チェッ。つれてってやろうよ。ひとりじゃ行きにくいよな、チェッ。おいらのあとに、ついてきな！」

「ありがとう！」

　クミルは、この森には「おいてけぼりのマムールの森」と名づけ、灰色《はい》ダヌキのあとについて歩きました。

それにしても、どこへ行くというのでしょう？

　突然《とつぜん》マムールが鼻をひくひくさせて立ちどまりました。そしてわらいました。タヌキがわらうと、ますますたのしい顔になります。

「シッ、おもしろいもんが見られるよ。ちょっと、こっちにおいでよ」

そういってマムールは、わき道にそれました。クミルとしては、あまり道草をくいたくはなかったのですが、マムールがそういうのではしかたがありません。灌木《かんぼく》のしげみに入っていくと、マムールはあごで（鼻で？）むこうを見るようあいずします。

「なあに？」

「チェッ。静かに！」

そこは森の空き地で、陽《ひ》がさしていました。そのせまい場所のまん中で、一匹《ぴき》のウサギが、何やら考えこんでいるのです。それは、虹《にじ》色ウサギの子どもでした。クミルは、あの耳にリボンを結んだら、さぞかわいいだろうと思いました。

「あの虹《にじ》色ウサギも、おいてけぼり？」

マムールはうなずきます。

「あれはね、どじウサギのヤップヨップというんだよ」

ヤップヨップは、しばらく考えこんだあと、すっくと立ちあがり、それから、ぴょん、ぴょんととびはじめました。空き地の中をぐるぐるまわりだしたのです。

「気でもくるったの？」

「ちがう。練習してるのさ！」

マムールは、にたにたわらっていいました。しばらく見ていると、ようやくクミルにもわけがわかりました。ウサギは、どうも、変なとびはねかたをしています。ぴょんぴょん、ではなくて、ぴ、ぴょん、ぴ、ぴょん、というぐあいです、クミルはぷっとふきだしました。なんと、この虹《にじ》色ウサギは、スキップの練習をしているのではありませんか！　そして、そのスキップときたら、とにかくへたなのです。前足をついてみたり、うしろ足をあげてみたり、まるで、フライパンの上ではじける豆みたいに、リズムも何もあったもんじゃないのです。

「スキップの練習してるウサギ！」

「そうよ。へへへ、見ものだろう？　ヤップヨップときたら、行きたくっても行けないのよ。それもそのはずよ。あれじゃあね！」

クミルはタヌキの鼻をつつきました。

「悪いじゃない！　いっしょうけんめいやっているのに」

「チェッ。できないものは、やったってだめよ。チェッ」

「そんなことないわ」

虹《にじ》色ウサギは、突然《とつぜん》、びくっとして、スキップの練習をやめました。あたりを見まわして、鼻をひくひくさせています。そして、

「だれよ！　出てきてよ！　わらってたんでしょう！　知ってるんだから、もう。いじけんぼの、すねダヌキ！　マムール！」

クミルとタヌキは、頭をかいて出ていきました。さっそく、タヌキとウサギの、ののしりあいがはじまったので、クミルはとめに入りました。

「まあまあ。マムールは、いいえ、わたしも悪かったわ。だからね、そのお返しに、いいこと教えてあげるから」

「何よ」

と、ヤップヨップは、うさんくさそうにクミルを見ます。

「スキップ、教えてあげる！」

クミルは、リュックを置いて、シェーラの冠《かんむり》を手にしました。そして、空き地のまん中に立ち、ひとつ息をします。陽《ひ》ざしがクミルを照らします。それから、ラノフの学校で、子どもたちに教えてあげたタップダンスをおどりはじめました。

風に　のれば
からだは　軽くなる
光　うければ
心が　かがやいてくる
このまま　歩く

このまま　走る
そして　このまま　とんでみる
気軽に　うでをふる
すなおに　首をふる
ひとりでに　うごけるでしょう
ほら　風も　光も
いっしょに　ついてくるでしょう

シェーラの冠《かんむり》のタンバリンをたたいて、クルミの実を鳴らして、タップダンスをおどりおえると、クミルは陽《ひ》だまりの中で、フィナーレのポーズをしました。

すると、森の木々がざわめいて、落ち葉や草が、かさこそ鳴りました。まるで拍手《はくしゅ》をしているようでした。

虹《にじ》色ウサギと灰《はい》色ダヌキは、目をまるくしてクミルを見ています。何かいったので、クミルはあわててシェーラの冠《かんむり》を頭にかぶりました。

「おいヤップヨップ！　大いばりで、おいらたちも行けるよ、チェッ！」

「そう！　行きましょうよ、マムール！」

クミルは、がまんできなくて、たずねました。

「いったい、どこへ行くの？　何があるの？」

ウサギとタヌキは、声をそろえていいました。

「何が、って？　はじまるんだよ、もうすぐ！」

第十四章　シェーラの娘《むすめ》たち

そこは、とても大きな森でした。これまでの森の中でもいちばん大きな木々がそびえ、木々の葉のかがやきもつややかで、入ったすぐに、いろんな小鳥のさえずりが聞こえてきました。クミルと、ウサギとタヌキは、その森に入っていきました。やがて、むこうのほうから、にぎやかな、動物たちの声が聞こえてきました。

「何がおこるの？　何がはじまるの？」

クミルの胸《むね》は、期待でときめきます。そう、この森は、人の心をうきうきさせる、何かがはじまりそうな、そんな予感でいっぱいでした。ヤップヨップも、マムールも、もう何もいいません。ウサギの胸《むね》も、タヌキの胸《むね》も、これからはじまることで、はちきれそうになっているのをクミルは感じました。

やがて、クミルたちは、広い場所に出ました。大きな森の木々にかこまれた、まるで野外劇場《げきじょう》のような、すりばち形の、広々としたところです。ひと目見て、クミルは、「やっほう！」と声をあげました。

――そこには、ありとあらゆる動物たちが、ぎっしりと集まっていたのです。百匹《ぴき》、千匹《びき》、いえ、もっともっといました。ウサギ、リス、キツネ、シカ、タヌキ、ヤマネコ、山イヌ、テン、ムササビ、クマもいます。それぞれが群《む》れをなして、なかよくすわっているのです！

木々には、これまた、あらゆる種類の鳥たちが、ワシ、タカ、フクロウ、モズ、ヒバリ、コマドリ、ウグイス、キツツキ、……まわりを、ぐるりととりかこんで、見おろしていたのでした。

信じられない光景です。おたがいに、いつもは食べたり、食べられたりしているけものたちだっているのです。それが、みんな、こうして、ひとつところに集まって、なかよく、すわっているなんて！

クミルは思わずため息をつきました。こんなことを信じろといっても無理《むり》な話です。

「ラノフの学校の子どもたちだって、わたしが夢《ゆめ》でも見たっていうわ」

と、クミルはつぶやきました。

「さあ、いいところがあいてる。すわろうよ、スキップの先生」

ヤップヨップがいったので、クミルはわれにかえって、ウサギといっしょにすわりました。

そこは、劇場《げきじょう》のようになっていました。まわりが高く、まん中は、舞台《ぶたい》のようにあけてあります。ムラサキバナの野原でクミルが見かけたシカの群《む》れは、客席の、ちょうどいいところに五、六十頭ですわりこんでいます。十頭ほどのクマのまわりは、さすがにほかの動物も遠慮《えんりょ》したのか、あいだがあいています。オオカミもいます。きらわれもののけものたちは、ぽつんと集まっているようでした。ウサギとかリスは、なかよくどんぐりなどを分けあっています。その数は、ずいぶん多く、森の主役のようでした。

やがて、動物たちが、いっせいに、ある方向を見ました。ちょうどクミルたちの反対側《がわ》の森の木々のあいだから、野生の、一頭の白い馬がかけてきたのです！ そして、白馬の上には、つる草にクルミのかざりのついた冠《かんむり》を髪《かみ》にかざった、ふたりの、人間の女の子が乗っていたのです！

動物たちが、ふたりの少女を見て、いっせいにうなったり、ほえたり、鳴いたりして、森の広場は、大さわぎになりました。

「森の精《せい》だわ！」

ひとりの少女は、ほっそりとしたからだつきで、すっきりしたあしにぴったりした青いズボンと青いブラウスを着ていました。髪《かみ》は栗《くり》色で、ちょっと上をむいた鼻と、よくうごく、きらきらした黒い瞳《ひとみ》に、つる草の冠《かんむり》がよくにあっていました。

「タキマーヤ*よ！ いちだんと、きれいになったでしょ！」

と、その女の子はまっ先に白馬からとびおりて、動物たちにいたずらっぽくわらってよびかけました。動物たちは、わらい声なのでしょうか、にぎやかな声をあげて、タキマーヤという女の子をむかえます。

もうひとりの少女は、まっ白な、ふんわりとしたスカートで、ゆっくりと馬からおりました。髪《かみ》は黒く長く、あどけない笑顔《えがお》です。かしこそうな瞳《ひとみ》は深くすんで、思わずだきしめたくなるような、女の子らしい、ふっくらしたからだつきです。

*訳注――「タキマーヤ」原注に、「一本の、まっすぐな麦の意」とある。

「セマーヤ*よ。ちゃんと、おぼえていてくれた？」

と、その少女はいいましたが、その声は、まるで鈴《すず》の音みたいに、すんだ、すきとおった声でした。動物たちは、うっとりとして、その声に耳をかたむけているようでした。それにしても、ふたりとも、なんてかわいい、すてきな女の子でしょう。クミルは、年ごろの娘《むすめ》らしく、このふたりにちょっとやきもちをやきたくなりました。でも、ふたりがつぎにいったことばは、そんなことをわすれさせるほど、クミルをびっくりさせました。


「わたしたち、シェーラの娘《むすめ》たちは、いつも元気いっぱいよ！　みんなも、元気だったわね！」

シェーラの娘《むすめ》たち！　遠いむかしの、旅の歌姫《うたひめ》、シェーラの！　――この子たちは、ほんとうに、シェーラの娘《むすめ》なのでしょうか？　そんなはずはありません。ふたりとも、十四、五歳《さい》にしか見えません。そして、この森の広場で、何をするつもりなのでしょう？　クミルは、息をのんで見守りました。

突然《とつぜん》、小鳥たちが、声をそろえてうたいはじめました。サルの群《む》れが、手足をたたいて、拍子《ひょうし》をとりはじめました。それから、舞台《ぶたい》の上で、深々とおじぎをしたセマーヤとタキマーヤが、すばやく立ちあがり、小鳥たちのうた声にあわせて、おどりはじめたのです！

すばらしいダンスでした。ふたりは、はなれるかと思うとくっつき、くるくるまわったかと思うと、おもいきり高くとびあがり、それぞれに手をつなぎ、手をはなして拍子《ひょうし》をとり、足をタップさせます。めまぐるしく、気持のいい、元気のいいダンスでした。ふたりの呼吸《こきゅう》はぴったりあい、たぶんものすごく練習したことをうかがわせました。

おどっていることの内容は、小鳥たちのうたでだいたい察しがつきました。リスの追いかけっこだったり、ウサギの宙返《ちゅうがえ》りだったり、キツツキの家づくりだったり、そんなような、森のできごとをつなぎあわせたもののようでした。見ている動物たちは、あるときわらい、あるときうなり、あるときは、ただあっけにとられて見ているだけでした。

最後は、カワセミのしぐさのダンスのようでした。両手をまっすぐにのばして、はげしくゆれ、そして、おわりました。

森の広場は、動物たちの声でいっぱいになりました。ふたりは、きちんとおじぎをして、それから、にっこりわらってみんなに手をふりました。はあはあいって、肩《かた》で息をしています。クミルも、大きな拍手《はくしゅ》を送りました。ふたりは、そのときはじめて、クミルの姿《すがた》に気がつきました。

「おどろいた！　人間の女の人！」

と、タキマーヤがさけびました。

「あとで！」

と、セマーヤがいいました。クミルは、うなずきました。この女の子たちに、ぜひ聞きたいことがあるのです。

＊訳注――「セマーヤ」原注に、「小川のせせらぎ」とある。

いました。


「それでは、こんどは、みんなの番よ！」

と、セマーヤがいいました。動物たちは、しん、としました。タキマーヤがいいました。

「ことしは、だれがいちばん先？　去年は、たしか、アナグマたちだったわね。ことしもそうなのかな？」

すると、いっせいにほかの動物たちから、ぶうぶうと文句《もんく》の声があがります。セマーヤがにっこりしていました。

「じゃあ、セマーヤのいうとおりにして。最初は、南半分の森のサルたちよ！」

たくさんのサルが、舞台《ぶたい》にやってきました。それから、この舞台《ぶたい》でクミルが見たのは、たくさんの動物たちが、それぞれ思い思いに自分たちの自然な姿を、小鳥のさえずりにあわせて演《えん》じた、サーカスのようなものでした。サルは、みんなでひとつなぎになってはしごをつくったり、橋をつくって見せました。クマたちは、大きな石を持ちあげて、どこまで飛ぶか、投げくらべをしてみせました。シカは、そのりっぱな角をたがいにぶつけ、音をたてながら堂々とした舞《ま》いをやりました。電気リスという種類のリスたちは、舞台《ぶたい》の上でめまぐるしく動きまわり、一本の茶色の糸がまるくなったり四角くなったりしているように見えるマスゲームを見せてくれました。空色のネズミの群《む》れは、突然《とつぜん》客席のいろんなところからとびだして、川の波をあらわすように、いろんな形をつくり、そして、水がひくように消えていきました。

ウサギたちのダンスの中には、もちろん、あのヤップヨップも入っていて、みごとにスキップをやりました。いろんな動物が、いろんなことをやったあとで、まわりをとりかこんでいた鳥たちが、いっせいに飛びたち、空いっぱいにひろがりました。そして、鳥たちの群舞《ぐんぶ》がはじまったのです。まっ青な空を背景《はいけい》にして、

まるで花火のように、小鳥たちはぱっと集まり、ぱっと散り、あるときはひまわりの花のような、あるときは木々をつたうつる草のような模様《もよう》を、空いっぱいに描《えが》き、そして、みんな、どこへともなく飛びさっていきました。

それが、この動物の集まりの、最後のもよおしだったようです。気がつくと、広場にいた動物たちは、ほとんどが帰っていくとちゅうでした。クミルのそばにいた灰色《はい》ダヌキのマムールも、虹色《にじ》ウサギのヤップヨップも、もういませんでした。やがて、広場には、動物はみないなくなり、クミルと、ずっと舞台《ぶたい》のそでにいたふたりの少女だけになりました。セマーヤとタキマーヤは、帰っていく動物たちに、熱心に手をふって、別れのことばをかけていたのです。

クミルは、ふたりのところに近よりました。そしていいました。

「すばらしいものを見せてくれて、ありがとう、セマーヤとタキマーヤ。わたし、クミルっていいます。旅をしているとちゅうなの」

ふたりは、にっこりわらってクミルに会釈《えしゃく》しました。セマーヤがいいました。

「ひと目見て、あなたもシェーラの娘《むすめ》だっていうことがわかったわ、クミルさん」

「シェーラの娘《むすめ》？　わたしが？」

するとタキマーヤがいいました。

「うたと、おどりのすきな森の娘《むすめ》は、みんなシェーラの娘《むすめ》でしょ？」

では、ドーム郡の伝説《でんせつ》は、ドーム郡だけのものではないのです。旅に生き、旅に死んだ歌姫《うたひめ》は、きっといろんな人々の心に息づいているのでしょう。

「わたしたち、いっぱい話すことがあるみたいね」

と、クミルはふたりにいいました。

「もうちょっとで、わたし、あなたたちにこういうところだったのよ。『おらのかみさんは、ぶきりょうですだ！』――って。あのね、これは猟師《りょうし》が山の精《せい》に出会ったときにいうおまじないなのよ」

「おらのかみさん、ですって！」

「山の精《せい》じゃなくてもふきだしちゃう」

ふたりは、とてもすんだ声でわらいました。

「クミルさん、どうぞわたしたちの、森の家へ。いっしょに夕ごはんにしましょう」

と、タキマーヤがいいました。いわれてみれば、もう、あたりには白いもやがたちこめています。夕暮《ゆうぐ》れが近づいてきたのです。

第十五章　出会いの森

——クミルが、長い話をおえると、セマーヤとタキマーヤは、ほうっとため息をつきました。

「あなたたちに、聞きたいことがあるの」

といって、クミルはこの旅のいきさつを話しはじめたのですが、ドーム郡でのことを、それからそれからと聞かれるままにしゃべっていると、いつのまにか、すっかり長い話になっていました。

「そして、この森で、わたしはあなたたちに会い、あなたたちなら、きっとコノフの森を知っていると思ったの。もし、知っていたら、教えてください、コノフの森は、どこにあるんです？」

ふたりは、悲しそうに首をふりました。クミルは、がっかりしました。でも、それはクミルのことで、この女の子たちを悲しませることではありません。クミルは、無理《むり》にわらっていいました。

「いいの。あのね、わたし、こうしてコノフの森を見つけられないときは、いつも、その森が、どんなにすばらしいだろうと思うの。だってそうでしょ、がっかりすることが多ければ多いだけ、見つけられたときは、その何百倍も何千倍もうれしいだろうと思うのよ。だから、わたしが、がっかりするのは、そのときのうれしさを、いっぱいためておくことだと思うのね。セマーヤもタキマーヤも、心配しなくてだいじょうぶ！」

ふたりの少女の家、といっても、森の中の、小さな丸木小屋《まるきごや》なのですが、その中は、あたたかく、質素《しっそ》で、きれいに整とんされていました。クミルは、自分のことばかりしゃべって、ふたりのことは何もたずねなかったのに気がつきました。

さっきの森の広場のこと、それにふたりのおいたち、聞きたいことはいっぱいあったのです。でもふたりは、クミルの食事や――それは、モリキノコのとてもおいしいスープでしたが――お茶のしたくをしてくれたりして、そんなひまはありませんでしたし、食後は、すぐにうたになりました。ふたりは、いっぱい、いろんなうたを知っていました。歌詞《かし》もずいぶんいわくありげなものでした。クミルはふと、この少女たちは、ほんとうに森の精《せい》なのではないかと思い、おやすみの前に、ひとつだけたずねてみました。

「ねえ、シェーラの娘《むすめ》さんたち。あなたたちは、ずっと、この森に生まれて育ったの」

するとふたりは、ほほえみました。そして、クミルの質問《しつもん》には答えず、こんなうたをうたいました。低《ひく》く、悲しそうなうたでした。少女のうたではなく、おとなの、男たちのうたでした。

おれたちの　暗い夜明けがやってくる
だれも気づかぬうちに　起きだそう
夜明けとともに　この街《まち》も

死んだみたいに　だまるのだから
ことば　ことば　ことばの
闇《やみ》の中
さがしつづけて　歩くのさ
おれたちの　痛《いた》みによくにあう
さびしい荒野《こうや》

うたいおわるとふたりは、深くしずんだ目をして、しばらくだまっていました。聞いてはいけないわけがあるような気がして、クミルはそれ以上たずねることはしませんでした。

それからタキマーヤは明るいまなざしをとりもどし、

「もうすっかりおそくなってしまったわ」

といいました。セマーヤも、

「おやすみなさい、クミルさん。たのしいあしたでありますよう」

とあいさつして、ふたりともひとつのベッドになかよくもぐりこみました。クミルも、ふたりがつくってくれた、いすを三つあわせたベッドに横になりました。

ねむるとき、「どうしてふたりの家なのに、いすが三つ？」と、ふと思いました。そういえば、スープ皿《ざら》もスプーンも、ちゃんと三つありました。でも、クミルはとてもつかれていました。まもなく、深いねむりに落ちていきました。

つぎの朝、クミルが目をさますと、まぶしい光が部屋いっぱいにきらきらとさしこんでいました。セマーヤとタキマーヤはもう起きていて、うたいながら朝食の準備《じゅんび》をしたり、小鳥と話したりしています。クミルもベッドから起きだして、食事のしたくをてつだいました。ところが、おどろいたことに、セマーヤとタキマーヤの話していることが、さっぱりわからないのです。ふたりとも、ふしぎな、聞いたこともないことばでクミルにあいさつし、話しかけてくるのです。

「ちょっと待っててね！」

と、クミルはいって、あわててベッドのところにもどりました。そして、つる草の、シェーラの冠《かんむり》をつけてふたりのところへ行きました。すると、思ったとおり、こんどは、ふたりのいっていることがわかります。

タキマーヤがいいました。

「ごめんなさい、気がつかなくって。わたしたち、ふたりだけのときは、古代アイザール語を使ってるの。シェーラの時代のことばなの」

「アイザール語？　アイザリアじゃなくって？」

アイザリア語は、ドーム郡や、そのまわりの地方のことばです。古代アイザール語なんて、聞いたことがありません。

「アイザリアは、アイザールがなまったものよ」

と、セマーヤがいいました。

「あなたたちって、何でも知ってるのね」

「でも、コノフの森とヌバヨのことを知らないわ。いっぱい知ってても、かんじんなことを知らなければ何にもならないのね」

とタキマーヤがいいます。それから三人は、朝食をとりました。野イチゴと、クワの実のジャムに、アニミロム＊という焼菓子《がし》、それにサラダにスープというごちそうです。食事の材料は、朝、ふたりの家の前にいっぱい置いてあったそうです。

「クワの実や、グミの実がこんなにいっぱいなの！　しばらくは、セマーヤとふたりでジャムづくりに精出《せい》さなくっちゃ」

つまり、森の動物たちからふたりへのプレゼントというわけでした。食べながら、セマーヤがいいました。

「クミルさんがねむってるときに、小鳥たちにたずねてみたの、ヌバヨって人、それに、コノフの森のことを知らない？　って」

「どうだった？」

「それがね――、こういうのよ、『二本足のつけた名前の森も人も、二本足が見つけるしかないでしょう？』ですって。なまいきだったらありゃしない。でもとにかく、この『百の森・千の森』の南半分にはないことはたしかだわ。もし、南半分にあるのだったら、わたしたちが知らないわけがないと思うし」

「南半分？」

セマーヤはうなずきます。

「そう。きのう、広場に集まったのは、『百の森・千の森』の、南半分の動物たちなの。全部、ではないけれど、ほとんどよ」

「では、『百の森・千の森』は、あと、北半分があるのね！」

そこに、コノフの森があるかもしれない、と、クミルは思いました。けれど、セマーヤとタキマーヤはこういいました。

「でも、北半分の森なんて、ねえ、セマーヤ」

「あんまり、おすすめできないな、クミルさん。てんでんばらばらの森よ。まとまりもないし、なかよくもないし、何ていうか、森の木々がかがやいて、小鳥がうたい――ってわけじゃないんですよ」

「でも、もしかしたら、その中に、コノフの森が見つかるかもしれないわ！」

すると、タキマーヤがこういいます。

「クミルさん、あなたって、えらいと思うわ。いつも、けっして希望《きぼう》をすてないんだもの。でもね、わたし、クミルさんには、コノフの森が見つけられないような気がする」

そんなことをいわれたのははじめてでした。クミルは、すうっと頭から血がひいていくような気がしました。あまりにもひどいことばではありませんか！

「どうして？　なぜ、そんなことをいうの、タキマーヤ！」

＊訳注――「アニミロム」原注に「蜂《はち》みつと、小麦粉でねった菓子《かし》」とある。

「だって、——だって、あなたは、どの森に行ったたって、通りすがりの旅人でしょう？　ただ森を通りすぎるだけの人にとって、その森が、どんなにすばらしくても、その森の、ほんとうのすばらしさは、けっしてわかりっこないわ。——わたしたちは、この森に育って、ここに住んでいるの。だから、わたしたちにとっては、ここがコノフの森なのよ。森の木々が光りかがやいて、動物たちが、生きていることのよろこびを、からだいっぱいにあらわして、小鳥のうた声にみちているわ。そして、それぞれの森に住むけものたちや小鳥たちにとっては、みんな、自分の住んでいる森が、ほかの、どんな森よりもすばらしい、コノフの森なんじゃなくって？」

クミルは、いいました。

「そういう意味で、わたしが、通りすがりの旅人であるかぎり、コノフの森が見つけられないっていうのね、タキマーヤ」

タキマーヤは、うなずきました。クミルは、考えながらいいました。

「そうじゃないわ。コノフの森は、かならず、あります。もし、わたしが、その森を素通《すどお》りするとしたら、それは、その森が、コノフの森ではないということよ。それくらいの自信はあるのよ、タキマーヤ。たとえわたしが通りすがりの旅人であったとしても、いえ、わたしが、これまで旅を続けてきたのだからこそ、ほかの森ではない、コノフの森を見つけられるはずなのよ。あなたのいうように、どんな森だって、そこでくらしてみれば、そこがコノフの森だとは、わたしには思えないの」

「タキマーヤ、クミルさんのいうとおりだと、わたしは思うな」

と、セマーヤがいいました。

「きっと、コノフの森は見つかるわ。でも、わたしたちといっしょに、しばらくこの森でくらしてみません？　タキマーヤは、そういいたかっただけだと思うんだけど」

タキマーヤは、にっこりわらいました。

「そうなの！　だって、わたし、クミルさんにいいたいの、どこをさがしたって、ここよりいい森は、ありゃしない、って！」

クミルたちは、わらいました。たのしい声がはずみます。ここでくらせたら、どんなにかたのしいことでしょう。旅のつかれもいやせるでしょう。

「ありがとう。でも、そうしたい気持はいっぱいだけど、そんなに時間があるわけじゃないのよ」

クミルは心から残念《ざんねん》に思っていいました。タキマーヤが、おかしそうにいいます。

「クミルさんって、おとな？　それとも、子ども？」

「どうしてそんなことを聞くの？」

「時間を気にするのは、おとなだけなんですって」

クミルは、ちょっとこの皮肉《ひにく》にはひっかかりました。

「だれがあなたにそんなことを教えたの？」

すると、ふたりの少女は、顔を見あわせてわらいました。タキマーヤは、ひたいに手をかざして、木々からもれてくる陽《ひ》の光を、まぶしそうに見つめました。それから、こういいました。

「おとなでも、子どもでもない人。その人が教えてくれたの。もうすぐ、ここにやってくるわ」

いったい、だれが、と、クミルはいおうとしました。そのときです。ふたりは、突然《とつぜん》立ちあがり、こぼれるような笑顔《えがお》でさけびました。

「ほらきたわ！」

「クミルさん、あなたのうしろ！」


ふりかえって、クミルはさけびました。

「かかし！」

――そうなのです。クミルのうしろに、ひょろ長い手をぶらぶらさせて、背中《せなか》に野イチゴのかごをしょって立っていたのは、クミルを、この「百の森・千の森」に案内してくれた、かかしだったのです。

「娘《むすめ》さんたち、おいらのスープも、あるかね？」

クミルは、ぷうっとふくれました。だって、あんまりではありませんか。ふたりの少女は、かかしと知りあいだなんて、ひとこともいってはくれなかったし、かかしだってそうです！

「スープは、みんなわたしが飲んじゃったわ」

「ええ？　クミルさん、かかしと知りあいだったの？」

と、セマーヤがたずねました。そういえば、クミルは、旅の話をしたとき、「かかし」とはいわなかったのでした。「変な男の人が入口の森まで案内してくれて――」といいました。では、この子たちに罪《つみ》はありま

せん。かかしが悪い！　そういうと、かかしは、

「だって、おいら、あんたがどこへ行くかわかりゃしないし、ここでだって、会えるとは思っていなかったさ」

と、すましています。それでも何でも、かかしが悪いのです、クミルはそう思うことにしました。

「それで、かかしは、なんでここにきたのよ。わたしがよびもしないのに！」

「そうおこらんでくれよ、クミル。おいらだって、たまには小屋から出ることだってあるさ」

「でも、どうせくるなら、もう一日早くきたらよかったのに」

と、セマーヤ。ほんとうにそうです。そしたら、あの森の広場のたのしい集まりが見られたのに。

「まつりは、なかなかよかったそうじゃないか。南半分の森じゃ、みんなそのうわさばかりしていたよ」

あ、そうか！　とクミルは思いました。あれは、森のまつりなのか。

「かかしは、たいてい、森のまつりのときに、わたしたちに会いにくるのよね」

と、タキマーヤがいいます。

それから、四人は、まつりのことや、いろんな森のうわさをたのしく話しました。かかしは、しばらくこの森あたりにいるといいます。それを聞いて、クミルは、急に、ここにいつまでもいたいという気持が起きてきました。でも、それはクミルの心の中のことです。その日の午後、クミルは、この森――クミルは「出会いの森」と名づけました――をあとにしました。「百の森・千の森」の南半分は、おわったのです。北半分の森をめざして、クミルは出発しました。

「それでは、わたしは行くわ。でも、道案内はいらないかもね。——だって、わたし、コノフの森を見つけるんだもの。だから、わたしがよばなかったら、いい知らせだと思ってね」

かかしは、うなずきました。にこにこしています。にくらしい！　とクミルはなぜか思いました。セマーヤとタキマーヤはいいなあ、と、クミルの心がつぶやくのをふりきって、三人に手をふりました。ドーム郡の、別れのあいさつです。

「さよなら、みんな。たのしい日々でありますよう！」

第十六章　これからの森

まったく、セマーヤのいったとおりでした。北半分の森は、どの森も、「あまりおすすめできる森じゃない」ようでした。どういうことかというと、てんでんばらばら、動物たちはみんなすきかって、わがままのやりたいほうだいという感じなのでした。

はじめの森では、森の泉《いずみ》に水を飲みにきていたキツネやヤマネコやサルが、それぞれ自分が先に水を飲むんだといって、おたがいに一歩もゆずらず、けんかをしていました。力ずくで、先に水を飲みはじめたヤマネコにむかって、サルが石を投げ、キツネはそのすきに泉《いずみ》の水をかきまぜて、飲めないように水をにごらせて、逃《に》げていったのです。クミルはあきれて見ていましたが、その森には「わがままな森」と名づけました。

おこっているヤマネコに、クミルはいいました。

「どうして、ちゃんと順番を決めて、なかよく飲めないの？」

するとヤマネコは、ふんといって、

「順番？　何それ。決める？　何を？」

といいながら、どこかへ行ってしまいました。ラノフの学校でも、ときたまにたようなことはありましたが、こんなにひどくはありません。

そのつぎの森では、ずいぶん乱暴《らんぼう》なイノシシがあばれまくっていました。みんな、そのイノシシがくると逃《に》げたり、食べものを出して、ごきげんをうかがったりしています。

「どうして、人のいやがることをするの」

と、クミルはイノシシにいいました。

「おれが、強いからに決まってるじゃねえか、フンフン！」

と、イノシシは鼻を鳴らしました。

「もっと強いけものがいたら、あなた、どうする？」

「弱いやつらのいる森にひっこすさ」

なるほど、とクミルは思いました。要《よう》するに、いいとか、悪いとかいうことを知らないわけです。その森には、「乱暴《らんぼう》な森」と名づけました。

それから、こんな森がありました。

「おなかがすいたなあ、あーあ」

といっているハリネズミに会ったので、クミルはリュックから食べものを分けてやったのですが、

「そのへんに、木の実がいっぱいあるでしょう。どうして、それをさがして、食べないの？」

とたずねると、

「だって、だれかにもらったほうが楽だもの」

というのです。その森では、どの動物もこんな調子で、クミルに食べものをねだるので、しまいにクミルもおこって、

「かってにおなかをすかせてなさい！」

とどなって森を出ました。「なまけものの森」です。

北半分の森は、行けども行けどもこんな森ばかりでした。その名前はといえば、「いいかげんな森」「だらしない森」「いやみな森」「どうでもいい森」「人のせいの森」「自分さえよければいい森」「悪口の森」「つげ口の森」「うそつきの森」「人の失敗をわらう森」「きたない森」「あとかたづけをしない森」「わかっていてもけっして自分が悪いとはいわない森」「みえっぱりの森」「すんだことをくよくよする森」「おこってばかりいる森」……。どこまで行っても、こんな森ばかりがつづきました。ところが、クミルは、その森のひとつひとつを、すなおに通りすぎることができませんでした。つまり、クミルは、これらの森の動物たちを、何とかできないものかと、そればかりを考えて、そして通りすぎていたのです。

時間さえあればな、とクミルは思いました。そんなに悪い動物はいないのです。ちょっとつきあって、そして、いっしょに考えたりできれば、みんな、とってもいい子になるんじゃないだろうかと思ったのです。でもクミルは、とにかくそれがコノフの森でないかぎりは、通りすぎなければなりません。

とある森で、クミルは、ふと足をとめました。「百の森・千の森」には、山などないと思っていたのに、急に目の前に山があり、その谷間をこえて、おりたところの森でした。しばらく行くうちに、クミルは、ふしぎなことに気がついたのです。

「もしも、あそこの道をまがったところに一本のカシの木があればいいな。ちょうど、いいぐあいに、ウサギの食べものがたくさんあることになるわけだから」

そう思って道をまがると、そこにはちゃんと、カシの木があるのです。

「では、このカシの木の裏《うら》には、山ネズミの巣《す》もあるといいわ。ウサギとなかよくできるはずだから」

そう思ってカシの木の裏《うら》を見ると、ちゃんと、山ネズミの巣《す》があるではありませんか！

「ではでは、むこうに行けば、リスの巣《す》、そして、どんぐりをかくすほら穴《あな》のある、大きなシイの木があればいい！」

と、クミルはたのしくなって考えてみました。すると、思ったとおり、リスの巣と、ほら穴《あな》のあるシイの木があるのです！

――クミルは、足をとめ、しばらく考え、そして、まわりを見わたしました。何ということのない森でした。でも、どこか、それまでの森とはちがっているのです。小鳥たちが、いっぱい声をそろえてさえずっている、というわけではありません。小鳥たちは、てんでんばらばらに、かってにさえずっています。おたがいの足をひっぱるようにして、ほかの小鳥の声をじゃまするようにうたったりしています。動物たちはといえば、いままでの北半分の森の動物たちと、別に変わりはありません。わがままで、自分かってで、それぞれに、あまりいい性格《せいかく》とは思えない動物たちでした。ですが――ですが、なのです。

それなのに、クミルは、この森になぜかひきつけられてしまったのです。

「いったい、ここが、ほかの森と、どうちがうというの？」

――クミルは、この森を、もうすこし、じっくり見てみたいと思いました。そして、ねむるところをさがしました。そこは、すぐに見つかりました。たぶん、森のまん中だと思われるあたりに、だれか人の住んでいたらしい小屋があったのです。ずいぶん長いこと使ってなかったらしく、つる草が小屋をとりかこみ、中は荒《あ》れはてていましたが、ねむるにはじゅうぶんでした。

「ひょっとして、むかしのシェーラの家だったのかもね」

とクミルはつぶやいて、その考えが気に入りました。もちろん、そんなはずはありません。ランプをつけてみると、家の中は、かなりきちんとかたづけられていましたが、いろんな動物が入りこんでいたのでしょう、かつてのようすをしのぶことはできませんでした。クミルはリュックを寝袋《ねぶくろ》にしてねむりました。夢《ゆめ》の中で、クミルはすてきな森を見ました。それは、たぶんクミルが、今まで思い描《えが》いていたコノフの森の、そのすべてが現実《げんじつ》のものとなった夢《ゆめ》でした。夢《ゆめ》の中のコノフの森は、これまでのどの夢《ゆめ》よりも、はっきりとしていました。森の大きさ、木々の種類、動物たちの住んでいるところ、そして、クミルが住むところ。

朝、目をさましたクミルは、夢《ゆめ》の中の森が、この森にとてもよくにていることに気がつきました。そうなのです。たしかに、ここは、夢《ゆめ》の中の森とにています。ただ、ちがうところは、夢《ゆめ》で見たコノフの森は、たとえばこの森そのままの森なのではなく、だれかの力によって、大きく手を入れてあったことなのです。

「そうなんだ！」

クミルはさけびました。

「ここは、たしかにコノフの森じゃないわ。でも、ここに、手をくわえて、動物たちにもいろんなことを教えて、小鳥たちにもうたいかたを教えてあげたとしたら——そうよ、そして、森の木々も、きちんと世話をしてあげることができたら、そしたら、そしたら、この森は、夢《ゆめ》の中の森と、同じ森になるはずよ！」

——でも、では、だれがいったい、この森をそんなふうにできるというのでしょう？

クミルは、シェーラの冠《かんむり》を、髪《かみ》にかざりました。そして、森の中じゅうに聞こえるように、大きな声でいいました。

「お聞き、森の小鳥たち、けものたち！　そして森の木々も、みんな聞いて！」

森は、しん、としました。クミルの声が聞こえたようです。

「この森に、名前をつけます。——その前に、わたしのことをいうわね！　わたしは、シェーラの娘《むすめ》、クミル！　この森を、『これからの森』と名づけます！

どうして森に名前がいるのかと思うでしょう？　そのわけは、この森の名前を、わたしが、変えてみたいと思うからなの。だから、とりあえず、いまは、『これからの森』と名づけます。でも、この名前は、いまと、これからしばらくのあいだの名前なの。

やがて、この森の名前は、すべての人々、すべての動物たち、すべての小鳥たちから、こうよばれるようになるはずよ！　その名前を、みんな、知りたくない？」

——森は、あいかわらず静まりかえっています。クミルは続けました。

「この森は、やがて、生まれかわるのよ！　森の木々が光りかがやき、小鳥のさえずりとうた声にみちていて、動物たちが、生きていることのよろこびを、からだいっぱいにあらわしている、そんな森になるの！そして、その森のことを、『コノフの森』とよぶの！」

すると、声が聞こえてきました。動物たちの声が、あちこちから聞こえてきます。

「おせっかいの二本足の娘《むすめ》！」

「かってに演説《えんぜつ》してなよ！」

「よけいなことをはじめてくれるな。おいらたちは、あんたのことなんか、関係ないんだよ！」

「あんたのいうことなんて、聞かないよ」

クミルは、にっこりわらっていいました。

「そうよ！　わたしは、おせっかいよ。そして、いまは、かってにわたしがそう思っているだけのこと。でもみんな！　わたしのいうとおりにしてごらん？　そうすれば、いままでの、何倍《ばい》も、何十倍《ばい》もたのしい日々がおくれるわ！　もちろん、何のことかわからないでしょうね？　古い木々に、たずねてごらんなさい。ずっとずっとむかしに、とてもたのしい思い出があったはずよ！」

森は、ふたたび静まりかえりました。クミルは、ゆっくりとうたいはじめました。

帰りたい　帰りたい
ふるさとの　家へ
帰りたい　緑にもえる
森の家　もいちど

飛んでゆく　飛んでゆく
鳥の　ように
飛んでゆく　雲をこえて
あなたの　もとへ

聞こえて　くるでしょう
よんでる　声が
悲しみに　泣《な》きくれて
あなたを　よぶの

「いまは、ここまでしかうたえない」

クミルはつぶやきました。たのしいうたをうたおうと思ったのです。そのうたにあわせて、たのしいダンスを、森のみんなに見せてあげたかったのです。それなのに、クミルの口をついて出てきたのは、こんな悲しいうたでした。

「まだまだ、わたしはシェーラの娘《むすめ》になれないみたい。でも、いつか、みんなが、わたしをシェーラの娘《むすめ》と認《みと》めてくれる日がくるわ!」

クミルはそう思いました。そして、森の小屋のそうじと整理をはじめました。クミルは、本気で、この「これからの森」を、「コノフの森」にしてみようと思ったのです。そんなクミルを、じっと見ていた、一羽《わ》のコマドリがいました。クミルは気がついて、首をかしげ、コマドリにたずねました。

「どうしたの? 何かいいたいことがあるの?」

するとコマドリはこういったのです。

「クミル、わすれもの! わすれもの!」

クミルは、はっとしました。わすれもの。わたしのわすれもの——。クミルはさけびました。

「ドーム郡!」

——そうなのです。クミルは、ドーム郡のことを、いちばんかんじんなことをわすれているではありませんか! 「これからの森」を、クミルの手で、北半分の森の中でもいちばんすばらしい森にする。でもそれでは、ドーム郡はいったいどうなるのでしょう? フユギモソウがおそってくるドーム郡は、クミルが、ヌバヨをつれて帰るのを待っています。それなのに、クミルは、ここで、「コノフの森」をつくるんだといって、のんびりと、この森でくらしていいのでしょうか？

――「これからの森」を、「コノフの森」にするには、それだけで、何年も、何十年もかかることです。そして、いったい、ヌバヨは、クミルが、ここがコノフの森だと思っても、はたして、ここへきてくれるでしょうか？　そんな時間が、いったいクミルにあるのでしょうか？　そして、コノフの森というのは、ほんとうに、クミルの考えているような森なのでしょうか？

クミルは、森の中で、うずくまってしまいました。いろんな疑問が、頭の中で、どうどうめぐりをしています。いったい、どうすればいいというのでしょう？　クミルは、まったくのところ、道にまよってしまったような気がしたのです。――そのとき、ある考えがひらめきました。

「そうだ！　わたしは、まよったんだ。まよったら、どうすればいい？　――そうよ！　かかしよ！　かかしに、道案内してもらえばいいんだ！」

もっともこれは、かなり自分につごうのいい考えかただと思いましたが、クミルは、かかしのことを思いついて、すっかりうれしくなったのです。あいつに会いたい！　あの、とろんとした、ななめにたれさがった目、ひょろ長い手と足のかかし。その姿《すがた》が、とてもなつかしく思いだされてきたのです。

クミルは、シェーラの冠《かんむり》を頭からはずし、それを思いきり高くかかげて、シャン、シャン、シャン！　と、三度、強く打ち鳴らしました。その音は森の木々にこだましていきます。

「これでいいわ。あとは、かかしのために、ごちそうでもつくってあげよう」

クミルはそうつぶやいて、かかしがここにやってくることに何のうたがいも持っていない自分に気がつきました。なぜだかわかりません。かかしは、すぐにでも、クミルのところへやってくると、確信《かくしん》していたのです。

「ごちそうは何にしようかな。ノビルの油いため。野イチゴのパイ。谷川で、沢《さわ》ガニと川魚もとってきたいな。薬味もほしいし」

ふしぎなことに、クミルは、この森のことなら、何だってわかるような気がしました。そして、実際《じっさい》、そうなのでした。ノビルは、クミルの思ったとおり、いばらのしげみをすこし行ったところにある小さな野原にありましたし、野イチゴのあるところも、谷川も、みんな、クミルの行くところにそろっているではありませんか。

「つまり、この森は、ほんとうに、わたしのためにあるみたいなところなんだ」

そう思ってクミルは、うれしくなりました。かかしに、じゅうぶんなごちそうができます。笹《ささ》の葉のお茶も用意しました。家の中にあった、古ぼけたテーブルといすをひっぱりだして、用意をととのえました。

「これで、かかしのやつ、こなかったら——」

と、クミルは、大きな声でいいました。

「そしたら、このすてきなごちそうは、みいんな、わたしが食べちゃう！」

すると、声がしました。

「そんなにいつも、おいらのぶんまで食べちまいたいのかね？　腹《はら》ぺこクミル！」

そうなのです。かかしが立っていました。クミルはもううれしくなっていいました。

「でも、あんたの豆《まめ》がゆよりも、セマーヤとタキマーヤのスープよりも、ぜったいおいしいこと、うけあいなんだから！　かかし！」

第十七章　まわりを見てごらん

「うん。なかなかの味だぜ。うん」

かかしは、クミルのぶんまで手をのばして、あっというまにテーブルの上はからっぽになってしまいました。

「それでは、おなかいっぱいになったから、おいらは昼寝《ひるね》でもするとしよう」

そういって、かかしは、お行儀《ぎょうぎ》の悪いことに、テーブルの上に足をあげて、帽子《ぼうし》をまぶかにかぶり、目をとじたのです！　クミルは頭にきました。

「あのねえ！　かかし！　あんたにごちそうするために、わたしがタンバリンをたたいたとでも思ってるの？」

かかしはねむそうに目を半分あけて、

「ちがったのかい？」

といいます。クミルはテーブルの上にのった足をひっぱたく棒《ぼう》きれをさがしました。ありません！

「かかし！　あんたの仕事は何？」

「うるせえなあ。知ってるくせに、うん」

「だったら、ちゃんと道案内してよ！　わたしの話を聞いてよ！」

　するとかかしは、ねむそうに、

「あいつにいいなよ、うん」

と、家の入口を指さします。見ると、いつのまに置いたのか、ぼろ布《ぬの》をまとった、一本足の、へんてこな顔をかいてあるほんもののかかしが、入口にたてかけてありました。

「あっちも、かかし。おいらも、かかし。どっちだって同じこったよ、うん」

　クミルは、その、ほんもののかかしのところへ行って、それを持ちあげると、――ややこしい話なのですが、人間のかかしの頭を思いきりぶちのめしました。かかし（人間の）は、いすから落っこちて、ひっくりかえりました。

「あいてて……。しばらく会わないと、ずいぶん乱暴《らんぼう》になるもんだな、クミル。いてて」

「わたしはあんたをよんだの。鳥おどしのかかしなら、わたしだってつくれるわ。――まあ、もっとも、たいして変わりはないわよね、あんたがどうしてもお昼寝《ひるね》するっていうんなら」

　クミルは、ぷんぷんしながらいいました。かかしは、ようやく起きあがりました。

「はいよ、かんしゃくもち。――せっかく、やってきたってのにこれだからな、うん。それで、どっちへ行きたい？　あっち？　それともこっち？」

　でも、どうもにくめません。クミルは、ちょっときげんをなおして、かかしに話しはじめました。するとかかしは、またいすにふんぞりかえります。でも、もうクミルは気にしないことにしました。

「――そういうわけで、この森で、わたしは、どうしていいか、わからなくなってしまったの。わたしは、この『これからの森』を、これ以上ないような、すばらしい森にできる、そう思ったの。北半分の森の動物たちをみんな集めた森のまつりだって、いつかはわたしの力で、やりとげることができるはずだ、そう思ったのよ。と、いうことは、こういうことでしょう？　わたしが、わたしの力で、この森を、コノフの森にしてみせる。そしたら、ヌバヨって人も、きっと、ここにきてくれるはずじゃないか。ちがっているかしら、かかし」

　かかしは、クミルの話にうなずきました。こんどはまじめな顔をしています。

「そいつは、おいらには、ずいぶん、まっとうな話に思えるな、うん。これまで、クミルは、とにかく、ただやみくもに、コノフの森へ行こうとしていた。タキマーヤもいってたように、それではいつまでたっても、コノフの森に行けるかどうかわからない。だが、こんどは、あんたは、自分の力で、コノフの森をつくってみようと思ったわけだ。うん、そいつは、つまり、進歩だと、おいらは思うよ、うん。そしてクミル、あんたはきっと、そのヌバヨって男のコノフの森よりも、ずっとすてきな、コノフの森をつくれるかもしれないぞ、うん」

「それは買いかぶりよ。でもうれしい。ところがね、ここで、こまったことにぶつかったのよ。わたしが、ここにいすわって、コノフの森をつくるのはいいわ。そして、ヌバヨを待ってるのもいい。だけど、だけどよ、いったい、それでは、その日はいつになると思う？　わたしはなぜ、いままで急いで旅をしてきたと思う？　みんな、ドーム郡を、フユギモソウからすくうためじゃない？　コノフの森ができあがって、ヌバヨがやってくるころには、その、かんじんなドーム郡は、いったいどうなるの？　もう、旅をはじめて一年もたつのよ。ねえ、かかし、わたしは、どうすればいい？」

かかしは、むっくりと起きあがりました。

「じゃあ、道案内するよ。よく聞くんだぜ、クミル」

クミルはうなずきました。

「あんたには、コノフの森を、自分の手でつくりあげる自信ができた。そうだな？」

「たぶん。もしも、コノフの森が、わたしの思ってきたようなところならね」

「そして、コノフの森には、ヌバヨがいる。そうだったよな？」

「ええ、そうよ！」

かかしは、にやりとわらいました。

「じゃあ、かんたんなことじゃないか。もう、あんたは、ヌバヨに会えたも同じことだよ」

「ええっ？」

かかしはパイプに火をつけました。

「クミル、あんたはもう、ヌバヨを知ってるよ。ヌバヨに会ったんだよ！」

「うそ！」

クミルは、思わずまわりを見わたしました。かかしは、ふうっと煙《けむり》をはいて、きれいな輪をつくり、それを指でもてあそびました。

「まさか、かかし――」


するとかかしは、まっすぐにクミルを指さしてこういったのです。

「ヌバヨは、ここにいる！　クミル！　あんたのことだよ！」


それは、思いがけないことばでした。かかしはわらいました。

「まだわからんのかね、クミル。――いいかい、ヌバヨというのは、コノフの森をつくれるやつのことだろう！　いま、あんたは、たしかにいったじゃないか、『わたしは、コノフの森をつくってみせる』と。ということはだな」

「待って！」

クミルはさけびました。

「――待ってよ、かかし。みんないわないで、あんたは道案内なんだから！　――ということは、ひょっとしたら、こういうこと？」

クミルは、からだがふるえてきました。そして、ゆっくりと、考えながらいいました。

「つまり、わたしは、もう、ヌバヨを待つことなんか、しなくていい——、なぜって、なぜって、わたしが、ヌバヨになれるものなら、どうして、どこにいるかもわからないヌバヨを待つことがあるの？　——でも、でも、いえ、そうなのよね、かかし。ちがっているかもしれない、でも、いうわ！

もう、コノフの森も、ヌバヨもさがすことはない！　わたしが、ドーム郡に帰り、そして、フユギモソウをほろぼす！　いえ、いえ！　とんでもない！　コノフの森も、ヌバヨもさがせなかったわたしが、なぜ、そんなことができるというの？」

かかしはどなりました。

「あんたは、コノフの森を見つけたんだ！　そして、クミル、あんたには、ヌバヨという男のやれることくらい、自分で、もう、できるはずだ！」

クミルは、しばらくだまりました。それからクミルは、かかしにほほえみました。

「道案内ありがとう、かかし。あなたのいうことは、よくわかったわ。でもわたしは、ヌバヨではないの。コノフの森も、ここではないわ。——だけれど、ここは、これからのコノフの森。そして、わたしは、これからのヌバヨ！　わたしは、もう、コノフの森をさがそうとは思わない、ヌバヨに会おうとは思わない。なぜって、ドーム郡は、わたしの住んでいるところ。わたしたちの力で、フユギモソウとたたかうしかないんだ。——そうなのよ。どうしていままで、この長い旅のあいだにこんなかんたんなことに気がつかなかったのかしら？」

「それはね、クミル」

と、かかしがやさしくいいました。

「あんたが、長い旅をしたあげくだから、気のついたことなんだと思うよ、うん」

「そして、わたしは、また、長い長い旅をしてドーム郡に帰るんだわ。そうよ、こうしちゃいられない！　かかし、こんどは、わたしの帰り道！　できたら――できたら、なるべく早く、ドーム郡へ帰る道を教えて！」

そうなのです。またクミルは、長い旅をして、ドーム郡へ帰るのです。またあの荒野《こうや》や、「かげの森」を通って。そう思うと、クミルはちょっとひるみましたが、でも元気をふるいおこしました。もうクミルは、前のクミルではないのです。――するとかかしは、こういいました。

「ドーム郡への帰り道？　それをおいらに聞くのかね？　クミル」

「どういうこと？　教えてくれないとでもいうの？」

クミルはちょっと心配になっていいました。かかしに対して、口のききかたが乱暴《らんぼう》になっているのに自分でも気がついていたのです。

「だって――クミル、あんたはまだ気がつかないのかね？」

「何に？」

かかしは、あたりを見まわしながらいいました。

「まわりを見てごらん、クミル」

クミルはいわれたとおり、まわりを見わたしました。森です。何ということのない――クミルにぴったりの森――どこかで見たことのあるような――いつも夢《ゆめ》に見ていたような――。

「うそ！　――ここは――、いえ、そんなはず――、まさか！　――わたしの森？」

森の木々が、光りかがやき、そしてゆらゆらとゆれました。あふれ出てくる涙《なみだ》のために。小鳥のうた声が聞えました。なつかしいうた声。

「ここは、わたしの育った森！　でも、でも、そんなはずは――いえ、ここは、わたしがすごし、くらしていた、わたしの森！

「かかし！　どうして！　教えてください。ここはわたしの森よ！　なつかしい、わたしのふるさと！」

あふれる涙《なみだ》をぬぐおうともせず、クミルはかかしにさけんでいました。うれしさとふしぎさ、そして、なつかしさでいっぱいでした。かかしは、あいかわらずのんびりとほほえんで、やさしくクミルにいいました。

「どうして、って、おいら、知らないけどね、うん。こういうことじゃないのかね、クミル。どんなに長く、遠く、つらい道でも、たどりついてさえしまえば、あとは楽、ってことかな？　うん！」

では、ここがクミルの森ならば、いくつか山をこえさえすれば、もうドーム郡なのです。ドーム郡！　クミルの心ははやりましたが、すぐに気がついて、かかしにいいました。

「あとは楽？　――かかし、とんでもないわよ。これからがたいへん。そうよ。ドーム郡の人たちと、フユギモソウをやっつけるんだもの。――そのためには、まっすぐにドーム郡に帰るわけにはいかないわ」

クミルは、いたずらっぽくわらって、かかしにたずねました。

「ねえ、道案内さん？　わたしが、これから、どこへ行こうとしているか、あてられる？」

するとかかしも、にやりとわらっていいました。

「あんたって娘《むすめ》は、うん。ひょっとすると、ヌバヨとやら以上かもな。おいら、ちがうかもしれないが、あててみようか。――あんた、マドリム郡へ行く気じゃないかね？」

「ご名答！　フユギモソウにほろぼされた、マドリム郡へ行くわ。そして、フユギモソウをやっつけるための、手がかりをさがすのよ。こわくなんか、ないわ。こわがっていたら、逃《に》げることしか思いつかないもの」

「うん、おもしろくなってきたぞ」

「もうひとつ！　わたしが何を考えているか、あててごらんなさい、かかし」

かかしは、目をまるくしました。クミルは、しっかりと、かかしを見つめました。やがてかかしは、わらいだしました。

「ええい！　この、わがまま娘《むすめ》！　ああ、いいともさ！　ついていってやるとも。マドリム郡でも、ドーム郡でも！」

そして、ふたりはわらいながらどなりあいました。

「なぜって、おいら、かかしだから！」

こうして、クミルとかかしは、「百の森・千の森」をあとにしました。クミルは、コノフの森も、ヌバヨという人も、見つけることができませんでした。けれどクミルは思いました。もしも、クミルがコノフの森を見つけ、ヌバヨに会ったとしたら、そのよろこびは、それは大きかったでしょう。でも、それは、それだけのことではないのでしょうか。いま、クミルは、自分で、フユギモソウに立ちむかうのだという決心と、勇気を手にいれました。そして、そのことのほうが、コノフの森でヌバヨに会うことよりも、ずっとずっと大きな、たいせつなことのような気がしたのです。かかしは、ついてくることを約束《やくそく》してくれました、けれど、けっして道案内以上のことはできない、と、何度もいいました。でも、それだけでも、クミルには大きなはげましでした——ずっと、たったひとりだったのですから。

森をたつ前に、クミルがふりかえると、かかしはたずねました。

「この森には、何ていう名をつけたんだい？　クミル」

「これからの森。でも、それは、前の名よ。ねえ、かかし。あなた、前にこういったわよね、『山は、山。子リスは子リス。ほかに名前がいるのかい？』って。ほんとにそうだわ。森は森なのよ。この、わたしにとって大切な森、わたしの心の森、ふるさとの森に、どんな名前をつけたって、わたしがたいせつに思うこの森にはそぐわないわ。ええ、きっと、コノフの森という名がついたとしてもよ」

「うん。名なしの森だな、——元気のいい娘《むすめ》さん！」

「クミル、っていうのよ」

「どんな意味だい？」

クミルは、ちょっと考えて、「百の森・千の森」でのあることを思いだして、わらっていいました。

「ダンスの先生よ、かかし！」

第十八章　人の心の表裏《おもてうら》

クミルとかかしは、マドリム郡へとむかいました。そこには、きっと、いまなおフユギモソウがさきほこっているはずです。

いつのまにか、季節《きせつ》は冬になっていました。あまりしゃべらずに、クミルとかかしは歩いていきました。

かかしは、さすがに道案内でした。かれた木の下、それに雪の下から、かくれた木の実をじょうずにさがしてきますし、寒さをしのぐ場所も見つけます。ふたりは夜はたき火をして、お茶をわかし、フユギモソウの話をしました。クミルがあれこれ想像《そうぞう》すると、かかしは、だまって聞いていました。そのようすは、ほんとうに、道ばたに立っているかかしみたいでした。

「どうして、フユギモソウは、そんな変な名前なの？」

と、あるとき、クミルはたずねました。すると、かかしは、こんなことをいいました。

「知るもんかね。だけど、クミルは、古代アイザールの王様の名を知ってるだろ？」

それは、シェーラと同じ時代の、伝説《でんせつ》の王のことでした。

「知ってるわ。ラノフの学校で、ヨー先生が教えてくれたっけ。たしか、フラバ、そう、フラバ王っていったかな？」

「その、フラバっていうのは、冬の心、つまり、フユギモ、って意味だと聞いてるぜ、おいら。古代アイザール語ではね」

クミルは、かかしがもの知りなのにおどろきました。そして、聞かずにはいられなくて、たずねました。

「ねえ、かかし！　あんたは、いったい何者なの？」

でも、あいかわらず、同じ答えです。

「おいらは、かかし」

「そうじゃなくって！　いつ生まれたのかとか、お父さんやお母さんとか、そんなこと、話してくれたっていいじゃない」

かかしは、たったひとこと、いいました。

「おいら、タウラの息子《むすこ》だよ」

タウラの息子《むすこ》！　なんと、なつかしいことばでしょう。タウラとは、ドーム郡の伝説《でんせつ》上の祖先《そせん》といわれる名前です。ドーム郡の人々は、自分たちのことを、「シェーラとタウラの息子《むすこ》たち、娘《むすめ》たち」とよぶのです。

「それじゃあ、かかしも、ドーム郡の人なの？」

かかしはわらいました。

「ドーム郡なんて、アイザリアの南のちっぽけなところなんだぜ、うん。シェーラとタウラの息子《むすこ》や娘《むすめ》は、どこにだっているさ」

「わたし、あまりよく、その伝説《でんせつ》を知らないの。シェーラについては知ったけど、タウラというのは、どんな人なの？」

かかしは、クミルに、こんな話をしてくれました。

——ずっとずっとむかし。旅から旅へとさすらう、うたとおどりで生活している人々がいた。あちこちの村々や町で、かれらはうたをうたい、おどりをおどって、人々の心をなぐさめ、世界を旅して歩いていた。かれらは、自分たちのことを「さすらい人」とよび、自分たちの自由な心と、うたやおどりを、何よりたいせつに思い、ほこりとしていた。

いつごろから、舞姫《まいひめ》そして歌姫《うたひめ》であるシェーラと、その伴奏《ばんそう》をするタウラが、このさすらい人たちのなかまになったかはわからない。ふたりとも、自らのぞんで、この人々の群《む》れにやってきたのだったが、ただの人間にはないような気品と、とうとさがあったという。それだけでなく、ふたりのうたは、それはすばらしいものだった。さすらい人たちは、あちこちの町や村々で祝福《しゅくふく》され、多くの人々の心をなぐさめ、目と耳をたのしませた。

あるとき、このさすらい人たちは、アイザールのみやこにやってきた。そこでは、人々は、悪い王、フラバのもとで、苦しいくらしを続けていた。

フラバ王は、シェーラをひと目見て、このおどり子のとりこになり、無理《むり》やり自分の王宮にとじこめた。そして自分のためだけにうたい、おどれとシェーラにいった。

けれど、シェーラは、王の前で、うたおうとも、おどろうともしなかった。シェーラはこういった。

「わたしの心はさすらい人の心。どんな王だって、わたしに無理《むり》じいしておどらせることも、うたわせることもできません！」

フラバ王は、おこった。日ごろから、自分の思いどおりにならないのは、太陽と月と星だけだと思っていたから。

「もしも、おまえが、わしの前で二度とおどらぬというのなら、おまえを殺《ころ》すぞ！　それでもうたわぬつもりか！」

「わたしのうたもおどりも、あなたのような人をよろこばせるためのものではありません。あなたは、たとえわたしのうたを聞いたとしても、何のよろこびもえられないでしょう」

フラバ王は、何とかして、この娘《むすめ》を、自分の思いどおりにしたかった。そこで王はいった。

「三日間だけ、おまえにやろう。それまでにおまえの考えが変わらぬならば、おまえののどを切りさき、足を一本と腕《うで》を一本切ってやる。二度とおまえがうたえぬようにな。そして、おまえのなかまも、みな殺《ごろ》しにしてやる」

シェーラは、三日めにフラバ王にこういった。

「王様、それではわたしは一度だけ、うたい、おどってごらんにいれます。わたしの伴奏《ばんそう》をする、タウラという少年をよんでください。いままで、だれも見たことのないような、すばらしいおどりをお目にかけましょう」

さっそく、王の使いが、心配して待っているなかまのさすらい人たちのところへやってきて、タウラにくるようにといった。

「あすの朝、王宮へまいります」

と、タウラは返事をした。そして、タウラはなかまたちに、夜のあいだに、王の追手がこないところまで逃《に》げるようにいった。

「そんなわけにはいかぬ。われわれは、みななかまだ。シェーラとタウラが帰ってくるのを、ここで待っている」

と、なかまたちはいったが、タウラは、こういった。

「友よ、われわれのさすらいの心を、いつまでも絶《た》やしたくないのなら、早く逃げてくれ。でないと、わたしの決心も、シェーラの気持もむだになる。わたしには、どんなにはなれていても、シェーラの心がわかるのだ。わたしがいうのではない。シェーラが、わたしにそうしろといっているのだ」

人々は、タウラのいうとおりに、夜の闇《やみ》にまぎれ、フラバ王のところからできるだけ遠くへと逃《に》げた。

そしてタウラは、ふところにまばゆい銀の笛《ふえ》と、一本の剣《つるぎ》をしのばせて王宮へ出かけた。

フラバ王の見守るなか、シェーラは、タウラの笛《ふえ》の音にのせて、かろやかにおどり、うたった。なみいる人々は、その美しさと明るさに、ただ見とれ、うっとりと酔《よ》っていた。

突然《とつぜん》、笛《ふえ》の音が消えた。

人々は、何事かとタウラのほうを見た。タウラは、

「ウラ・リーク・ヌバ・アイザール！」*

とさけんだ。

そして、人々は見た。フラバ王の胸《むね》に、まっ赤な血が流れ、銀色の剣《つるぎ》がつきささっているのを！　――みながシェーラのおどりに気をとられているうちに、タウラが、フラバを殺《ころ》したのだ。

タウラは、フラバ王の胸《むね》から剣《つるぎ》をぬきとると、シェーラのもとへとかけよった。だがふたりは、だきしめあうことができなかった。王の部下が、数かぎりない矢《や》を射《い》て、ふたりを殺《ころ》したのだ。ふたりは、息たえる前に、たがいに、こうさけんだ。

「タウラ！　わたしたちの心は死なない！」

「シェーラ！　いつまでも、森と野原で生きていこう！」

シェーラがたおれたあとに、どこからともなく小鳥がやってきた。そして、シェーラの髪《かみ》にかざった冠《かんむり》を、持ちさって飛んでいった。


「それで、どうなったの？」

と、クミルはたずねました。かかしはにがわらいして、

＊訳注――原注に、「われらこそアイザールの王！」という古代アイザール語、とある。

「子どもみたいなこと聞くんじゃない」

といいます。

「これは伝説《でんせつ》だからな、クミル。伝説《でんせつ》は伝説《でんせつ》として、胸《むね》にしまっておけばいいのさ。それとも、こんなおわりかたにするかい？」

そういって、かかしは空にかがやく星を指さしました。

「あそこに、三つの星がならんでいるだろう。そのまわりを、四つの星が、かこんでいるな。あの、四つの星を、『シェーラの冠《かんむり》』というんだよ」

「三つの、まっすぐにならんだ星は？」

「タウラの剣《つるぎ》」

そして、かかしは、低《ひく》い声でうたいはじめました。古代アイザールの悲しいうたでした。

シェーラ・カリーン、
キリ・タウラ、
トゥルーク・フラルーザ。
チャフル・ティザ、
シェーラ・カリーン、
キリ・タウラ。

＊

シェーラの冠《かんむり》、
タウラの剣《つるぎ》、
そは冬の夜の　道しるべ。
なれをわすれじ、
シェーラの冠《かんむり》、
タウラの剣《つるぎ》。

＊訳注――原文の音を、そのまま書いた。

やがてふたりは、マドリム郡に着きました。かつて、人々が住んでいたとは思えないほど荒《あ》れはてた土地でした。冬の風が、茶色の土地の上をふきすさんでいます。ところどころに、焼け落ちた家、住む人のない家のあとがあり、ようやく、マドリム郡のあとだということがわかるくらいでした。

「フユギモソウは？」

とたずねると、

「足もとを見てごらん」

と、かかしがいいます。クミルは、「きゃっ！」とさけんで、とびあがり、かかしにすがりつきました。茶色の地面だと思ったのは、かれた草なのでした。

「これが、フユギモソウ？」

「そうらしいな」

クミルは、その草を手にとって見ようとしました――が、おどろいて手をはなしました。一本ずつはなれているのかと思ったら、根はひと続きになって、それぞれが、しっかりくっついています。まるで、地面に、茶色の網《あみ》をひろげたように、その草は、大地をおおっていました。

「見てみなよ」

と、かかしがいいました。ナイフで、その茎《くき》を切ったのです。すると、かれたように見えた茎《くき》は、びくんと、ふるえ、茶色のしずくがしたたってきました。

「かれてなんかいない。こいつらは、ひっそりと、冬がすぎるのを待っていやがるんだ。そして、春に、きっと黄色い花をつけるんだ」

クミルは、かかしに文句《もんく》をいいました。

「あのね、かかし。この草がフユギモソウで、人にとって悪いものだとしてもよ。こ、こいつら、とか、い、いやがるんだ、なんていいかたしないでよ。何か、品がなくって、いやだな」

かかしは、ぷっとふきだしました。

「そうで、ありますな、お嬢《じょう》さん。こいつ、いや、これは、ただの草だもんな」

ふたりは、かれたような茶色の草――といっても、根と茎《くき》のようなものの上を歩いていきました。どこに行けば、フユギモソウをほろぼすための手がかりがあるのでしょう。

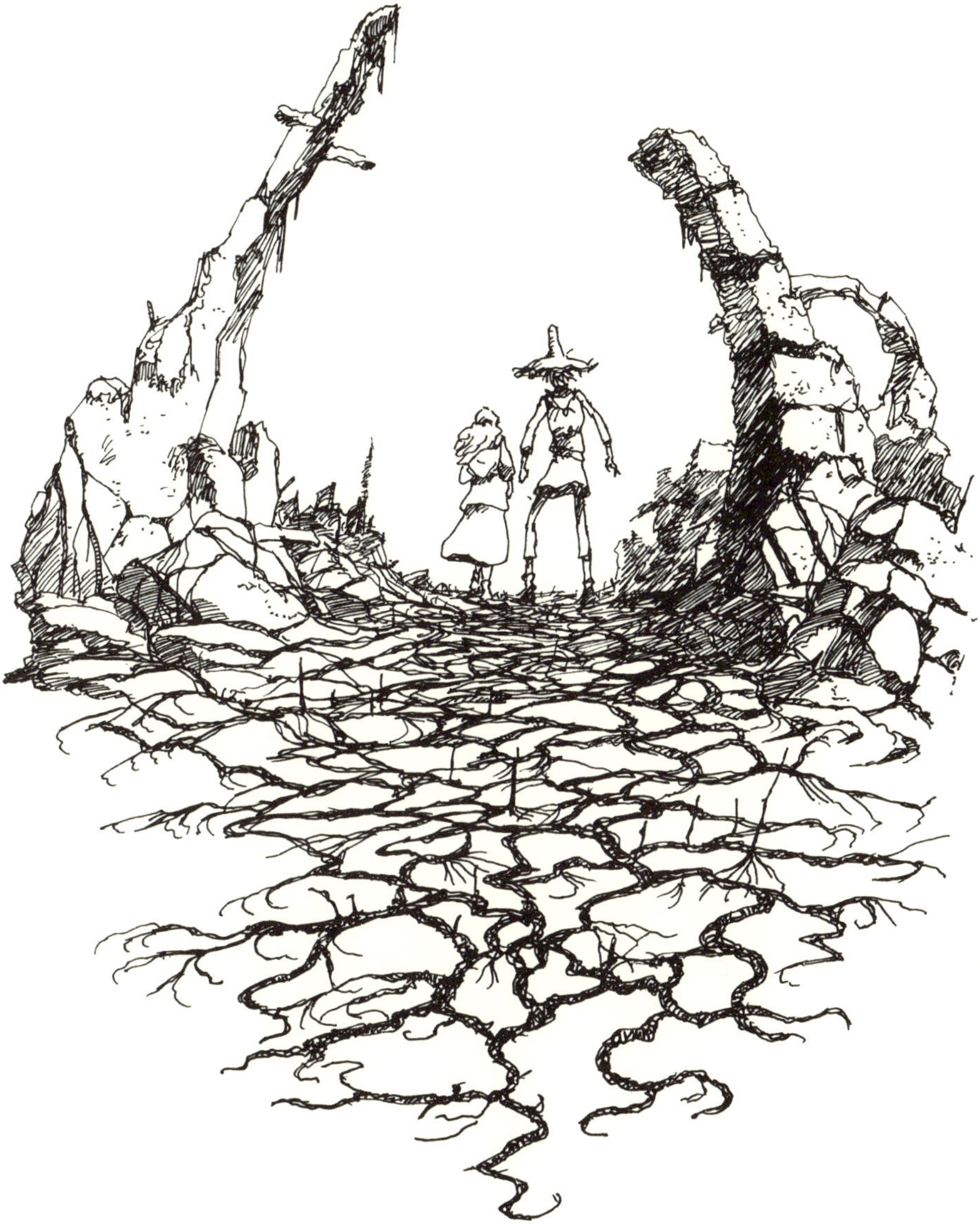

「これ、焼いてみようか」

と、クミルがいいました。

「まさか、とって食べようってんじゃないだろうね」

かかしがそういったとき、

「その草が、焼けるものかね！」

という声がしました。ふたりはふりかえりました。くずれかけた家のかげから、ひとりの老人が、まるで幽《ゆう》霊《れい》のようにあらわれました。目はぎょろりと光り、髪《かみ》もひげもまっ白で、生きているのがふしぎなくらいやせこけた老人です。

「このマドリム郡へ、ようこそ、客人。もう、だれもおとずれるものなどないと思っておった。ささ、こちらへお入り。茶など飲もうではないか。もう長いこと、わしは、人間と話したことがないのじゃ」

「あんたは、だれだ？」

と、かかしはたずねました。老人は答えました。

「この世に、用のないものじゃ。だが、死ぬこともできぬ、身よりのない年よりじゃよ、見てのとおりな。かつては、マドリム郡で、重要《じゅうよう》な役をしていた。だが、いまは、とむらい屋をしておる」

クミルはいいました。

「あなたの、ごぞんじのことを、すべて教えてください！　マドリム郡が、もし助かるものだったのなら、どうすればよかったかを！」

老人は、ふたりを、くずれかかった家の中に案内しました。そして、お茶をすすめてくれました。

「わしの名は、タザール。あんたたちは？」

するとかかしがこういいました。

「タウラの息子《むすこ》、かかし」

クミルもいいました。

「シェーラの娘《むすめ》、クミル」

「シェーラとタウラの子どもたち！」

と、老人はつぶやきました。

「そうだ、マドリム郡はほろびても、まだ、あんたたちのような人がいるのだな」

と、ぼそりといいます。

マドリム郡に、生き残った人がいたのです。クミルは、ドーム郡からきたと話し、フユギモソウについて、教えてほしいとたのみました。老人は、ぽつりぽつりと話しはじめました。それは、マドリム郡の、最後のいくさの話でした。

「わしの話を聞いたとて、あのいまわしい草のことがわかるとは思えん。ましてや、あれをやっつけることなど、できぬ相談じゃよ。だが、あんたたちは、わしより若《わか》い。若《わか》いものは、たとえむだだとわかっていても、やってみなければならぬことがあるものなのじゃな。だがな、わしには、いまもって、マドリム郡がほろびたことの原因《げんいん》とあの草がはたして結びつくものなのかどうなのか、わからんのじゃ。――あの草は、なんで、こんなところにやってきたのじゃ？　なぜ、こともあろうに、世の中の、ほかの土地ではなく、このマドリム郡にさかねばならなかったのじゃ？　わしには、それが、わからぬ。

「ともあれ、あの草がさいてからというもの、マドリム郡は、たしかに変わった。だが、人は、変わっていくものじゃ。世の中が変わるように。――その、ひとつの節目だったのかもしれん。そのとき、たまたま、あの黄色い花がさいたのかもしれん。

「もともと、人間には、ふたとおりの面がある。たとえてみれば、よい面と、悪い面。すなおと、ひねくれ。のんびりと、せっかち。うぬぼれと、へりくだり。明るさと、暗さ。ひとりの人間の心には、これがいつも、いっしょにくらしている。片方《かたほう》だけの人間など、ほんとうは、おらぬのじゃよ。ものの見かたにしても、そうなのじゃ。たとえば、子どもがわらう。すると、うるさいと思うものもいれば、かわいいと思うものもいる。雨がふる。すると、いやだと思うもの、外で働かなくてよいからうれしいと思うものがいる。そんなことは、だれだって、よくわかっておることなのじゃ。

「ところが、あの花がさいてからというもの、これが、はっきりと分かれてしまった。マドリム郡を、まっぷたつに割《わ》ってしまった。あるものがいい、といえば、片方《かたほう》は、かならず悪い、というようになった。もちろん、はじめのうちは、たがいに話しあい、認《みと》めあっておった。ところが、話しあっていちおう、わかりあっても、消えぬものがあった。おたがいの心に、しこり、わだかまりは、かならず残ったのじゃ。――いまにして思えば、そのしこりが小さいうちに、わしらは何とかしなければならなかったのじゃ。ところが、わしらは、相手に悪い気持をいだくことが、とてもこころよくなったのじゃ。どんなささいなことでも、相手の悪いところを見つけ、悪口をいい、ののしることが、それは心地よいことに気がついたのじゃ。そして、一度、このたのしみ――そうなのじゃよ、客人！　たのしみ、になったのじゃ――にとりつかれると、すべての、相手への思いやりとか、相手をよく思うということが、まったくばかげたことのような気がしてきたのじゃ。わしら、マドリム郡のものは、まったくささいな、あることで、まっぷたつに割《わ》れてしまった。どんなことか？　ほんとうにつまらないことなのだが、新しく建てることになったマドリム郡庁《ぐんちょう》の建物の門を、東にむけるか、西にむけるかという、ただそれだけのことだったのじゃ。

「長年、同じところに生まれ育ってきたものたちのこと、わしらはみな、よくにていたのじゃ。それが、まったくふたつに割《わ》れてしまった。そして、ささいなその門のことだけでなく、あらゆることにおいて、わしらはことごとく、くいちがうようになったのじゃ。食物のすききらいからはじまり、ことばづかい、着るもの、ひどくは歩きかたにいたるまで、相手をののしり、さげすんだのじゃ。――いまになって考えてみれば、何という、くだらないことをいっておったかと思うが、そのときは、それぞれが本気でおこり、にくしみあっておった。まるで心がひとつになることがなかった。わしらは、ただ、たまたまいっしょに住んでいただけのことで、ひとつにならねばならないなどと、考えたこともなかったのじゃ。だから、いくさの原因《げんいん》となった、最初のけんかのときには、みな、いきり立った。どちらがはじめたのか、そんなことはだれもほんとうのことを知らぬ。そして、一度けんかになれば、あとは、とめようがなかった。なぐりあい、そして、武《ぶ》器《き》を持って、いくさがはじまった。みな、自分が正しいと思っておった。

「そして、あの、思いだすのもいやな、いくさがおわった。なぜおわったか？　相手が、いなくなったのじゃよ。にくしみあう相手が、ひとり残らず、逃《に》げるか死ぬかしたのじゃよ。――相手がいなくなって、はじめてわかったのじゃ。にくしみが消えたのじゃ。なぜにくんだのか、そして、自分のしたことのおそろしさに気がついたのじゃ。いくさをしているときには、わからなかった。相手が自分とまったくちがう人間に思えた。だが、おわってわかった。わしらは、みな、同じだったのじゃ。ただ、たがいに、ほんのすこしだけ、立っているところがちがっていただけだったのじゃ。そのことに気がつかなかった。ちょっとだけ、自分の心の、裏側《うらがわ》をのぞいてみればよかったのだ。そうすれば、たたかっている相手が、自分とまるきり同じだということがわかったのに！

「あの、黄色い花がさいたから、マドリム郡がそうなった、というのはたやすい。そういえば、だれも傷《きず》つかずにすむからのう。だが、客人、わしは思うのじゃ、ほんとにそうなのか？　あの、よそから舞《ま》いこんできた花のせいなのか？　――わしには、わからぬ。ただ、これだけはいえる。いまにして思えば、いろんなときに、あのいくさをやめさせることができた。ほんのすこしでも、相手のことを考える気持さえあれば。だが、だれひとりとして、それをしなかった。そんなことすらできなかったのじゃから、マドリム郡がほろびたとしてもしかたがなかったとわしは思う。

「だから、わしは、こうやって、みんながこの土地を去ったあとも、ここに残ることにした。だれもが、二度と、ここへはもどりたくない、といって出ていった。それは、わしにしてもそうじゃった。だが、出ていって何になる？　また同じことではないか。わしはそう思った。わしには、この世に、もう用はない。じっと、このいくさの跡《あと》を見て、そして、この草を見て、わしらのおかしたあやまちを、死ぬまで考えておるつもりなのじゃ。それだけが、いくさで死んだものたちの、とむらいになるのではないかと思ってな」

老人は話しおえました。そして、そのまま、ねむりはじめました。クミルとかかしは、そっと、くずれかけた家を出ました。どうにも、やりきれない気持でした。

第十九章　ふたたびドーム郡へ

「さて、まだ、このマドリム郡にいる気かい？　クミル」

かかしがたずねても、クミルはだまっていました。

「あの、タザールとかいうじいさんの話だけでは、フユギモソウをほろぼす、何の手がかりもつかめなかったんじゃないのかい？」

クミルは、首をふりました。かかしは、へえーという顔をします。

「タザールさんは、どんなにつらかったでしょう。マドリム郡の、すべての罪《つみ》を背負《せお》って生きているのよ、あの人は。――そしてね、もしもわたしが、フユギモソウをやっつけることができなかったとしたら、わたしは、やっぱり、タザールさんと同じことをするでしょう！」

かかしは、クミルのことばにうなずきました。

「で、おつぎはどこへ？」

クミルは、しばらく考えて、こういいました。

「この、マドリム郡の中で、みんなが集まって、うたったりした、酒場《さかば》のようなところはないものかしら？もし、あれば、そこの跡《あと》をさがしてほしいの」

「よしきた」

すぐに、かかしは、すたすた歩きはじめました。そして、とある場所でとまりました。

「ここが、そうだろう。食器のかけらや、楽器のこわれたのが落ちてるからな」

クミルは、そこに立ち、地面を見ました。そして、

「やっぱり！」

と、つぶやきました。

「どうしたい？」

「見て！　フユギモソウが、ここにはないわ」

ちょうど、その地面のところだけ、網《あみ》をはったような茶色のかれ草が、ないのです。黒い土が顔を出しているのです。

「どういうこった？」

「みんなが集まって、うたったりしたところには、フユギモソウがさかない」

と、クミルはつぶやきました。

「かかし。もう、いい。ドーム郡へ、帰りましょう」

かかしは、ぽかん、としています。

「どうして？　クミル、あんた――」

クミルは、うなずきました。

「そうよ。ふたつの手がかりを、わたしはつかんだの。これでじゅうぶんなのか、どうか、わからないけれど、やってみるわ。それでいい？」

「ふむ、クミル。それじゃ、おいらは、ひとつの手がかりを知っているから、おいらたちは、あわせて三つの手がかりを見つけたわけだ。――うん、たぶん、これでいいかもしれないな」

「あんたの手がかりって？」

かかしは、にやりとわらいました。

「おいらは、ただの道案内さ。あんたが、それを必要《ひつよう》とするときにいうことにしよう」


ふたりはマドリム郡をあとにしました。

いよいよ、ドーム郡に帰るのです。

「うれしいかい？　クミル」

「いえ、かかし。わたしの旅は、フユギモソウをやっつけるまでは、おわったことにはならないの。コノフの森にむかって旅だったときの気持も、いまも変わりはないわ」

ドーム郡にむかって、北のほうにはゲレンの山なみが続き、そのむこうは雲がかかっていて、何も見えません。南のほうには、クミルの森や「百の森・千の森」があるはずですが、やはり山々にさえぎられています。

やがて、見なれた山の姿《すがた》が、クミルの目をとらえました。マイオーク山です。

「かかし、ドーム郡よ！」

さすがに、胸《むね》がいっぱいになりました。あの山へ、子どもたちと登り、うたをうたいました。オッテさんが、見ていました。そして、ラノフ川で、子どもが落っこち……でも、いまは思い出にふけっているときではありません。クミルたちは急ぎました。

ドーム郡の入口で、ふたりは立ちどまりました。いままではなかったものが、そびえています。それは、人の背《せ》の、倍《ばい》以上の高さの、れんがの壁《かべ》でした。壁《かべ》は、ドーム郡の東の境《さかい》にそって、えんえんと続いていました。

「何？　これは！」

「うん、これは、こういうことだよ。クミル、あんたが旅をしているあいだ、ドーム郡は、ただじっと待っているわけにはいかなかったというわけさ。遊んでたわけじゃない、ってことだよな」

「フユギモソウから、ドーム郡を守るために、こんなものをつくったっていうの？」

「そうだろうよ」

クミルは、あきれました。こんなことでフユギモソウから逃《に》げられるものでしょうか。すると、突然《とつぜん》、頭の上から声がしました。

「だれだ！　そこにいるのは！」

ふたりは、れんがの壁《かべ》の上をふりあおぎました。

ものものしいかっこうをした若者《わかもの》が立っています。

「東からくる人間は、ドーム郡に入ることはできないんだ！　この壁《かべ》にそって、北か南を通れ。そうすれば、ぬけることができる」

「じょうだんじゃないわ。入れてちょうだい！　わたし、クミルよ！」

「クミル？　クミルって、まさか、ラノフのクミル先生――？」

「そう！　いま、帰ってきたの！」


すぐに、縄《なわ》ばしごがおろされ、クミルとかかしは、壁《かべ》をのぼり、やっとのことでドーム郡に入ることができました。若者《わかもの》は、クミルを、じっと見ていました。腰《こし》にナイフをつけ、くさりかたびらを着けています。

「やれやれ。なんてこと！　ドーム郡への第一歩がこんなふうだなんて」

と、クミルがつぶやいていると、その若者《わかもの》は、

「クミル先生――」

といって、クミルをじっと見ています。よく見れば、まだ、あどけない少年でした。でも、背《せ》は、クミルよりずっと大きいのです。まさか、とクミルは思いました。

「あなた、――もしかしたら、タギ？」

少年は、涙《なみだ》をぽろぽろこぼしてさけびました。

「ぼくだよ！　クミル先生！」

――タギ！　あのラノフ川のできごとで、モールをつき落とした男の子、クミルのクラスの、いちばん年上のタギだったのです！

「クミル先生、やっぱり帰ってきたんだね！　話すことが、いっぱいあるんだよ！　ほんとに、ぼく、クミル先生の帰ってくるのを、どんなに待ってたことか！」

「まあ、ご対面はそれくらいにして、お茶でも飲みたいものだな、ぼうず」

と、かかしが口をはさみました。

「この人が、ヌバヨだね？　ぼく、すぐにわかったよ、クミル先生。はじめまして、タギです」

クミルとかかしは、顔を見あわせました。

「いろいろと、めんどうなことになりそうだな、クミル」

と、かかしは、おもしろそうにいいました。

「番小屋が、すぐ近くにあるんだ。そこで、すこし休むといいよ、クミル先生」

三人は、そまつな番小屋に入り、そこで、クミルが出かけてからこれまでのドーム郡のことを聞きました。

「クミル先生が行っちゃってから、なんか、ドーム郡は、おかしくなってしまったんだ。ひとつには、ラタル長官とか、ラガ副《ふく》長官が、郡庁《ぐんちょう》で、力がなくなってしまって、ヒショー副《ふく》長官が、すべてにわたって、自分のいうことを無理《むり》やり通すようになってきたことがあるらしいんだ。ほら、検事《けんじ》をやったって人だよ、クミル先生の裁判《さいばん》の。そのヒショーさんが、ラノフの学校なんか、めちゃくちゃにしちゃったんだ。この、東の壁《かべ》をつくらせたのもヒショーさんさ。しかも、ラノフの生徒や、先生を使って、冬から夏にかけて、勉強もせずに、だよ。それだけじゃないんだ、もう、ぼくら、一年も、うたひとつうたったことがないんだ。うたなんか、うたっちゃいけないんだって。だって、役にたたない遊びだからって。おどりだってそうさ。だから、ドーム郡は、すっかり陰気《いんき》くさくなっちゃって、みんな、あんまりわらわなくなっちゃったよ。ヨー先生なんて、ほんとうにかわいそうに、教えることはみんなむだだっていわれて、とうとう病気だっていって、家でぶらぶらしているよ。だって、ドーム郡の、むかしの伝説《でんせつ》は、もういったりしてはいけない、っていわれたんだ。そう、シェーラとタウラなんて名前を出しちゃ、いけないんだ。――でも、みんな、表だってヒショーさんに反対はしないけど、心の中じゃばかにしてるのさ。そのうち、自分のやってることのばかばかしさに気がつくだろうってね。だから、みんな、こっそりと集まって、うたったりしてたけど、こっそりやったって、ちっともたのしくないのさ。だから、だんだんやらなくなっていったんだ。――ヒショーさんは、もうすぐ、ドーム郡の長官になるらしいよ。ラタルさんが引退《いんたい》して、ラガさんや、オッテさんなんかも、役人をやめちまうっていってるよ。ぼくらには、あんまりくわしいことはわからないけどね。――そう、それで、ぼくぐらいの年の男の子は、順番に、この番小屋にいて、見はりをしなきゃならないんだ。ヒショーさんにいわせると、旅のものは、ろくなものをドーム郡にもたらさない、だから、中に入れちゃいけない、っていうのさ。この壁《かべ》さえあれば、フユギモソウだって何だって守れるっていうんだ。フユギモソウは、いまのところ、まだ、そんなに近くにはきてないよ。ときどき、遠くのほうで、ぼうっと黄色く光っていることがあるよ」

クミルは、ほうっとため息をつきました。事は、あまりよいほうにはむかっていないようです。

「タギ、気になっていることがあるの。モールと、なかなおりできた？」

タギは、そっぽをむきました。

「あんな、うそつき」

でも、それは、とても複雑《ふくざつ》な表情《ひょうじょう》でした。

「さて、どうするのかな、クミル。いくつかの問題がある。その、どれもがかたづいていない。まず、このドーム郡は、ヒショーとかいう、あまり程度《ていど》のよくない男が力を持っているようだ。そこへ、あんたが帰ってきた。しかも、ヌバヨをつれずに、だ。にもかかわらず、あんたは、あんたの力で、フユギモソウをやっつけようとしている。──うん。こいつは、かなりの難問《なんもん》だな」

と、かかしがいいました。タギは、びっくりしています。

「じゃ、この人、ヌバヨじゃないの！」

クミルはうなずきました。

「でも、いずれにせよ、ヒショーさんがそんな調子では、わたしがほんとうにヌバヨをつれてきたとしても、その人がヌバヨだってことを、すなおに信じてはくれないでしょ？」

「そう！　そうなんだよ、クミル先生！　ヒショーさんは、こういってたって。『クミルは、どこかで、適当《てきとう》な男をさがして、そいつがヌバヨだっていうかもしれん』だって、ドーム郡の人は、だれもヌバヨを知らないんだから、って」

「なるほどなあ。だれがヌバヨであったとしても、証拠《しょうこ》も何もないわけだからな」

かかしも、タギも、クミルを見ます。クミルは、にっこりわらいました。

「クミル先生に、まかせて。もう、あとにはひけないんだもの、何もこわくはないわ。できるだけのことをやってみるまでよ」

そして、タギにいいました。

「タギ、あなたに、やってもらいたいことがある。——これからいうことをよく聞いて。いまから、郡庁《ぐんちょう》へ行くの。そして、ラタルさんに会って、こういうの。『クミルが帰ってきた。ひとりの男をつれて。そして、クミルは、ドーム郡の、できるだけ多くの人を、講堂《こうどう》に集めてほしい、そこで、フユギモソウについて、何をしなければならないかを説明《せつめい》するから』って。もし、だれかが何かいったら、こういうの。『それができなければ、クミルと、その男は、ドーム郡の人の前には出てこない。それが、ヌバヨの条件《じょうけん》だ』と。あとは、何もいう必要《ひつよう》はないわ。いいわね？」

タギは、うなずきました。

「じゃ、それまでクミル先生は、かくれてるんだね？　かくれ場所なら、いっぱいあるよ。食べものは、ぼくが持ってくる。——クミル先生、ぼく、先生とすごしたときほどたのしかったときはなかった。先生が帰ってきたんだ、何だってやれそうな気がする」

「あなたは、これから、とてもたいせつな役目をするのよ。しっかりね。そして、これからはじまることをようく見て勉強して。——タギ、あなた、いくつになった？」

「十四になったところ！」


クミルとかかしは、タギに案内されて、ドーム郡の森の家に入りました。タギは、すぐに郡庁《ぐんちょう》へ出かけていきました。一日たって、夜の闇《やみ》にまぎれて、タギはもどってきました。

「何とか、うまくいったみたいだよ、クミル先生」

と、タギはいいました。

「どんなようすだった？」

タギは、郡庁《ぐんちょう》でのもようを話してくれました。


「ラタルさんに、大至急会《だいしきゅう》いたいんです」

と、タギはいいました。けれど、ラタルさんには会えず、かわりにオッテ書記が出てきて、

「何の用だね、タギ」

とたずねます。しかたがないので、タギは、オッテさんに、

「クミル先生が、帰ってきました！」

といったのです。オッテさんはおどろき、そして、とてもよろこんでくれました。

「そうか！　クミルさんが無事《ぶじ》に帰ってきてくれたか。よかったな、タギ。わたしは、あの人のことを、とても心配していたのだよ。何しろ、とてもすなおで、まじめな人だから、どこかで道にまよっていなければいいが、悪いことに出会わなきゃいいがってね。で、ひとりでかい？」

「いいえ、男の人をつれていました」

「ヌバヨという人かね？」

「わかりません。それは、聞きませんでした」

と、タギはうそをいいました。

「だめじゃないか！　いちばんかんじんなことを。――それで、クミルさんは、いま、この郡庁《ぐんちょう》にむかっているんだね？」

「いいえ、クミル先生は、こういったのです。『ドーム郡じゅうの人を、講堂《こうどう》に集めてください。そこで、フユギモソウのことを話します。でなければ、わたしはこのまま、この人をつれて帰ります。三日後のちょうどお昼に、わたしは、この人をつれて、講堂《こうどう》にやってきますから』。クミル先生は、そういったんです。そうそう、『それが、ヌバヨの条件《じょうけん》だ』ともいいました」

　すると、オッテさんはうなずきました。

「タギ、その人こそ、ヌバヨだよ。それで、クミルさんは、いま、どこにいるんだい？」

「わかりません。でも、郡庁《ぐんちょう》の人が、それをわかって、実行してくれるなら、きょう会った場所に、白い布《ぬの》をたらしておいてくれっていってました。オッテさん、そうしてもいいんですね？」

「ま、待っておくれ、タギ。相談してくるからね」

オッテさんは、あたふたと奥《おく》へ行きました。タギは、こっそりと、そのあとをつけていき、部屋の外で立ち聞きをしました。

「なぜ、クミル君は、ヌバヨをつれて、直接《ちょくせつ》、この郡庁《ぐんちょう》へこないんだ！」

と、どなる声がしました。ヒショーさんでした。

「それは、ヒショーさん、ごぞんじのように、ヌバヨというのは、きっと、とても変わりものだからではないのですか？」

と、オッテさんがいいます。

「わたしもそう思う」

と、これはラタルさんらしい声でした。

「ヒショー君、きみが、なぜそんなに、あの気持のいい、やさしい娘《むすめ》のことをきらうのか、わたしにはさっぱりわからんのじゃが」

「規律《きりつ》です」

と、ヒショーさんがいいます。

「あの娘《むすめ》は、裁判《さいばん》によって、刑《けい》をうけている罪人《ざいにん》なのですぞ。そのクミルがですよ、こともあろうに、われわれに命令《めいれい》するとは何事ですか。ヌバヨをドーム郡につれてこい、とわたしはいったのです。ヌバヨのいいなりになれ、とはいってない」

「しかし、フユギモソウを退治《たいじ》するためには、この際《さい》、やむをえぬじゃないか」

と、これはラガ判事の声。

「あんたたちは、わたしがなぜ、あんなに苦労して、あの東の壁《かべ》を築《きず》いたのか、ちっとも理解《りかい》していない！　フユギモソウの侵入《しんにゅう》は、あれで防《ふせ》げるはずなんだ！　それに、クミルのつれてきた男がヌバヨかどうか、わかるもんですか。いかさまな、ペテン師かもしれない。クミルと組んで、ひともうけしようってのかもしれんじゃないですか。ええ？　――オッテ君、タギって子にいいなさい、クミル君に、すぐドーム郡庁《ぐんちょう》へくるように、とね。それができないのなら、どこへでも行け、と」

「わたしは反対だよ、ヒショー君」

と、ラガ判事《はんじ》がいいました。ラタルさんがいいました。

「まあ、まあ、ヒショー君。クミル先生と、ヌバヨのいいぶんも聞こうじゃないか。だが、きみのいうことも、もっともだ。ドーム郡庁《ぐんちょう》が、クミル先生のいいなりになることはないだろう。だから、こうしようじゃないか。三日後にだね、ドーム郡の人たちを、とにかく集めるのだ」

「とんでもない！」

と、ヒショーさん。

「まあ、待ちなさい。ヌバヨと、クミル先生の話を聞くために集めるんじゃないのだよ。ほかの目的のために集めることにするんじゃ。そして、そのついでに、クミル君から、フユギモソウについての報告《ほうこく》をうける、ということにしようじゃないか」

「何のための集まりです？」

するとラタルさんは、こういったのです。

「わしの引退《いんたい》と、新しいドーム郡長官の、就任式《しゅうにんしき》じゃよ」

「ふむ」

と、ヒショーさんが満足《まんぞく》げにうなずくのを聞いて、タギは、また、こっそりとひきかえしたのです。やがて、やってきたオッテさんの顔は、さえませんでした。

「やれやれ、タギ。きみのもたらした知らせは、いいことと悪いことを、同時にやってのけてくれたよ。──クミル先生には、わかった、というあいずを出していいよ」

「わかりました！」

そして、タギは、まっすぐにクミルのところへやってきたのです。

クミルとかかしは、ひっそりと森の中の家ですごしました。

三日めがやってきました。ドーム郡の人々は、郡庁《ぐんちょう》の講堂に集まります。ラタルさんの引退《いんたい》のことばを聞くために、そして、新しいドーム郡の長官のあいさつを聞くために、そして、ヌバヨという男をつれて帰ってきたという、もとラノフ公立学校のクミルを見るために――。

第二十章　ドーム郡はだれのもの

講堂《こうどう》は、たくさんの人でうまりました。クミルとかかしは、だれにも知られず、人々の中にひっそりとすわっていました。寒い日でしたから、みんな頭巾《ずきん》をつけたり、えり巻《ま》きをしたりしていたのです。クミルは、一年以上も前の、秋の日のクミルの裁判《さいばん》を思いだしました。クミルはあのとき、いちずで、何も知らなかった女の子でした。まるで、ずっとずっと遠いむかしのことのようでした。

ドーム郡の人々は、あちこちで、この集まりのことをうわさしあっています。

「いったい、きょうのことは、どれがほんとうなんだい？　ヒショーが新しい長官になるって？」

「いや、クミル先生が帰ってきたっていうぜ」

「でも、それじゃ、クミルと、ヌバヨって男はどこにいるのかね？」

「ヒショーは、やり手だよ。たいしたもんさ。なんかこう、ドーム郡が、ぴりっとしてきたからな。あいつが長官になるって、おれは前から思っていたよ」

「へっ、やつは、うぬぼれだよ。何もわかっちゃいない。ラガさんが、もうちょっと、がんばってくれれば、こんなにさむざむしたドーム郡にならずにすんだのに」

「ラタルのじいさん、なんでまた、長官をやめるなんていいだしたんだ？」

「年には勝てないさ、だれだって」


やがて、壇上《だんじょう》に郡庁《ぐんちょう》の人々がならび、着席しました。オッテさん、ラガさん、ヒショーさん、そしてラタル長官です。ざわめいていた人たちが、急に静かになりました。オッテさんが、立ちあがって話しはじめます。

「ドーム郡のみなさん！　お集まり、ごくろうさまです。本日は、とてもだいじなことで、みなさんに集まっていただきました。――まず、これまでドーム郡の長官として働いてきた、ラタルさんから、みなさんへのあいさつがあります。ラタル長官は、本日かぎりで、長官をおやめになりたいとのことなのです。わたしたちにしては、寝耳《ねみみ》に水でびっくりしています。もっともっと、このドーム郡のためにつとめていただきたかったのですが。しかし、長官の、これまでの功績《こうせき》をたたえ、ご苦労をねぎらってくださるよう、お願いいたします。それでは、ラタル長官、どうぞ！」

拍手《はくしゅ》が鳴りひびきました。その中を、ラタルさんが、演壇《えんだん》の中央《ちゅうおう》にむかっていきます。そして、ラタルさんは、人々を、すみずみまで見わたしました。クミルは、はっとして身をかたくしました。ラタルさんは、そのやさしそうな目で、クミルをしっかりととらえ、にっこりとほほえんだような気がしたのです。ラタルさんは、静かに話しだしました。

「ドーム郡のみなさん。いや、シェーラとタウラの息子《むすこ》たち、娘《むすめ》たちよ！」

人々は、このことばにざわめきました。

「そのことばをいってはいけないといったのは、ラタル長官じゃなかったのか！」

「ラタルさんは、ああいったことに反対だったのだ、やっぱり」

「しっ、続きを聞こうじゃないか！」

講堂《こうどう》は、ふたたび静まりました。

「――このことばは、しばらくいってはいけないということだった。それは、わたしも、よく知っている。しかし、みなさんに話しかけるときには、やはり、これが、しっくりくるようじゃ。だが、そう思っているこのわたしは、時代おくれの、ただの年よりにすぎない。これが、わたしが、長官をやめようと思った理由なのじゃよ、みなさん。さきほど、オッテ君から説明《せつめい》があったとおり、わたしは、きょうで、ドーム郡の長官をやめようと思っている。その前に、ある仕事を、きょう、やらなくてはならないのだ。それが、わたしの、長官としての最後の仕事になる。そして、それは、みなさんの前で、ここでやらねばならないことなのじゃ」

ラタルさんは、ここでひと息つきました。そして、こういいました。

「すなわち、あのいまわしい、東からやってきたフユギモソウという草のことだ。去年、みんなで、東の壁《かべ》をつくった。だが、それでよいのかどうか、ほかにも何か、手だてがあるのかどうかを、わたしたちに教えてくれる人が、いま、ここにきておる。その人を、むかえてやってほしい」

ラタルさんは、さけびました。

「クミルさん！　さあ、あんたの番じゃ！　ここへきて、しゃべっておくれ！　ヌバヨという人もいっしょに！」


クミルは立ちあがり、頭巾《ずきん》をとり、えり巻《ま》きをとり、シェーラの冠《かんむり》を髪《かみ》につけました。ドーム郡じゅうの人々の目が、クミルに注がれました。

「クミルだ。クミルが帰ってきた！」

「クミル先生だ！」

クミルは、ふりむいて、かかしにいいました。

「いっしょにきて！　わたしがあの壇《だん》の上に立って、すべてを話すわ。あなたはただ、そばにいてくれるだけでいいの」

「もちろん、行くとも！」

と、かかしは力強く答えました。

クミルとかかしは、人々をかきわけ、ラタルさんのところへ行きました。

「おひさしぶりです、ラタルさん！」

「よく、無事《ぶじ》で帰ってきてくれた、クミルさん」

と、ラタルさんはいいました。

「あんたの注文どおりの、おぜんだてをしましたぞ。わたしは、あんたのことを信じておる。さあ、みんなに聞かせてやっておくれ、フユギモソウを退治《たいじ》するためのことを」

「わかりました」

壇上《だんじょう》から見おろすと、ドーム郡の人々は、みんな、クミルとかかしを、じっと、さぐるように見ていました。クミルはいいました。

「ごきげんよう、ドーム郡のみなさん！　もとラノフ公立学校にいた、クミルです。任務《にんむ》をおえて、いま、帰ってきました」

人々がしん、としたとき、ななめ横にすわっていたヒショーさんが立ちあがり、クミルにむかってさけびました。

「クミルさん、するとあんたは、コノフの森へ行き、ヌバヨを見つけ、つれてきたんだな？　その男が、ヌバヨなのだな？　それに、まちがいはないな？」

かかしは、ほほえんでクミルを見つめました。その目は、こういっていました。――クミル、かまわないからいっちまいな、おいらがヌバヨだ、って。おいら、にっこりわらってうなずいてあげるから――と。

クミルは、顔をまっすぐにむけ、いいました。

「いいえ。この人は、ヌバヨではありません！　ドーム郡のみなさん、クミルは、コノフの森も、ヌバヨも、見つけることができませんでした！」

人々は、このことばにざわめきました。

「ここにいるのは、わたしの道案内をしてくれた、かかしという人なのです」

ヒショーさんが、ふたたびさけびました。

「どういうことなんだ、それは！　クミルさん、あんたは、ドーム郡の判決《はんけつ》をわすれたわけじゃあるまい！　あんたの任務《にんむ》は、コノフの森へ行き、ヌバヨをつれて帰るということだったんだ！　それができなかったのなら、なぜ、ドーム郡へおめおめと帰ってきた！　いいか、あんたは、追放の身なんだぞ、いますぐ、この場から立ちさってもらおう！」

すぐに、そのヒショーさんの声にあわせて、

「そのとおりだ！」

「なんてこった！」

「へっ、とんだお帰りだよ！」

という声がクミルめがけてとんできました。

「待ってください！」

と、クミルはさけびました。

「ほんのすこしだけ、わたしに話す時間をください！　わたしの旅は、むだではありませんでした。わたしはそう信じています。ラタルさん、いいですよね、わたしにしゃべらせてください！」

ラタルさんが、「いいとも」といったのと、ヒショーさんが、「いかん！」といったのは、ほとんど同時で

した。そしてヒショーさんは大声でいいました。

「クミル、おまえは罪人《ざいにん》なのだ！　われわれは、おまえ、いや、あんたを、ドーム郡にむかえることはできない！　話をするなど、もってのほかだ！」

クミルは、もうだまっていることはできませんでした。

「ドーム郡のみなさん！　いま、さしせまっている、このドーム郡の危機《きき》が、どんなにおそろしいものなのか、みなさんは一度でも本気で考えたことがありますか？　あんなうすっぺらなかきねをつくって、それでフユギモソウからわたしたちを守ることができると信じているのですか？」

「かきねだと？　われわれが一年かかって築《きず》いた東の壁《かべ》が、うすっぺらなかきねだと？」

ヒショーさんがどなりましたが、クミルはかまわず続けました。

「たとえばわたしが、ヌバヨをつれて帰ってきたとします。そしてヌバヨが、首尾《しゅび》よくフユギモソウを退治《たいじ》したとします。それで、ありがとうございました、それでおしまいだと、みなさんはほんとうに、そんなことを考えているのですか？　わたしたちのドーム郡は、それでいいのですか？　フユギモソウのかわりに、そのつぎ、ほかのものがおそってきたら、どうするのです。また、どこかの娘《むすめ》を罪人《ざいにん》にしたて、ヌバヨをさがしにやらせるつもりなのですか！」

「おまえは何をいいたいのだ！」

と、ヒショーさんがいいましたが、その声は前ほどではありませんでした。

「いま、考えなくてはならないのは、フユギモソウについて知ることと、どうやって退治《たいじ》するかということなのです！　わたしは、一年以上も旅をしてきました。そして、そのことについて、みなさんよりは、わかっているつもりなのです。そのわたしのいうことを、ここで、ほんのすこしのあいだ、聞いていただきたいのです。その時間をわたしにください！」

ラタルさんは、ほかの三人をよび、何かいいました。オッテさんがいいました。

「みなさん、それでは、わたしたちは、しばらくのあいだ、クミルさんのいうことを聞くことにしましょう。クミルさんの話には、われわれが聞いてむだになることはなさそうだからです。ただし、クミルさん、ドーム郡を侮辱《ぶじょく》するようないいかたは、いっさいやめていただきたい。それでは、どうぞ」

クミルはうなずき、話しはじめました。

「ドーム郡のみなさん、なつかしいみなさん！　わたしは、コノフの森にむかったときから、ドーム郡のことをわすれたことはありませんでした。そして、一刻《いっこく》も早く、ヌバヨという人をさがして、帰ってこようと必死《ひっし》でした。一年が、あっというまにすぎてしまいましたが、ヌバヨは見つかりませんでした。そして、あるとき、わたしは気がついたのです。わたしは、ヌバヨに会い、つれて帰ることだけを考えて、フユギモソウを退治《たいじ》することなど、これっぽっちも考えていなかったのです。そのことは、わたしが考えなくても、その、ヌバヨという人がやってくれるんだ、そう思っていたのです。そう信じてうたがわなかったのです。たぶん、みなさんも、そう考えていたのではないでしょうか。――けれども、この考えには、大きな落とし穴《あな》があります。ひとつは、ヌバヨという人を、ほんとうに見つけることができるか、どうかということです。

わたしたちは、先のことを考えるのがこわかったのだと思います。ですから、まず、とりあえずヌバヨを見つけようと思ったのです。ヌバヨが見つからなければ、見つかるまで、わたしはさがし続けねばならないのでしょうか？　そのあいだに、たとえドーム郡がどうなったとしても？　――そのつぎは、もし、ヌバヨが見つかったとして、ヌバヨが、ドーム郡にきてくれなかったら、いったい、どうすればいいのです？　――そして、もし、ヌバヨが、ドーム郡にきてくれたとします。そのヌバヨが、フユギモソウを退治《たいじ》することができなかったら、わたしたちは、どうなるのでしょう？　ヌバヨが見つからなかったときは、このわたしが悪い。クミルが悪い、それで納得《なっとく》できます。ヌバヨがきてくれなかったら――クミルのたのみかたが悪い、そして、ヌバヨも悪い。ヌバヨがフユギモソウを退治《たいじ》できなかったら、そのときは、ヌバヨが悪い！　でも、だれが悪くたって、ドーム郡がほろびてしまえば、何にもならないのです。そして、このドーム郡の人々は、いったい何をするのです？　みんな、だれかほかのもののせいにして、ほろびるにまかせてよいのですか？　そんなはずはありません！

「わたしは、旅をしているとちゅうで気がついたのです。フユギモソウは、わたしだけの力で、あるいはヌバヨの力でやっつけられるものではない、と。フユギモソウは、ドーム郡の人みんなの力で、立ちむかわなければならない、と。みなさん！　わたしは、旅のとちゅうで、たった一度、フユギモソウがさいているのをこの目で見ました。それは、とてもおそろしい、いやなできごとでした。はっきりいいます。わたしは、フユギモソウがこわいのです！　そのときのわたしは、ドーム郡のことも、わたしのすきなものも、すべてなくしていました。信じる気持もなくしていました。もう一度、あのフユギモソウの前に立てといわれても、わたしには自信がありません。だれだってそうだと思います。わたしたちは、いつもはおたがいの心を信じていますが、自信があるわけじゃないんです。ただ、自分の心を信じられるくらいには、相手を信じていいはずだと、ぼんやり思っているだけなんです。でももし、その自分の心が信じられなくなったらどうでしょう？

「ごぞんじのとおり、マドリム郡はほろびてしまいました。わたしは、かかしといっしょにマドリム郡へ行きました。いまは冬で、フユギモソウはねむっています。でも、春になれば、フユギモソウは、確実《かくじつ》にドーム郡へやってくるでしょう。東の壁《かべ》？　フユギモソウは、草なのです。その種は、風にのって運ばれるんです。その根は、土の下を通ってはびこるんです！　壁《かべ》がどんなに高くても、フユギモソウは、かならずドーム郡にやってくるのです！

「マドリム郡の人々は、おたがいに、相手を信じあうことができなくなりました。心をひとつにすることが、一度もなかったそうです。そして、たがいににくみあい、傷《きず》つけあい、いくさになりました。――ドーム郡のみなさん、あなたがたには自信がありますか？　ここにいらっしゃる人たちが、たがいににくみあい、ののしりあうことはけっしてないという自信がおありですか？」

――人々は、しんとしてクミルのいうことに耳をかたむけていました。クミルは続けました。

「わたしは思うんです。フユギモソウから、このドーム郡を守るためには、だれかの力によってフユギモソウを退治《たいじ》してもらうことではだめなんだと、これは、わたしたちの心の問題なのだと思うのです。壁《かべ》をつくるのではなくて、そうではなくて、壁《かべ》なんかいらないんです！　わたしたちの心が、何ものによってもおかされない、強い力をもてばいいんです。でなければ、フユギモソウからドーム郡を守ることはできない。みなさん、わたしは、長い旅をしてきて、ようやく、そのことに気がつき、そして帰ってきたのです。ここから先は、みなさんといっしょに考えたい、そう思ったのです。さっき、わたしはこういいました。『任務《にんむ》をおえて帰ってきました』と。わたしがヌバヨをつれて帰ってきたのではないのに、なぜ、と思われるでしょう。わたしは、自分がヌバヨになるために、もどってきたのです。わたしがヌバヨになろうと決めたから、そういったのです。そして、みなさん、ドーム郡のみなさんが、みんな、ヌバヨになろうと決めてもらいたいのです。そうすれば、フユギモソウなど、こわくないはずです！　わたしたちには、その力があるはずです」

それまでだまっていた、ラガさんが口をひらきました。

「クミルさん、あんたのいうことは、よくわかった。だが、わたしたちが、そう決意したからといって、では、どうすればいいんだ？　フユギモソウをやっつけるために、いったい何をすればよいのだ？　あんたには、何か考えがあるのかね？」

「そう、それをいってもらおう」

と、ヒショーさんもいいます。クミルはうなずきました。

「マドリム郡で、わたしは、手がかりをつかみました。タザールという老人が、教えてくれたのです。マドリム郡の人たちは、みんないい人々だったけれど、思っていること、感じること、考えることはてんでんばらばらでした。みんないっしょになって、わらったり、泣《な》いたり、よろこんだり悲しんだりしたことなんて、一度もなかった、と。みんなでひとつになって、何かをしたこともなかった、と。ドーム郡の、いまと同じなのです。みんな、それぞれのことしか考えていません。相手の立場になって考えてみたことなんて、なかったのです。そこへ、フユギモソウがつけこんでいったのでしょう。──ではどうすれば、いいのでしょう？」

クミルは、ひと息ついて、そして、いっきにいいました。

「ドーム郡のみなさん！　思いだしてください！　わたしたちの心のそこにあることを。わたしたちの心の中に、ずっとつたえられてきた、わたしたちの心のよりどころを思いだしてください！　わたしたちは、みんな、ばらばらではありません。わたしたちは、ひとつのことで、結びついているのです！　それを、思いだしてほしいのです！」

人々は、静まりかえりました。クミルには、自信があったわけではありませんでした。クミルは森の中で育ち、ドーム郡の町で生まれ育ったわけではないからです。でも、こういえば、きっと、わかってくれる人がいると思ったのです。

──けれど、だれひとりとして、沈黙《ちんもく》をやぶろうとはしませんでした。もうこれ以上、この静けさを続けるわけにはいきません。きっとヒショーさんあたりがどなりだすに決まっている、クミルはそう思いました。

そのときです。どこからか、うた声が聞こえてきたのです。低《ひく》い、つぶやくような、ささやくような声で。

かかしでした。かかしが、うたいだしたのです！

シェーラ・カリーン、
キリ・タウラ、
トゥルーク・フラルーザ。
チャフル・ティザ、
シェーラ・カリーン、
キリ・タウラ。

ドーム郡の人々の中から、だれかが立ちあがりました。それは、ラノフ公立学校の、ヨー先生でした。かかしにあわせて、ヨー先生がうたいはじめたのです。

シェーラの冠《かんむり》、
タウラの剣《つるぎ》、
そは冬の夜の　道しるべ。
なれをわすれじ、
シェーラの冠《かんむり》、

タウラの剣《つるぎ》。

ぽつり、ぽつりと、立ちあがる人が出てきました。そして、その人たちは、いっしょに、うたいだし、やがて、声は、しだいに大きくなっていきました。

シェラス・タウラス、
ツワール・ハルム、
エルムル・リリク！
ウラチャヌモトゥール、
シェーラ・カリーン、
キリ・タウラ。

シェーラの娘《むすめ》たち、
タウラの息子《むすこ》たち、
地の果《は》てまでも、
うたっていこう！
われらの心に

シェーラとタウラが
生きつづけるかぎり。

たくさんの人が、このうたを知っていました。詞《し》がわからずに、ハミングだけしている人もいました。聞いたこともない、というふうにぽかんとしている人もいました。うたいおわると、人々はふたたびすわりました。

「続けなさい、クミルさん」

と、ラタルさんがいいます。クミルはうなずきました。

「シェーラの娘《むすめ》たち、そしてタウラの息子《むすこ》たちであるドーム郡のみなさん！　わたしは提案《ていあん》します。ドーム郡の人々の心をひとつにするもよおしを、みんなでつくりあげましょう！　それさえできれば、フユギモソウなど、こわくないと思うのです！　そうです、おとなも子どもも、ドーム郡じゅうの人々がたのしめる、シェーラとタウラの息子《むすこ》たち、娘《むすめ》たちのまつり。うたとおどりの夏のまつりを、わたしたちみんなでつくるんです！　そうすれば、わたしたちは、けっして、フユギモソウなどによってほろびることはないでしょう！　──これが、わたしのいいたかったことのすべてです。ヒショーさんのおっしゃるとおり、わたしはまだ、処分《しょぶん》をうけている身です。これだけの時間をいただけたことに、心から感謝《かんしゃ》します。ありがとうございました」

クミルはそういって、壇上《だんじょう》からおりました。かかしもついてきました。そうだ、かかしにもお礼をいわなくちゃ。でも、そのクミルの声は、かかしの耳にはとどきませんでした。はじめはまばらに、そして、やがて、その場にいたドーム郡の多くの人々がクミルにあたたかい、大きな拍手《はくしゅ》を送ったからです。

ラガさんが立ちあがり、拍手《はくしゅ》が静まるのを待って、いいました。

「クミルさん、そして、クミルさんの道案内をしてくれたという、かかしというお人。長い旅のあとで、つかれきっているだろうというのに、よくここまでやってくれました。わたしたちは、心からあんたたちにお礼をいいますぞ。ドーム郡のみなさん、いや、シェーラとタウラの息子《むすこ》たちよ、娘《むすめ》たちよ！　どうやら、わたしたちは、このふたりに、たいせつなことを教えられたような気がする。そして、わすれかけていたことを、ふたたび自分たちの心にとりもどせたような気がする。そうなんだ、ドーム郡は、だれのものでもない、わたしたちのものなのだ。ドーム郡の問題を、たったひとりの娘《むすめ》さんにまかせようとか、えたいのしれない男にやってもらおうと思った、わたしたちの考えかたを、クミルさんは、みごとにのりこえてくれた。みなさん、ドーム郡は、いま、ふたたびわたしたちの手にゆだねられたのです。クミルさんのいったことは、いちいちもっともに思える。そこで、わたしは提案《ていあん》したい。クミルさんの処分《しょぶん》をとり消し、ドーム郡の夏まつり、でしたっけ、その、うたとおどりのもよおしの中心になって、もうひと働きしてもらいたい、と。どんなものでしょうか？」

「賛成《さんせい》だ！　クミルさん、こんどは、あなたひとりじゃない」

「わしらみんなで、そのまつりをやってみようじゃないか！」

と、声がかかり、拍手《はくしゅ》がおきました。そのときです。ヒショーさんが立ちあがりました。

「みんな、聞いてくれ！　ほんとうに、そんなことでいいのか？」

　みんな、ヒショーさんを見ました。クミルもひやりとしました。ヒショーさんは、みんなをするどい目で見て、いいました。

「――みんながそう決めるのなら、それでもいい。だが、わすれていることがある！　はっきりいおう。シェーラとタウラの息子《むすこ》たち、娘《むすめ》たちのことは、遠いむかしの伝説《でんせつ》なのだ。だが、ただの伝説《でんせつ》ではない。シェーラとタウラは、われらの先祖《せんぞ》であり、さすらいの旅人たちだった。その時代は、いまとはくらべものにならぬくらい、苦しみと悲しみにみちたときだった。われらの先祖《せんぞ》は、われらへのいましめとして、あの伝説《でんせつ》をつたえたのだ。つまり、われらに、もう、さすらいはするな、うたはうたうな！　そう語っているのだということだ！　――われわれは、このドーム郡という土地を手に入れ、ずっと平和にくらしてきた。だが、あまりにも平和だったから、わすれてしまうのだ、さすらいの日々のつらさを！　わたしは、このことを考えて、もうシェーラとタウラの名を出すな、そして、むかしのうたをうたってはいけない、といいつづけてきたのだ。われわれの心の中にある、さすらい人の魂《たましい》を、よびおこさないでほしかったのだ。そんなことを、すべてわすれて、ここでくらしてほしい、わたしはそう思ったのだ。なぜなら、みんなは気づいていないから、わたしがいおう。うたも、おどりも、それは、人々をさすらいへとしかむかわせない！　クミルさん、ラガさん、ラタルさん、そしてドーム郡の人々よ、フユギモソウを退治《たいじ》するために、まつりをやるのはかまわない。だが、そのことによって、このドーム郡は、とんでもない方向にいくかもしれない、とだけはいっておこう。――とりあえず、わたしのいうことは、それだけだ」

ヒショーさんがそういいおえると、人々の中から、ヨー先生が立ちあがりました。

「だがヒショーさん、われわれはもう、うたってしまった。もう、ひきかえせないんだ！　シェーラもタウラも、一度はわすれようとした。けれど、シェーラとタウラは、われわれの心の中から消えはしない。われわれの心のよりどころなのだ。わたしは、はっきりと、それを知ってしまった。もう、心にあることを、かくして生きるわけにはいかない。そのことが、どんな結果《けっか》を生もうと、それは、わたしたち自身の責任《せきにん》だ。みんなで、ひきうけようじゃないか！」

ヒショーさんは首をふり、講堂《こうどう》から立ちさりました。ラタルさんがいいました。

「きょうの集まりは、これでおわろう。もうしばらく、わたしは、ドーム郡の長官をやることになる。仕事ができたからじゃ。みなさんとともにやる仕事が、な」

そして、集まりはおわりました。クミルは、なつかしい人たちにかこまれました。でもクミルはかかしの手をしっかりにぎっていました。逃《に》げられたらこまるからです。

第二十一章　まつりの準備《じゅんび》

「元気ですか、セマーヤ、タキマーヤ。

わたしたちは、ドーム郡に帰り、フユギモソウとのたたかいをはじめました。どんなふうに？　――『百の森・千の森』で、あなたたちがやった、森のまつりのようなことを、このドーム郡でもやろうとしているのです。夏のまつり。その準備《じゅんび》で、いまはわたしの一生のうちでもいちばんいそがしいときです。でも、ひとりだけでやっているわけじゃありません。ラノフの学校のヨー先生とか、わたしの教え子たちが中心になって、毎日、夜おそくまで、まつりのプログラムを考えたり、必要《ひつよう》なものをそろえるにはどうしたらいいか、考えたり、まとめたりしています。みんな、どうしていままでこんなたのしいことを思いつかなかったんだろうとふしぎに感じるほど、夏まつりの計画に熱中しています。もうすぐ、うたの練習、そして、おどりの練習がはじまります。ドーム郡のおとなたちは、だいたい、どんなものかと半信半疑《はんしんはんぎ》で、ときどきわたしたちのところへ、のぞきにやってきています。わたしたちは、いつもはラノフの学校に集まっているのですが、ときどき夜おそくなると、わたしの家で、食事をしたりして、それはたのしいなかまたちです。ドーム郡《ぐん》庁《ちょう》からは、オッテさんという人がきていて、いろいろ世話をしてくれます。

ひさしぶりにわたしの生徒たちに会ったときは、どんなにうれしかったことでしょう！　みんな、とても大きく成長して、でも心はむかしのままでした。わたしを見て、みんな涙《なみだ》をいっぱいにしてだきついてきました。この子たち、そして、ラノフの先生たち、そして、教え子たちの親が、わたしの味方です。そうそう、たいせつな味方をわすれていました。かかしです。かかしはドーム郡の一部の人からは、ひどいことをいわれています。『あいつは何だ。きっと、とんでもないイカサマ師《し》にちがいない』『ひともうけたくらんで、クミルに入れ知恵《ぢえ》したのにちがいない』。でも、そこがかかしなのです。そんなことにはおかまいなく、自分でかってに、自分の仕事をしているのですよ。何をしているかって？　——そう、道案内！　ドーム郡の子どもたち、そしてわたしが、何かまようことがあると、ひょっこりとあらわれるというわけなのです。——と書いていると、かかしがやってきました。この手紙は、小鳥たちにとどけてもらうことにします。たのしい日々が続きますよう。

クミル」

「できるものなら、ひともうけしたいもんだ」

と、かかしはクミルの手紙をのぞきこんでいいました。

「どうして？　あんたにお金のつかい道があるとは思えないけど」

「そりゃあるさ！　おいらが、お金をいっぱいもうけたら、だね」

「どうするの？」

「人間が、お金をつかえないようにしてやるさ」

「ひまなのね？　かかし。てつだってほしいことはいっぱいあるし、聞きたいこともいっぱいあるのよ」

クミルはかかしにお茶をいれてあげようと思いながらいいました。ところがかかしはこういうのです。

「ちょっとな、クミル。おいら、用事ができたんだよ。それで、お別れをいいにきた」

「うそ！　帰るなんていわないで。フユギモソウをやっつけるまでは、いっしょにいてくれるって約束《やくそく》したじゃない！」

そんな約束《やくそく》をいつしたかなと思いながら、クミルは不安になっていいました。かかしはでも、ほほえんでいいました。

「夏まつりまでには帰ってくるさ。どうせ、それまでは、あんたひとりでだいじょうぶだよ。だが、ひょっとしたら、帰ってこられないかもしれない。そのときは、クミル、うまくやっておくれ。いいな？」

「どこへ行こうというの？」

「つまらんことで、あんたをなやませたくない。だから、さよならをいいにきた」

「かかし！　なぜよ、水くさい。教えてくれなきゃ、帰さない」

するとかかしは、しばらく考えていいました。

「なあ、クミル。道案内ってのは無責任《むせきにん》で気楽なようなんだが、これでけっこうたいへんなんだよ。おいらも、あんたの道案内である以上は、その役目をやりとげるしかないと、決めたわけだ。そこでたずねるが、クミルよ。あんた、ドーム郡の夏まつりを首尾《しゅび》よくやりとげて、それで、フユギモソウのことは、すべてかたがつくと思うかい？」

　クミルはどきりとしました。

「それじゃ、だめだというの？　かかし」

「そこが、おいらにゃわからんのさ。そいつを確《たし》かめておきたいということが、ひとつ。そして、あるものを、さがしだすことが、ひとつ。そのために、おいら、ちょっくら出かけてくるさ。ま、そんなわけさ。

──おいら思うよ、もしも、おいらがヌバヨだったらたらな、ってね。そうすりゃ、ドーム郡なんかにきて、たいへんな目にあわずに、コノフの森とやらで、のんびりくらせたものに、ってね」

　かかしはにっこりわらいました。クミルは、つられてわらいました。

「なるべく早く、そして、かならず帰ってきてね！」

「どうだい、ちょっと、散歩してみないかい？」

「ええ？　もう夜よ！　どこへ？」

「旅だつ前の、ちょっとした道案内さ」

──クミルとかかしは、つれだって出かけました。月が出ています。ラノフ川の橋をわたりました。タギがモールをつき落とした、あの橋です。そういえば、モールはどうしているだろう、とクミルは思いました。ドーム郡へ帰ってきてから、見かけたことがあります。クミルが声をかけようとすると、目をそらし、さっとかくれてしまいました。

「ねえ、どこへ行くの？」

かかしは返事をせず、すたすたと歩きます。長い足なので、ついていくのがたいへんです。やがてクミルたちは、ドーム郡の北にある、リラの森の広場にやってきました。百人ほどの子どもたちが、手をつないで、まるく輪になれるくらいの広場です。クミルは、ははん、と思いました。かかしはきっと、ここで夏まつりをやれといいたいのではないかと思ったのです。

「まつりの広場にはむかないな。せますぎる。そうじゃないんだよ、クミル。あそこを見てごらん」

ふたりは、そっと広場をのぞきました。広場のまん中に、ひとりの少女が、月の光をあびて立っていました。

「モール！　こんなところで、何をしているの？」

かかしは、しっ、といいました。

やがてモールは、ふたりが見ていることにも気づかず、細い、よくすんだ、かわいい声でうたいはじめたのです。

いとしい人のために
夏が　くるんでしょ
いとしい人のために

季節《きせつ》は　めぐるんでしょう？
やさしい夢《ゆめ》のために
夜が　くるんでしょ
やさしい愛のために
朝は　くるのでしょう？
でも　わたしの夏は
もう　こない
わたしの季節《きせつ》は
いつも冬
きのう　きょう　あした
時だけが　流れて
あなたは　いない
いつも　わたしのそばにいた
いとしい　人

——うたいおわると、モールは、広場のまん中で、しくしく泣《な》きだしました。クミルは思わず出ていこうとしました。するとかかしがクミルの手をつかんで引きもどします。

「どうして?」

「クミル。いつもあんたの出番だってわけじゃないんだよ」

そのとおりでした。森の反対側《がわ》から、ひとりの少年が、モールのところへかけよったのです。タギでした。

「タギ! きてくれたのね!」

と、モールがいいました。するとタギはいいました。

「モール! ぼくは、やっぱりきみのことがすきだ。でも、きみが、クミル先生にあやまらないんなら、きみと、口をきくわけにはいかない」

モールは、つらそうにいいました。

「あやまりたいわ。でも、——わかってよ、タギ! いまさら、どうやって? そんなことをしたら、わたし、ドーム郡にいられなくなる! だれも、わたしと口をきいてくれなくなる!」

「ぼくが味方だ!」

と、タギはいいました。

モールは、しばらくして、いいました。

「時間をちょうだい。お願い」

タギは、うなずいていました。クミルは、かかしのそでを引っぱって、その場をはなれました。

「おいら、てっきり、あんたが出ていって、モールって女の子を、タギの前で許《ゆる》してあげるんだと思ったんだがな」

と、かかしはいいました。

「はじめはね。でも、とんでもない。モールに必要《ひつよう》なのは、勇気《ゆうき》よ。ドーム郡じゅうの人に何をいわれてもいいから、わたしにあやまる。それができないんなら、あの子は、いつまでもだめなのよ。わたしはとっくに許《ゆる》してます。あとは、あの子しだいよ。どんな娘《むすめ》になるつもりかっていう。それだけの話。でも、タギがついてるわ。きっと、いいようになるでしょう。——ねえかかし、わたし、あのふたりのことでは、いつも出るべきときをまちがえてたような気がしてたけど、こんどもそう？」

「ラノフ川のときは、出ていくのがおそすぎた。こんどは出ていかない。クミル、それでいいんじゃないのかな？」

クミルはうなずきました。

「しばらくのあいだ、あなたに道案内してもらえなくなるのね、かかし」

「——だが、なぜ、あんたに、これ以上の道案内がいるんだ？　あんたはね、クミル、あんたが思っているよりはずっと強い人間だとおいらは思うね」

クミルは、このかかしのことばに腹《はら》をたてました。

「じゃ、わたしもいうわ。あなたにはわたしのことなんか何もわかってないのよ。わたしが強いですって？　それは、あなたにセマーヤやタキマーヤがいるからよ。ひとりぼっちの人間じゃないからよ。わたしにはこのドーム郡にだって、身よりも何もないわ！　そりゃ、子どもたちはいます。友だちも、やさしい人たちもいます。でも、みんな、それぞれ帰るところがあって、家に帰れば、自分の心を、ほんとうのことをうちあけられるお父さんやお母さん、妻《つま》に夫、いろんな心のやすらぎがあるの。ひとりじゃないの。でも、わたしはひとりよ。そのわたしが、わたしなりにドーム郡で生きていくためには、強いふり？　いいえ、強くなかったら、やっていけないわ。でもかかし、わたしが強くなったといって、それが何のなぐさめになる？　強くなんてなりたくないわ。それよりも、たったひとことでいいから、やさしいことばをかけてくれる人が、どんなにほしいことか！」

かかしはしばらくしていいました。

「クミル、月なみなことをいうようだけど、みんな、ひとりぼっちさ。それを、やさしいことばでごまかすよりは、ひとりで強くなるしかないんだ。おいらにゃ、女の子の気持はわからんさ。だがね、まちがえないでくれ。おいら、弱音をはくクミルをすきにゃなれないぜ。あんたは、たいそうなことをやってのけようとしている。そのあんたがすきだ。だから道案内してやろうと思ってる。あんたがあまったれたことをいいだしたら、おいらの道案内も、そこまでさ。シェーラの娘《むすめ》、クミル！　弱音をはくのは早すぎるんじゃないのかい？」

クミルはうなずきました。でも、かかしの手をとっていいました。

「かかし、かかし！　あなたは、いつまでも、どこまでいっても道案内なの？　ねえ！」

「おいらが、自分で歩きだすときだって、やってくるさ、クミル。そのときは、かかしじゃなくなるのかもな」

「それは、どんなとき？」

「ドーム郡がどうとか、フユギモソウがどうとかいってられなくなるときだって、あるかもしれないだろう、ってことさ。とにかく、もうお別れだ、クミル！　苦しいときや、つらいときには、シェーラのことを思いだせ。しょせん、人の心のささえというのは、あまえの中にはない。あばよ、クミル。たのしい日々でありますよう！」

そういうと、かかしはどこかへ去っていきました。


やがて、春になりました。すべてのものが生きいきと、緑にもえてきました。ドーム郡に、春の花がさきみだれ、いっせいに草が風にそよぎ、木々の芽がふくらみはじめました。

と同時に、東の壁《かべ》から、いやな知らせがやってきたのです。フユギモソウが、東の谷間に、その黄色い花をさかせ、まるで大きな蛇《へび》のように、ドーム郡にむかってきている、と。一日ごとに、黄色い花は、その数をふやし、まっすぐにドーム郡に近づいているというのでした。

第二十二章　フユギモソウの谷間

東の壁《かべ》では、ドーム郡の人たちが鈴《すず》なりになって、フユギモソウを見ていました。クミルが着くと、みんな、クミルのために場所をあけました。壁《かべ》の上では、オッテさん、ラガさん、ラタルさん、それにヒショーさんもクミルを待っていました。

「あれです」

と、オッテさんが指さすところを見ると、山と山にはさまれた東の谷間が、黄色い花でうまっています。背《せ》の高い、キリルソウににた花です。ですがその色は、ふつうの菜の花など、だれもが知っている黄色い花とはちがい、なんとも不気味で、毒々《どくどく》しく、くすんだ黄色でした。見るだけでいやな、ぞっとする花なのでした。

風がふくと、フユギモソウはいっせいにゆれて、ときおり、まるでこちらをじろっと見るような感じです。見ている人たちは、そのたびに、目をそらせ、おびえたような顔をします。

「たしかに、フユギモソウにちがいない。見ているだけで、心がひえびえとしてくるようだ」

と、ラガさんがいいました。

「まったくです。何か、自分の心の中を、あばきたてられるようだ。それも、いやなところばかりを」

と、オッテさんもいいます。

「クミルさん、どうかね、あれを、退治《たいじ》できるかな」

と、ラタルさんがいいました。

「やらなくてはなりません」

そのとき、ヒショーさんがいいました。

「こんな壁《かべ》ではだめだ！　この倍《ばい》、いや、この三倍《ばい》の高さの壁《かべ》を築《きず》くんだ！」

その声は、まわりの人々にも聞こえ、見ていた人たちはみな、クミルたちのほうをむきました。

「みなさん、さっそく、いまから、壁《かべ》をつくりなおそう！　それしかない！」

「ばかをいうな、ヒショー！　そんなことをして何になる！」

「つくっているあいだに、あいつらはドーム郡のまん中までやってくるぞ！」

という声がしました。

「じゃ、どうするっていうんだ！　まつりだと？　そんなもので、あれが退治《たいじ》できるっていうのか！」

と、ヒショーさんがどなります。人々は、クミルの顔を見ました。クミルはいいました。

「できます！　わたしたちに、勇気がありさえすれば、できるはずです！」

「勇気だと？　へっ、うたったりおどったりが勇気か！　それこそ、逃《に》げではないか！」

クミルは、ヒショーさんにいいました。

「ヒショーさん、あなたこそ、おくびょうなのではありませんか？」

「なにを！　罪人《ざいにん》の、小娘《こむすめ》のくせに！」

クミルは、ひらりと壁《かべ》のむこう側《がわ》にとびおりました。そして、そこからヒショーさんによびかけました。

「では、ヒショーさん、わたしといっしょに、あのフユギモソウのところまで行けますか？」

ヒショーさんは、たじろいでいいました。

「ばかなことをいうな！　まだ、おれの心をこおらせるわけにはいかん！　あんたも、早くもどれ！」

クミルは、にっこりわらっていいました。

「逃《に》げていては、何もできません。夏のまつりだって、そうです！」

クミルは、フユギモソウのほうにむかって歩きだしました。――けれどクミルはとてもこわかったのです。でも、もしもここでひるんだら、夏のまつりなど、できはしないと思ったのでした。

「ど、どこへ行くんだ、クミルさん！」

ドーム郡の人々が、クミルを、あっけにとられて見ています。

クミルは、フユギモソウの前に立ち、つる草とクミルのタンバリン、シェーラの冠《かんむり》を高くかかげていいました。

「小鳥たち！　うたって！」

どこからともなく、小鳥のさえずりが聞こえてきます。そして、そのうた声にあわせて、クミルはゆるやかにおどり、うたいはじめました。

雨あがりの　虹《にじ》は
まだ　遠いけど
ほら　風がふくよ　この道
もうすぐ　きみに　きっと会える
そうさ　丘《おか》のむこうには
きみの　なつかしい笑顔《えがお》があるさ
だから　歩こう
この　白い道

壁《かべ》をとびこえて、ひとり、ふたり、三人と、かけよってきます。ラノフの学校の子どもたちが、タギを先頭にして、クミルのところへやってきたのです。そして、その中には、モールもいました。
「うたうよ、クミル先生！　ぼくらもいっしょに！」

そうさ　雨があがれば　虹《にじ》が

丘《おか》のむこうに　かがやいている
ぼくら　これから
遠くまで　行くんだ

――うたいおわると、壁《かべ》のところで見ていた人たちは、大きな拍手《はくしゅ》をしてくれました。クミルは、モールの肩《かた》を抱きました。

「やっと、わたしのそばにきてくれたのね、モール！」

「ごめんなさい、クミル先生！　わたし、みんなにいいます、あの壁《かべ》のところで、ドーム郡の人たちみんなに、わたしがうそをついたこと、クミル先生に迷惑《めいわく》をかけたおわびをします！」

　クミルはモールにいいました。

「それだけでじゅうぶんよ、モール。あなたには、もっと大きな仕事をしてもらうわ。夏まつりを、てつだってくれるわね！」

　モールは、うれしそうにうなずきました。ふりかえると、フユギモソウは、さっきまでの勢いがありません。先頭の数十本は、しおれかかっているのです！

　壁《かべ》の上で、クミルはみんなにいいました。

「ドーム郡のみなさん！　フユギモソウは、かならず退治《たいじ》できます！　この場で、みなさんに発表します。夏まつりの広場を、どこにすればいいのか、いままでわかりませんでした。でも、きょう、ようやくわかり

ました。――夏まつりは、ここ、この東の谷間でやりましょう！　フユギモソウたちに、はっきりと見せつけてやるのです。ドーム郡の人たちの心はひとつだということを！　どんなにフユギモソウがやってきても、わたしたちの心から、何ひとつうばえないんだということを、フユギモソウにわからせてやりましょう！」

「こ、こんなところで夏まつりだと？」

と、ヒショーさんがいいました。

「おれはクミル先生に賛成《さんせい》だ！」

「もちろんさ！　こわがってちゃ、何もできない！」

と、人々の声がします。

やがて人々が帰るころ、オッテさんがクミルにいいました。

「クミルさん、ヒショーさんの意見は、あの人ひとりのことではありません。ドーム郡の一部の人たちは、みな、ヒショーさんのように考えているのです。そんなことでいいのでしょうか？　ドーム郡の人たち全部が、だれひとり残らず、心をひとつにしなくてもいいのでしょうか？」

「無理《むり》をいわないでください。いま、ここでわらっている人たちのうちで、何人が夏まつりをやりとげられるか、そんなことは、だれにもわからないでしょ？　ヒショーさんは、すなおに、こわいといったんです。でも、こわいと思う自分を、のりこえなきゃいけないんです。わたしだってそうです。あしたになれば、いえ、今夜にでも逃《に》げだしたいと思うかもしれません。これは、フユギモソウとわたしたちのたたかいでしょ？　逃《に》げれば、負けるんです。逃《に》げれば、ドーム郡はほろぶんです。ドーム郡をすてることです。オッテさん、夏まつりをやりとげることのできる人たちだけが、ドーム郡の人でしょ？　シェーラとタウラの息子《むすこ》たち、娘《むすめ》たちじゃないんですか？　わたし、たったひとりになったとしても、夏まつりをやるつもりでいます。いまはね。でも、やっぱりこわい。だから！　だから、おくびょうものとは、別れたいんです！」

オッテさんは、クミルを、こわいものでも見るような目をして見つめました。

「あなたのいうとおりかもしれませんね、クミルさん」

と、ぽつりとオッテさんはいいました。

「ですが、――こんなことをいうべきではないかもしれませんが、だれもが、あなたほど強いわけじゃないんですよ。あなたはたいへんな旅をしてきた。だが、わたしたちはそうじゃない。弱い人たちをふくめてのドーム郡だと思うんです。ヒショーさんを、特別《とくべつ》なおくびょうものと決めつけないでほしいんです」

そのオッテさんのことばに、クミルは傷《きず》つきました。

「あなたはわたしに、どうしろといいたいの？」

「クミルさん！　旅をする前のあなたは、そんなふうじゃなかった。もっと、いろんな人をうけいれる、あったかい、心のやさしい人だったような気がするんです。わたしは、たとえばヒショーさんをせめるあなたが、どうも、ちがうあなたのような気がして――」

「オッテさん。あなたの考えているクミルだったら、いまごろはただただヌバヨを見つけられなかったことを後悔《こうかい》して泣《な》いているでしょう。そして、ドーム郡がほろびさったあとでも、フユギモソウから逃《に》げまわるでしょう」

ラガさんが、オッテさんにいいました。

「オッテ君。おたがいの性格《せいかく》がちがえば、考えかたもちがう。まして、クミルさんのいまの立場は、きみの想像《そうぞう》をこえてつらいものではないのかね？　そして、本来なら、わしらがひきうけるべきものではないのかね？」

ラタルさんがいいます。

「クミルさん、これは、いまのドーム郡の、ちょっとした、たとえ話なのだよ。夏のまつりを、わしらみんなのものにするには、まだ時間がかかるようだ。それまで、短気を起こさんことだ。――それにしても、ちょっとおこりっぽくなったかな？　クミルさん」

クミルは赤くなりました。

「ご心配かけてすみません」

そういって、クミルは足早に立ちさりました。そうなんだ、オッテさんは、親切に、わたしのためを思っていってくれたんだ。それなのにわたしは、何かとてもひとりよがりな、いやなことをいったような気がする――。

かかし、帰ってきてよ、早く！　と、クミルは思いました。わたしは、いつもたのしいことだけ考えていた。なのに、あんな演説《えんぜつ》をぶってから、まるでわたしがヌバヨであるみたいな気になって、いつのまにか、すなおなわたしをわすれている。「たたかう」だとか「おくびょうもの」だとか「しましょう」だとか「ねばなりません」なんて、なぜいうんだろう？　あんなことばは、しゃべっているときは夢中《むちゅう》で、いくらか気持のいいものだけど、あとになって思いだすとき、あんないやな、はずかしいことばはないわ。きっと、聞いてる人もそうだろうな――クミルはそんなことをつぎつぎと考え、つくづく自分がいやになってしまいました。

――そうなんだ。夏のまつりが、「ねばならない」では、きっとだめなんだ。やっている人が、ほんとうにやりたいと思い、たのしめるものでなくてはいけない。どんなにフユギモソウがこわい人でも、でも夏のまつりに行きたくてたまらない、そんなものにしなくては。――そう考えて、クミルはひとりでわらってしまいました。そして、そこにはいないかかしにむかっていいました。

「かかし！　わたし、また『ねばならない』っていっちゃった！」

クミルとちょうど同い年ぐらいのドーム郡の若者《わかもの》が十人以上も、ラノフの学校へやってきたのは、そのつぎの日でした。代表の、ジャムジェムという青年がいいました。

「クミル先生。おれたちにも、夏まつりの仕事をさせてください。おれたちには、うたもおどりもできないけれど、力仕事ならできます。年よりと、子どもばかりで夏まつりをやろうってわけじゃないでしょう？」

クミルは、うれしくなって答えました。

「ジャムジェム、さん？　それは、とてもうれしいわ。だけど、あなたたち、力仕事がやりたい？」

すると、ジャムジェムはむっとしました。

「やりたい？　――おれたちは、やりたい、ってわけじゃなくですね、おれたちの力が、夏まつりに必要《ひつよう》だろう、だから、てつだおうとみんなで相談して、やってきたんです！」

「ええ、それは、すばらしくありがたいの。あなたたちは、夏まつりをいっしょにやるわけですよね？　あなたたちは、夏まつりで何がやりたいんです？」

「おかしなことを聞く人だなあ。だから、おれたちは、みんなのいやがる、力仕事をやろうと思って、やってきた、さっきからそういってるじゃありませんか。それとも、おいらたちにはてつだうなっていうんですか？」

ラノフの学校の先生たちは、まわりではらはらして見ていました。クミルはいいました。

「あの、ですね。わたしは思うんですけど、あなたたちには、力仕事よりも、もっともっといい仕事があるような気がするんですけど。ジャムジェムさんは、何のお仕事ですか？」

ジャムジェムは、首をかしげていいました。

「木こりだけど」

「木こりのうた。うたえるでしょ？」

するとジャムジェムは、まっ赤になりました。

「クミル先生、何がいいたいんですか？　おれたちにうたなんて！　さっきもいったでしょ、うたもおどりもできないから、って」

「でも、ドーム郡の木こりは、いつもうたいながら仕事してるわ。それでもうたえないっていうの？」

まわりの人たちは、ようやくにやにやしはじめました。若者《わかもの》のひとりがいいました。

「よう、ジャム。おまえのすきな、十八番があるじゃねえか。あれを、クミル先生に聞かしてやんな！」

ジャムジェムは、大声でいいました。

「よし！　それじゃ、うたってやろうか！　クミル先生、よく聞きな！」

クミルも負けずにいいました。

「いっしょにうたうわよ！」

そして、ふたりは、こんなうたをうたいました。まあ、うたというよりは、どなったようなものですが。

山で木を切るとよう
葉っぱのやつが、落っこちるだろ！
それだけじゃ、ないだろ、
毛虫だってよう、
うじゃうじゃ　落っこちるのさ！

町を歩いているとよう
若《わか》い娘《むすめ》っ子がいるだろ！
それだけじゃ、ないだろ、
毛虫だってよう、

うじゃうじゃ　歩いてるのさ！
　　　　　　　　　＊
まわりの人たちは、この品のないうたにやんやの拍手《はくしゅ》をしました。クミルはいいました。

「こんな、おもしろいうた、ぜったいに夏まつりで聞きたいものだわ！」

「こ、こんなのは序《じょ》の口《くち》だよ。もっとすごいのが、いっぱいあるんだから！」

と、ジャムジェムはいいます。

「じゃ、それをみんなつなげて、ドーム郡じゅうの人に聞かせて！」

「そんなので、いいのかい？　クミル先生」

「それなら、あなたたちにとっても、きっとたのしい夏まつりになるでしょう？　力仕事だけなんて、つまらないもの！　みんなのいやがることは、みんなでやりましょうよ。そりゃもちろん、あなたたちがいちばん活躍《かつやく》することになるとは思うけど」

「そりゃ、そうさ！　だって、ガキどもに、縄《なわ》のしめかた、木の切りかたに組み立てかたがわかるかい？　おれたちしか、いないんですから」

　ヨー先生がいいました。

「そうだ、クミル先生、子どもたちに教えてもらいましょう！　ジャム君たちに、まつりの広場づくりをやってもらうのをてつだわせ、子どもたちに、木の組みかたなんかも、やりながら教えてもらうんです」

「それはいい考え！」

ジャムジェムはつぎの日、また何人かの若者《わかもの》を紹介《しょうかい》してくれました。炭焼きの青年たちや、農夫たちです。それぞれ、まつりの出しものに協力してくれることになりました。やがて、ドーム郡の若者《わかもの》の多くが、夏まつりに自分たちでやることについて考え、練習しはじめました。オッテさんがその連絡《れんらく》にとびまわり、まつりの時間をやりくりしたりして、急にいそがしくなってきました。

ドーム郡は、生きいきとうごきはじめました。あちこちで、うた声が聞こえるようになりました。みんな、夏まつりのことをうわさしはじめました。クミルは、子どもたちと、劇《げき》の練習に夢中《むちゅう》でした。うたがいっぱいの、ドーム郡の伝説《でんせつ》からとった物語。その題は、「はるかなる森」と名づけられました。人々は、まつりの成功《せいこう》をうたがわなくなりました。

谷間では、フユギモソウは、その動きをとめていました。

＊訳注——原文は、もっとわいせつで明るいが意訳《いやく》した。

第二十三章　前夜まで

おかしなもので、まわりが、まつりの準備《じゅんび》に夢中《むちゅう》になり、成功《せいこう》を信じるようになってくると、逆《ぎゃく》にクミルの不安はつのってきました。ほんとうに、フユギモソウは、このまつりによって、ほろびるだろうか？——ドーム郡の人々は、ほんとうに、あの谷間で、まつりができるだろうか？——考えれば考えるほど、いやなことばかりがうかんでくるので、クミルはつくづく自分が損《そん》な性格《せいかく》だと思いました。けれども不安はますます大きくなるのです。

そのころ、ドーム郡ではめったにないことですが、雨が何日もふりました。オッテさんがあたふたと学校へやってきて、クミルにいいました。

「どうしましょう、雨が、もし、まつりの日にふったら？　わたしたちは、そのことについて考えてもみなかったのですが」

クミルはにべもなくいいました。

「ネコにでも天気を聞けばいいでしょ」

オッテさんは苦笑《くしょう》して、

「じゃ、クミル先生、聞いておいてください」

といいます。

クミルは、ネコにたずねてみました。これくらいはかんたんな会話ですから、シェーラの冠《かんむり》をつけるまでもありません。するとネコは、

「雨はやむ。やむから雨はこわくない。それより風。風にご用心」

と、そんなことをいうのです。風？　風って何のことだろう。

夜になって雨がやみ、風が出てきました。クミルは気になって、外に出ました。ひとりでに東の壁《かべ》のほうへ、フユギモソウの谷間にむかって歩いていました。なまあたたかい風でした。変な夜です。星は見えません。もっとも、見えたところで、この季節《きせつ》には「シェーラの冠《かんむり》、タウラの剣《つるぎ》」の星座《せいざ》は見えません。

東の壁《かべ》に登ると、フユギモソウは夜の闇《やみ》の中で、ぼうっと黄色く光っていました。あいかわらず、何度見ても、いやな花でした。まるで悪い心を持った人たちが、ひそひそとないしょ話をしているように、フユギモソウはさいていました。そして、それはそれなりに、あやしく、美しいといえばいえたのです。夜にさく月見草の、ほんのりとした、ひそやかな美しさにはくらべものにならないのですが。

またいちだんと強く、風がふきました。黄色い花粉が舞《ま》いあがりました。それは黄色い風となって高く空にむかい、東の壁《かべ》をこえて、ドーム郡の中へとむかっていきました。クミルはぞっとしました。フユギモソ

ウの花粉が、ドーム郡に入っている！　それは、今夜だけのことではありません。きっと、これまでも、毎《まい》晩《ばん》、毎晩《まいばん》、風とともにドーム郡じゅうに散りばめられていたにちがいありません。お天気を聞いたネコは、そのことをいっていたのです。

　また雨がふってきました。雨にいい思い出はありません。クミルは、荒野《こうや》で立ちつくしていたときのことを考えたくありませんでした。クミルもフユギモソウがこわいのです。クミルの心の中に、ねたみや、にくしみや、人を信じられない気持がいっぱいあるのです。それがわかっているから、フユギモソウがこわいのです。クミルは、ふたたび家にもどりました。こんな夜は、どうやってねむればよいのでしょう。クミルは、シェーラのことを考えました。シェーラは、最後のおどりをおどる前の夜、どんな気持ですごしたのだろうと思いました。でも、シェーラには、タウラがいました。タウラを信じていたのでしょう。けれど、クミルには――。

「クミル！　クミル！」

と、そのとき声がして、戸をたたく音がしました。クミルはおどろいて、戸をあけました。そこに立っている人の笑顔《えがお》を見たとたん、クミルは、それまでの暗くて不安な気持が、一度にふきとんでしまいました。

「かかし！」

「いま、帰ってきたところだよ」

　かかしはずぶぬれのままで入ってきました。手には、細長い、布《ぬの》でつつんだ棒《ぼう》のようなものを持っています。

「なあに？　それは。——でも、とにかく暖炉《だんろ》でからだをかわかして。お茶をいれたげる」

クミルは急にうきうきしてきました。

「かかしって、会いたいときにきてくれる。でも、いつもそうじゃないみたいだけど。今夜は、大歓迎《かんげい》よ」

クミルは、お茶をいれながらいいました。

「夏のまつりに、まにあってよかったよ」

「どこに行ってたの？」

「こいつをさがしに、ね」

かかしは手に持っていた棒《ぼう》のようなものを見せました。クミルはそれを手にとり、布《ぬの》をとりました。すると、部屋の中がぱっと明るくなりました。それは、一本の、美しい剣《つるぎ》だったのです！　クミルは、かかしにいいました。

「どういうこと？　ドーム郡には、こんなものはいらないわ。これは、人を殺《ころ》したり、傷《きず》つけたり、いくさのために使うものでしょう。かかし、あんたは、こんなものをさがしに出かけていたの？　フユギモソウがドーム郡の人々をむしばむときに、こんなものが何の役にたつの？」

クミルは、すこし声を荒《あら》らげていいました。

「あんたの道案内も、あやしいものだわ。それを、ドーム郡の外に持っていって！　でないと、あんたと口をきくわけにはいかない」

かかしは、むっとしたようにだまりました。それから、うなずきました。

「わかったよ、クミル。うん。なかなか手きびしいな。あんたのいうとおりかもしれん。おいらも、こいつを使いたくはない。だが、使うときがくるかもしれん。いずれにせよ、これは、ドーム郡の外にかくして、すてておくことにするよ。たしかに、あんたのいうように、夏のまつりには、こいつはいらない」

クミルは、かかしがすなおに剣《つるぎ》をしまったので、ほっとしました。

「旅の話を聞かせてよ、かかし」

「あまり、たのしい旅でもなかったよ、クミル」

かかしはそういって、つかれきったというふうに目をとじ、そのままねむってしまいました。クミルは、またかかしに悪いことをしたような気になりました。そして、剣《つるぎ》に目をやりました。もう一度布《ぬの》をといて、するどい刃《は》を見てみました。剣《つるぎ》には、何かきざんであります。文字のようです。こんな文字でした。

「キリ・タウラ。――タウラの剣《つるぎ》！」

――シェーラの冠《かんむり》、タウラの剣《つるぎ》。かかし、あなたは、この剣《つるぎ》が、フユギモソウ退治《たいじ》に必要《ひつよう》なものと思い、はるばるさがしに行ってくれたのね。でも、この剣《つるぎ》を、わたしは使うことはないでしょう。ドーム郡の、あの伝説《でんせつ》を、わたしはすべて認《みと》めることはできないの。だって、どんな理由があるにせよ、どういう悪い王だとしても、タウラは人を殺《ころ》したわ。その血は消えはしない。わたしは、この剣《つるぎ》を使いません。――クミルは、そう心の中でつぶやいていました。

まつりの準備《じゅんび》はすすみました。東の壁《かべ》のそばには、山から切りだした、たくさんの材木がならべられ、やぐらが組まれたり、舞台《ぶたい》がつくられたりしました。ラガさんの意見で、フユギモソウの谷間でそれらをつくるのではなく、ほとんどの準備《じゅんび》をしたうえで、まつりの当日の朝、みんなで、できあがったものを移動《いどう》させようというのです。きっと、フユギモソウは、不意をつかれて、びっくりするにちがいありません。

あちこちで、うたやおどりの練習をしていた人々は、もう、自分たちの出しものについて、何を聞かれても、にやにやして、

「それは、まつりの日までの、おたのしみ」

というだけでした。ただ、クミルと、オッテさんだけは、すべての行事を、すみずみまで知っていました。

かかしは、なぜか子どもたちの人気ものでした。何を思ったのか、かかしはラノフの学校の前の小屋にいすわって、そこで、店をひろげたのです。店といっても、何を売るわけではありません。子どもたちをよびとめて、くつがやぶれている子にはなおしてやり、たて笛《ぶえ》のふきかたを教えたり、野原の草の葉でつくった帽子《ぼうし》や、お面をあげたりしています。クミルはおかしくなりました。かかしのそんなようすは、まるで長いことドーム郡に住んでいたおじいさんみたいでした。かかしはクミルのクラスの子どもたちが野原や森に出かけるときには、うしろのほうからのこのこついてきました。

「かかし、わたしといっしょに、ラノフの先生になる気はない？」

「じょうだん！　おいら、仕事でそんなことはやらないぜ、クミル」

「でも、同じようなことしてるじゃない」

「ちがうね！　おいらのは、遊び。あんたのは、仕事！」

かかしはとくいそうです。クミルは、わらってしまいます。

かかしは、ドーム郡のおとなとは、まるで口をききませんが、夏まつりの準備《じゅんび》をしている人たちは、クミルからかかしのことをすこしは聞いていたせいか、かかしを尊敬《そんけい》の目で見る人が多かったのです。ふつうのドーム郡の人たちは、子どもたちにも、なるべくあの変な男とはつきあわないように、といっているようでしたし、かげで、かかしの悪口をいったりしていました。

たのしい日々が、あっというまにすぎていきます。もうすぐ夏まつり。そして、夏まつりがおわると、かかしはいなくなるのでしょう。そう思うと、クミルはさびしくてたまりませんでした。

いくつかのできごとがありました。ラノフの学校の生徒たちが、みんなで描《えが》いた、大きな劇《げき》の背景《はいけい》の絵が、ある夜、だれかにやぶられていました。でも、クミルたちはもう一枚《まい》をつくりなおし、それは、最初のものよりも、ずっといい絵になりました。

東の壁《かべ》のそばにおいてあった道具、やぐらに火をつけられ、あやうく全部が焼けてしまうところで消しとめられました。

かと思うと、「夏まつりはフユギモソウをよろこばせるだけのものだ」とか、「夏まつりは、やりたいものだけにかってにやらせればいい。そいつらは、みな、ひどい目にあうだろう」といったうわさも流れました。

こういったことは、夏まつりに対して消極《しょうきょく》的だったり、批判《ひはん》的だった人たちから出てきたものでしたが、その人たちは、表だっては何もいいませんでした。ただ、その人たちは、もしも夏まつりがうまくいかなかったとしたら、いろいろいうにちがいありませんでした。そして、その一方にいるのが、ヒショーさんであることは、クミルにもわかりましたが、風にのってくるフユギモソウの花粉のせいということも考えられるのです。ドーム郡の人たちのあいだに、いろんなうわさがとびかうことを、すべて本気にしてはいけないとクミルは思いました。

ある日、クミルは、ちょっとした用事で、ドーム郡庁《ぐんちょう》をおとずれました。部屋の外でノックしようとすると、声が聞こえてきました。それは、ラガさんでした。

「オッテ君、クミル先生に対して、まさか本気で、ヒショー君の悪口をいってるんじゃないだろうね」

クミルはノックするのをためらい、立ちどまりました。ラガさんは何のことをいっているのでしょう？

オッテさんが答えています。

「どういうことです？　ヒショーさんのやり口は許《ゆる》せません！　だいたい、副《ふく》長官としていすわっていることがおかしい！」

「若《わか》いんだよ、オッテ君！　いいかね、ドーム郡としては、クミル先生が、あくまで夏まつりの先頭に立ち、まつりをやった、ということにしなくてはならないんだよ！　わたしのいっている意味がわかるかね？」

「わかりません！　わかるもんですか！　夏まつりは、わたしたちが中心になり、先頭に立つべきじゃありませんか！　何でもクミル先生にやらせようなんて、そんなことは！」

ラガさんの声がいいます。

「いいかね、わたしたちは、あらゆることを考えるべきなんだ。夏まつりが失敗《しっぱい》する。すると、どうなる？

ドーム郡庁《ぐんちょう》を、だれも相手にはすまい。そこで、クミル先生が必要《ひつよう》なんじゃよ！　みんな、あの娘《むすめ》っ子がやったことだ！　わたしたちは、それにつられたんだ！　あのクミル先生に、すべての責任《せきにん》がある！　——と、こうなるわけだ」

「——なんてことを！　ラガさん！」

「逆《ぎゃく》に、まつりが成功《せいこう》したとする。そのときには、もう、あの娘《むすめ》は、ドーム郡には必要《ひつよう》がない。というより、ドーム郡庁《ぐんちょう》よりも、はるかにあの娘《むすめ》のほうがえらい、ということになる。それではこまる。わたしたちは、つねにドーム郡の人々の上に立つ立場なのだから、わたしたちより上がいてはこまるんだ。まつりがおわったら、あの娘《むすめ》には、しかるべき手をうって、いまのような立場からはおりてもらうことになる。——だからだな、オッテ君！　まつりまでは、あの娘《むすめ》のいうことは何でも聞いてやりたまえ。だが、その先もあるということを、よく考えておくんだ。いいね？」

「それは、あなたとヒショーさんの考えですか？　きたないとは思わないんですか！」

——クミルは、その場から立ちさりました。もう夕暮《ゆうぐ》れでした。かかしの小屋へと、足はひとりでにむいていました。クミルの泣《な》きっ面《つら》を見て、かかしはほほえみました。

「どこへ行きたいんだね？　迷子《まいご》のクミル」

「フキの葉っぱでつくった、お面をください」

と、クミルはいいました。

「いいとも。でも、かくしたって涙《なみだ》は見えるもんさ。——そのままでいいんじゃないかい、クミル」

クミルは、かかしにたずねました。

「ねえ、生きてくことってさ、さびしいことなの？」

かかしはわらいました。

「ああさびしいとも！　それとも、なあに！　さびしいことなんてあるものか！　どっちか決めるのは、あんただよ、クミル」

「どっちかに、決めてちょうだい」

「だって、おんなじことだもの。さびしかろうがさびしくなかろうが、人は生きている。それだけのことだよ、クミル」

「何の答えにもなってないじゃない」

「答えようのないことを聞くからさ」

「それも、そうね」

「やっと、わらったね？　うん、やっぱりわらってるクミルがいいな。――あるとき、人はわらう。あるとき人は泣《な》く。あるときクミルはさびしい」

「かかしは？」

「かかしは、それを見てる」

「いいなあ、かかしは。わたしも、かかしになりたい！」

かかしはクミルのことばに、ずいぶんやさしい目をしました。

夏が近づいてきました。まつりの準備《じゅんび》はほとんどできあがり、ドーム郡のまわりの村々でも、そのうわさでもちきりでした。

郡庁《ぐんちょう》で、最後の打ちあわせが行なわれ、クミルとオッテさんのふたりが、細かいことまでみんなに注意しました。そこへラタルさんが入ってきたので、みんな立ちあがってむかえます。

「そのまま、そのまま」

と、ラタルさんはみんなをすわらせました。

「どうやら、準備《じゅんび》もできたようですな、みなさん。ご苦労を、心から感謝《かんしゃ》しておりますぞ。――そのねぎらいをかねて、今夜、郡庁《ぐんちょう》で、盛大《せいだい》な前夜祭をやりましょう。前夜、というわけではないが、まつりの前の夜ではつぎの日にさしつかえますからな。それで、オッテ君、夏まつりの日どりは？」

「三日後です。――夏の、はじめの日です」

ラタルさんは、うなずきました。

「では、オッテ君、いまからわたしがいうことを、ドーム郡じゅうに、布告《ふこく》してください。みなさんも、よく聞いてください」

部屋の空気が、ぴんとはりつめました。オッテさんが、紙とペンを持ちました。いよいよ、夏のまつりが、ラタル長官から発表されるのです。

「この場にいあわせたことを、わたしはずっとほこりに思うでしょう、クミルさん」

と、クミルのとなりにいたヨー先生がささやきました。

ラタルさんは、高らかに宣言《せんげん》しました。


「シェーラとタウラの息子《むすこ》たち、娘《むすめ》たちの名において、ドーム郡は、つぎのことを、ほこりをもって発表する。

われらの心に息吹《いぶ》く、すべてのよきことをひとつに集め、われらのひそかにつたえきし調べを、いまこそ高らかにうたわん！

子どもたちよ、かけてつどえ！

娘《むすめ》たちよ、はなやいだ笑顔《えがお》もて着かざれ！

若者《わかもの》よ、ぞんぶんにさけべ！

そして人々よ、日々の悩《なや》みをわすれよ！

この日、鳥はうたい、木々はざわめき、邪悪《じゃあく》な草は、すべてがかれるのだ！

よろこびをもって生きるものたちの、かろやかな心の輪舞《りんぶ》の前で。

ドーム郡の夏まつりは、三日後の朝、太陽が山々の峰《みね》よりのぼったときにはじめられる。

ドーム郡長官　ラタル　」


みな、ほうっと息をつきました。

「いよいよはじまるんだな！」

と、ジャムジェムがいいます。みんな、すこし興奮《こうふん》しています。クミルのところへ集まってきて、

「ありがとうよ、クミル先生。ずいぶん、おもしろい準備《じゅんび》だったよ」

「たのしい仕事だったよ」

と、口々にいいます。

「おわったわけじゃないわよ」

「そうだな。だけど、いい気持だ。きっとうまくやれるさ！」

と、ジャム。

「前夜祭か！　郡庁《ぐんちょう》も、いきなことをしてくれる」

と、ヨー先生。

「みんな、着かざってくるんだろうな」

クミルは、どきん、としました。前夜祭！　それに、夏まつり！　たいへん！　着ていく服がない！　いつも、着のみ着のままのクミルです。正装《せいそう》の服なんて持っていないのです。つぎあてだらけのものばかりで！　だれも、クミルがそんなことを考えてるとは知りません。でも、クミルだって女の子なのです。

クミルはかかしの小屋へ行きました。かかしは、にやにやしています。

「そりゃ、そうさ。あんたにそんな悩《なや》みがあるなんて、だれだって思わないだろうさ」

「やだなあ。みんな、この日のために、必死《ひっし》でそのことばかり考えてるっていうのに。とりわけ女の子たち

はね！　いいわよ、せいぜいわらいものになるわ。どうせわたしのこと、やっかんでる人たちだもの、いい気持にさせてあげる！　だけど！」

「だけど、くやしい！　ってわけだね、クミル」

「そりゃそうよ。わたしだって、夏まつりにただ行くだけだったら、せっせと服でもつくってるもの。あー
あ、子どもたちの衣裳《いしょう》をつくったときに、ついでにつくればよかったな」

「もう、まにあわないのかい？」

「だめよ。すぐに前夜祭だもの。そうだ！　かかし、あんた、そのボロボロのかっこうで、わたしのそばに立ってて！　そうすれば、すこしはひきたつかも！」

　ふたりは大わらいしました。つまらないことで、くよくよするものです。

「そうそう、何かとどいてたよ、セマーヤとタキマーヤから」

「ほんと！　見せて！」

「包《つつ》みもあるんだがね、まずこっち」

といいながら、かかしは一通の手紙をくれました。

　それには、こう書いてありました。

「クミルさん。

　夏まつりの成功《せいこう》を心からいのっているわ。そして、また会える日がくることも、ね。いっしょに送ったのは、わたしたちふたりでつくった、クミルさんの服です。きっとにあうと思うから、ぜひ着てください。か

かしにあかんべ！　をしといてね。
たのしい夏まつりでありますよう。
セマーヤ
タキマーヤ　」

クミルは、あかんべはしませんでした。うれしかったのです。ふたりがくれた服は、白い生地《きじ》に、緑のししゅうが散りばめられた、すばらしいものでした。家で着がえをすませると、クミルは、もう一度かかしの小屋へ行きました。かかしは、ぽかんとしています。

「へ？　だれだい、あんた？」

「クミルじゃない！　何いってるの」

「そいつは、急には信じられない！　どうやって、こんなべっぴんさんに化けたんだ？」

こんどこそ、クミルはあかんべをしてやりました。

かかしとクミルは、つれだって前夜祭の会場の講堂《こうどう》へ行きました。ごちそうがならんでいます。

「だれだい、あの娘《むすめ》は！」

「かわいい子じゃないか！」

という声がするので、あたりを見ると、どうもクミルのことのようでした。

「クミルって、そんなにひどいかっこうしてた？」

「つまり、その、今夜のクミルはだな、特別《とくべつ》かがやいてるのさ」

と、かかしはずいぶんじょうずです。

いろんな人が、夏まつりを祝福《しゅくふく》する演説《えんぜつ》をしていました。クミルは、名前をよばれましたが、

「もう、演説《えんぜつ》しないわ！　今夜は、かわいいクミルでいたいもの」

といって、すましていました。みんな、どっとわらいました。

「それでは、かかしさん！」

と、オッテさんがいいます。かかしは、のっそり立ちあがって、古代アイザール語で、

「ア・ラ・ノージュ・グラ・ドームゴール。ビ・クハイ・トク・ストゥーラ」

といって、すわりました。みんな、それでも拍手《はくしゅ》しています。

「何ていう意味？」

「ドーム郡のりっぱなだんながた！　あんたがたのかみさんは、みんな、そろってぶきりょうですだ！

——にらまんでくれよ、クミル」

ふたりは講堂《こうどう》を出ました。星がまたたいています。あした、あさって、そして、そのつぎの日は、いよいよ夏まつりなのです。夏になろうとする夜風にふかれて、クミルはいつまでもこうして歩いていたい気持でした。

「まつりがおわったら、どうするんだい、クミル」

と、かかしがいいます。

「いわないで。その先を、考えたくないの」

かかしはうなずきます。夏のまつりがおわれば、かかしは帰る。そして、クミルには、ドーム郡での日々がある。それだけのことなのでしょう。でも、クミルには、それが夏まつりよりもたのしいことだとは思えませんでした。

クミルが旅のとちゅうで通りすぎた村々からも、ドーム郡の夏まつりを見ようとする人がやってきて、ドーム郡は急に人々でいっぱいになりました。クミルは、旅先で親切にされたことを思いだし、ドーム郡がこころよくむかえてくれればと思いましたが、そんなことはラタルさんがとっくに考えて、夏まつりを見にくる人のための特別《とくべつ》な宿《やど》も用意されていました。

郡庁《ぐんちょう》の広場には、まつりのプログラムが大きくはりだされ、人々が見ています、郡のあちこちに、まつりのかざりつけがされました。そして、この人たちをねらって、お菓子《かし》や食べ物を売る店、いすとか、かごとか、衣類などの小物を売る店や、薬草を売る店などができていました。中にはいいかげんなものもありましたが、それをひやかして歩くのもたのしいことだったのです。

クミルは、クラスの子どもたちをつれて、ドーム郡をぶらぶらしました。かかしもいっしょです。クミルたちを見かけて、知りあいの人たちが、家の中にまねいて、お茶やお菓子《かし》をごちそうしてくれました。

人ごみの中で、かかしがクミルをつつきます。

「クミル、あんたの知っている人らしいよ」

見ると、クマザサの薬っぱを売っている老人が、クミルをちらちら見ているではありませんか。

「ヒース先生！」

まわりの人たちが、クミルの声におどろいてふりかえります。ヒース先生はわらいだしました。

「ばれたか、クミル！　いや、おまえに会いに行くのも気がひけてのう。それに、商売が繁盛《はんじょう》しておるもんじゃから！」

「何をしてるんです？」

「ごらんのとおりさ。笹《ささ》の葉茶を売っておる。いや、わしは、夏まつりをちょっとのぞいて、すぐまた出かけねばならんのじゃ。ドーム郡の教え子や郡庁《ぐんちょう》のやつらに会うのはめんどうじゃからな。それで、うまく身をかくしたつもりだったが、やっぱりクミルには見つけられたのう！」

「なんてことを！　わたしに会わずに帰ろうなんて、そんなひどい！」

クミルがそういうと、ヒース先生は、しみじみとした口調でいいました。

「――クミル。よく、ここまでやった。ほんとうにそういってほめるにはまだ早いが、おまえの旅は、わしをこの上なく勇気づけてくれたよ。ドーム郡の危機《きき》を、こんな形でおまえがすくおうとするとは、わしには予想《よそう》もつかなかった。わしの旅は、まだまだとちゅうでな、ゆっくりするわけにはいかんが、クミル、おまえがいることで、わしは、心おきなく、また出かけることができるというものだ。そして、こんど帰ってくるときがあったなら、そのときは、きっとおまえの力が必要《ひつよう》になるだろう」

かかしが口をはさみました。

「先生がた。立ち話もなんだ、気のおけないものどうしで、宴会《えんかい》といこうじゃないか」

「それはいいわ！」

ヒース先生はかかしを見つめ、かかしも、ヒース先生を見つめました。にらめっこをしているみたいでしたが、ヒース先生は、やがてこういいました。

「あんたが、かかしじゃな？」

かかしはうなずきます。

「いい目を、しておる」

そして、ふたりは、手をにぎりあいました。クミルはふたりの背《せ》をおして、

「わたしの家へ、行きましょう！」

と、せかしました。

せまいクミルの家は、その夜、いっぱいになりました。気のおけないドーム郡のなかまたちが集まって、うちうちの前夜祭をしたのです。オッテさんは、

「郡庁《ぐんちょう》にはないしょに！」

といいながら、うれしそうにやってきました。ヨー先生も、お酒を持ってきました。ヨー先生が飲めるなんて知りませんでしたが。それに、タギとモール。木こりのジャムジェム。ジャムときたら、ヒース先生にむかって、

「おいぼれじいさん！　のたれ死んでたのかと思ってたのに！」

といいます。ヒース先生もまけずに、

「ろくでなしのジャムか！　ちゃんとのこぎりで木を切ってるか？　むかしはおまえ、木でのこぎりを切ってたろう！」

と、やりかえします。みんなで、思い出話に花がさいて、クミルの裁判《さいばん》のときのことなどを話したり、ヨー先生が、ヒショーさんのまねをしたりで、大わらいして、それはたのしい集まりでした。

「ああ、毎日がこんなふうならな！」

と、ジャムジェムがいいます。そして、うたったりしているうちに、あっというまに時がすぎて、みんな家《いえ》路《じ》につきました。酔《よ》っぱらったヒース先生を、オッテさんがかついで帰ります。

ドーム郡は、寝《ね》静《しず》まりました。いよいよあしたは、はじめての夏まつりなのです。

「たのしいあしたでありますよう」

と、クミルはつぶやき、ベッドにもぐりこみました。

第二十四章　ドーム郡の夏まつり

いつもとちがう朝でした。夏まつりを行う中心となる人々は、まだ夜の明けきらぬうちに、郡庁《ぐんちょう》の講堂《こうどう》に集まりました。

「さあ。だれもこないうちに、準備《じゅんび》をととのえよう！」

と、オッテさんがいい、人々は、静かに、ドーム郡の町なみをぬけ、東の壁《かべ》へとむかいました。

ジャムジェムの指揮《しき》する若者《わかもの》たちが、東の壁《かべ》を、大きな丸太《まるた》でつきくずしました。タギを中心とする少年たちや少女たちが、そのあとしまつをします。たちまち、東の壁《かべ》は大きくとりはらわれ、ドーム郡に、朝の光と風が、さっと入っていきました。すがすがしい空気でした。

フユギモソウが見えます。でも、みんな、そちらを見ようともせず、道具を運びだしました。みごとなうごきです。広場には、幕《まく》がはられ、フユギモソウをさえぎりました。たくさんの長いすがならべられ、舞台《ぶたい》がつくられました。屋台があちこちに置かれ、いろんな食べものや、飲みものが運ばれます。

準備《じゅんび》は、思ったよりも、ずっと早く進みました。まるで、みんな、何年も同じことをしているような手ぎわのよさでした。

やがて、東の峰《みね》に、朝日がのぼり、ドーム郡の人々は、みな、その方角をあおいで、しばらくのあいだ、思い思いに目をとじ、いのりました。

そして、突然《とつぜん》、まつりの開始を知らせる花火がうちあげられました。それをあいずに、郡庁《ぐんちょう》のほうから、ドーム郡じゅうにひびきわたる、すみきった音色の鐘《かね》の音が鳴りわたります。

まつりの広場の、いちばん高いやぐらの上に登っていたタギがさけびました。

「きたよ！　みんな、やってきた！　ドーム郡じゅうの人たちだ！」

――子どもたちが、かけてきます。おとなも年よりも、みんな、友だちどうし、家族、いろんな人どうしが、にこにこして、わらいながら、やってきます。娘《むすめ》たちは、着かざっています、色とりどりの花のように。

人々は、東の壁《かべ》がなくなっているのにおどろいていました。けれど、みんながためらったのはほんのすこしのあいだでした。歓声《かんせい》とともに走ってきた子どもたちを先頭に、あとからあとから、まつりの広場に入ってきたのです。

すぐに、にぎやかな音楽がはじまり、屋台をうけもった人たちのさけび声が聞こえました。人々は、いちばんいい場所をとろうと、あちこちに散らばり、目印になるものを置くと、知りあいの人をさがして、広場じゅうを歩きまわりました。そこここにひさしぶりのあいさつや、話し声が起きました。ドーム郡の人々が、みんないるのです。会いたい人は、この広場の中にいるのです。娘《むすめ》たちは、なかのいい若者《わかもの》をさがします。

ところどころで人だかりがします。輪の中には、おどりの練習をする娘《むすめ》や、子どもたちがいます。ころんだり、泣《な》いたりしている子もいます。すぐに、だれかが中央《ちゅうおう》のテントにつれていきます。医者もいるのです。そして、もちろん、けんかも起きます。腕《うで》っぷしの強い、ジャムジェムが出かけていって仲裁《ちゅうさい》します。

「あれも、力仕事ですね」

オッテさんがいうので、クミルはふきだしました。

こうして、午前の部の、さまざまな出しものがはじまりました。まつりの広場は、いくつかの会場に分かれ、それぞれ、力じまんの腕《うで》くらべ大会、うたとおどりののどじまんや、子どものためのいろんなコーナーがひらかれます。バザーもあって、品物を交換《こうかん》する人たちがいます。

「みんな、たのしくやれているようです」

オッテさんが報告《ほうこく》し、ラタルさんがうなずいています。

「屋台の、とうもろこしやら焼菓子《がし》なんかはどうかね？　子どもたちが、みんな手にいっぱい持っているようだが、もうなくなってるんじゃないのかな？」

ラガさんが心配そうにいいました。オッテさんが胸《むね》をはっていいます。

「ご心配なく！　このまつりを三日続けられるほど用意してあります」

食べものは、みんな、ただで、いくらでも食べられるのです。

やがて、お昼になりました。人々は、あちこちでお弁当《べんとう》をひろげます。

「空を見てみろ！」

その声にふりあおぐと、青空に、何百羽《ぱ》、何千羽《ば》という小鳥たちが群《む》れながら、さえずりながら飛んできたのです。

「『百の森・千の森』の小鳥たち！」

と、クミルはつぶやきました。小鳥たちは、たのしい空のおどりを舞《ま》いました。人々は、食べるのもわすれ、歓声《かんせい》をあげて、小鳥の舞《ま》いを見ています。そして、小鳥たちは拍手《はくしゅ》に送られて、どこへともなく飛びさっていきました。

「ありがとう、セマーヤ、タキマーヤ！」

と、クミルは心の中でいいました。

「こんどは、わたしの番」

クミルは立ちあがり、舞台《ぶたい》にむかって歩きだしました。

「クミル先生！」

と、子どもたちが集まってきます。クミルは、大声でさけびました。

「午後の部です！　ラノフ公立学校全員の、うたとおどりのお芝居《しばい》がはじまりまあす！」

そうです。この日のために練習した劇《げき》「はるかなる森」がはじまるのです。ドーム郡のなりたちからとった、夏まつりのよびものです。クミルは、ひとつ深呼吸《しんこきゅう》して、横笛《よこぶえ》や、石笛《いしぶえ》、タンバリン、それにたて琴《ごと》などの楽器を持った子どもたちや、合唱《がっしょう》のためにならんでいる子どもたちの前に立ち、舞台《ぶたい》の準備《じゅんび》ができるのを待ちました。あいずがあったので、クミルはヨー先生にうなずきました。ヨー先生の前口上。

「シェーラとタウラの息子《むすこ》たち、娘《むすめ》たちのみなさん！　わたしたちは、なぜ、このドーム郡にやってきたのでしょう？　そして、シェーラとタウラ、わたしたちの祖先《そせん》は、どんな思いで、この夏まつりを見ているでしょう？　ドーム郡のみなさん！　いまこそ、思いだしてください！　わたしたちにうけつがれた、シェーラとタウラの血を。そして、とりもどそうではありませんか、さすらい人の夢《ゆめ》と、さすらい人の魂《たましい》を！　ごらんください。ラノフの子どもたちによる、シェーラとタウラの物語、『はるかなる森』を！」

クミルは、さっと手をふり、音楽をはじめました。幕《まく》があきます──。

舞台《ぶたい》は、古代アイザール、アシバール*のみやこ。シェーラとタウラを中心にした、さすらい人たちが、みやこの人々の前で、うたい、おどっています。かかしが語って聞かせてくれた伝説《でんせつ》のとおり、フラバ王がシェーラを見そめ、王宮につれていき、シェーラにいうのです。

「さあ、うたい、おどれ。おまえには、このアイザールの女どもがすべてうらやむほどの富《とみ》をくれてやろう。ほしいものは何でもやろう。もう、さすらってうたい、人々へのものごいによってくらさなくてもよいのだ」

けれど、シェーラは、フラバ王と、その下臣たちの前で胸《むね》をそらせ、りんとしてさけびました。

「あなたたちに聞かせるようないやしいうたも、まずしいおどりも、あいにくわたしは知りません！」

フラバとその下臣は、このシェーラのことばにおどろきます。

*訳注──古代アイザール王国は、アシバール、タカバール、ワラトゥームの三つの地方に分かれていたと原注にある。

「この、アイザールの王にむかって、いやしいだと？　まずしいだと？　どういうことだ？」

「よくお聞きなさい！」

シェーラは、りんとしていいました。

「アイザールの王というあなた、剣《つるぎ》によって人の上に立ち、人々の働きのあがりをかすめとってくらしている、あなたたちほどいやしい人はいないのよ！　あなたが王であるしるしは何？　そんなもの、どこにだってありはしない。心までまずしい女なら、あなたのごきげんをうかがい、あなたの分けまえをもらったら、それはうれしいと思うでしょうよ、そういう女のことを、いやしい女とよぶの！　ウラ・リーク・ヌバ・アイザール！　わたしたちこそ王！　どんな力にも屈《くっ》せず、自分のからだによって日々の糧《かて》をえている人は、みんな王なの！　わたしこそ、そんな王たちのしもべ！　けっして、あなたのような、富《とみ》や、ものや、そして、いまわしい剣《つるぎ》によってかざらなければ自分をえらく見せられないような、心のいやしい男のためにうたい、おどるわけじゃない！」

フラバは、かんかんにおこります。そして、シェーラが三日たってもフラバのためにおどらぬのなら、シェーラののどを切りさき、片腕《かたうで》と片足《かたあし》をもいで、二度とおどれぬようにする、なかまのさすらい人たちもみな殺《ごろ》しだ、とさけんだのです。悲しみにうちひしがれて、シェーラはつぶやき、うたいます。

「シェーラが、命をおしいと思わぬわけがない。なぜって、わたしの命は、だれよりも、生きていることのよろこびを知っているのだもの。ああ、わたしの生まれた森！　わたしのかけてきた野原、いっしょにうたった小鳥たち！」

帰りたい　帰りたい
ふるさとの　家へ
帰りたい　緑にもえる
森の家　もいちど

飛んでゆく　飛んでゆく
鳥の　ように
飛んでゆく　雲をこえ
あなたの　もとへ

聞こえて　くるでしょう
よんでる　声が
悲しみに　泣《な》きくれて
あなたを　よぶの

さすらいの人々の群《む》れの中で、突然《とつぜん》タウラが立ちあがってさけびます。

「泣《な》いてる！　シェーラが泣《な》いて、ぼくをよんでいる！」

そして、タウラは王宮へ行き、さすらい人たちは、夜の闇《やみ》にまぎれて逃《に》げていきました。王宮で、シェーラが舞《ま》います。そして、タウラは、

「ウラ・リーク・ヌバ・アイザール！」

とさけんで、フラバを殺《ころ》すのです。シェーラとタウラの死。暗転。

——ドーム郡の人々は、かたずをのんで見守っていました。だれもが、一度は聞いたことのある伝説《でんせつ》です。それが、まるでほんとうにいま、行なわれているかのように舞台《ぶたい》の上で演《えん》じられているのでした。そして、さすらい人たちの苦難《くなん》の旅は、ここからふたたびはじまるのです。

アイザール王、フラバのあとをついだのは、フラバよりも、もっともっと残忍《ざんにん》で、冷酷《れいこく》な、スザル*という王でした。スザルは、アイザールの国々に王の兵《へい》を出し、さすらい人をつけねらい、みな殺《ごろ》しにしようとしたのです。追手の目をくらませながら逃《に》げのびる旅は、苦しみの連続でした。さすらい人たちのあるものは殺《ころ》され、あるものは裏切《うらぎ》り、あるものは、うたとおどりをすてて、群《む》れから消えていきました。けれど、残った人々は、シェーラとタウラのことを思いながら、旅を続けていきました。

おれたちの　暗い夜明けがやってくる
だれも気づかぬうちに　起きだそう
夜明けとともに　この街《まち》も

死んだみたいに　だまるのだから
ことば　ことば　ことばの
闇《やみ》の中
さがしつづけて、歩くのさ
おれたちの　痛《いた》みによくにあう
さびしい荒野《こうや》

こうして、人々は、いまのドーム郡まで逃《に》げのびてきたのです。ほんの、ひとにぎりのさすらい人たちでした。


「ここまでは、スザルの追手もこないだろう」

「もう、さすらいの旅はいや！」

「ここを、わたしたちの土地にしよう！」

「そうだ、ここに住もう！」

人々は、家をつくり、畑をつくり、村をつくりました。村はやがて大きくなり、子どもたちが生まれます。

「この土地を、何と名づけたらよいだろう？」

＊訳注——原注によれば「スザル」は、アイザールの建国神話に出てくる有名な名であるが、それとは別人であるという。

「シェラス・タウラス！　シェーラとタウラの子どもたち、と名づけよう！」

「それはいけない。その名を出せば、いつまた、アイザールの兵《へい》がやってくるかもわからない」

「みんな、聞いてくれ！」

ひとりの男が立ちあがります。

「わたしたちは、シェーラとタウラとともに生きてきた。ふたりの心とともに。わたしたちのさすらいの旅がおわっても、わたしたちのさすらいの心まで失ってはいけない。この地上に、ふたりの心がいつまでも生きつづけられるような、そんな世界を築《きず》くのだ。この土地を、ドーム郡、と名づけよう！」

「ドーム郡！　ドームとは、天のこと、宇宙《うちゅう》のことだな？」

「そう。シェーラとタウラが、いつもわたしたちを見つめている、あの空のことだ。そして、ドーム郡に生まれ育ったものたちのすべてに、シェーラとタウラの心をうけついでいこう。わたしたちのうたとおどり、そして、わたしたちの、さすらいの魂《たましい》を！」

やがて、ドーム郡は発展《はってん》し、大きくなります。フィナーレは、全員が、いまのドーム郡の姿《すがた》で、いつものラノフの子どもたちのままでうたいました。

きのうはきのう
きょうはきょう
どんなときでも　待っている

あしたという日が、待っている
ふりむかないで
悲しまないで
やがて、春が　やってくるから

こうして、「はるかなる森」の劇《げき》がおわりました。長い劇《げき》でしたが、ドーム郡の人々は、みな、身じろぎもせず、じっと見いっていました。そして、フィナーレになると、みんないっせいに立ちあがり、うたったのです。ひとつのうたがおわると、つぎからつぎへとだれかが別なうたをうたいはじめました。そして、みんなが、声をそろえて、涙《なみだ》を流してうたうのです。

「シェーラ・カリーン！」

と、だれかがさけびました。みな、拍手《はくしゅ》しました。舞台《ぶたい》に近い人たちは、舞台《ぶたい》の上にあがりました。そして、みんなが肩《かた》を組み、腕《うで》を組んで、心をひとつにしてうたったのです。

シェーラ・カリーン、
キリ・タウラ、
トゥルーク・フラルーザ。
チャフル・ティザ、

シェーラ・カリーン、
キリ・タウラ。

シェラス・タウラス、
ツワール・ハルム、
エルムル・リリク！
ウラチャヌモトゥール、
シェーラ・カリーン、
キリ・タウラ。

そのうたがおわったときでした。突然《とつぜん》、声がしました。やぐらの上に登っていたタギの声です！

「みんな！　フユギモソウがかれてゆく！　やったよ、クミル先生！　フユギモソウが、しぼんじまった！」

「ほんとか、タギ！」

と、オッテさん。

「ほんとうさ！　幕《まく》をはずして、その目で見てごらん！」

人々は、フユギモソウとまつりの広場をへだてている幕《まく》のところへあらそってかけていき、幕《まく》をひきちぎるようにしてはずしました。

たちまち、フユギモソウの谷間が、ドーム郡の人々の目の前にあらわれました。

タギのいったとおりでした。

フユギモソウは、不気味な黄色い花をすっかり落とし、葉はかれ、茎《くき》はしおれて、ただの茶色のかれ枝《えだ》のようになって、いまにもたおれそうに、ただ地面の上につきささっているだけでした。

人々は、よろこびで、大歓声《かんせい》をあげました。

「やったぞ!」

「勝った!」

「おれたちはフユギモソウに勝った!」

「ドーム郡ばんざい!」

「シェーラとタウラの息子《むすこ》たち、娘《むすめ》たちに幸あれ!」

「夏まつりばんざい!」

「ドーム郡は、とわにさかえる!」


いつのまにか、もう夕暮《ゆうぐ》れでした。

広場の中央《ちゅうおう》に、たきぎが山のように積まれました。

オッテさんが、クミルにたいまつをわたし、火をつけます。

「クミルさん、あなたの仕事です」
クミルはうなずきました。子どもたちがうたいだします。

風がとおりすぎる
やさしくささやいて
夕陽《ゆうひ》に　きみの　顔がうつってる
出会ったときに　わかってたのさ
きみがたいせつな　友だちだってこと
こんにちは　さようなら
教えておくれ
こんにちは　さようなら
きみは　いくつになった

声が聞こえてくる
夕陽《ゆうひ》のむこうから
いつのまにかきみと
肩《かた》よせてうたってた

さよならしても　わすれないさ
きみがたいせつな　友だちだってこと
こんにちは　さようなら
教えておくれ
こんにちは　さようなら
きみは　いくつになった

クミルは、静かに、広場の中央《ちゅうおう》に進みました。そして、たいまつを高くかかげていいました。

「わたしたちを見守ってくれたシェーラとタウラ、ありがとう！　ドーム郡は、どんなことにも負けない勇気をもつことができました。どんなことにもたえられる、心のつながりを持つことができました。この夏まつりのひとときを、いつまでもわすれることはありません。そしてわたしたちは、また会うでしょう。ドーム郡のみなさん、たのしい日々でありますよう！」

拍手《はくしゅ》とともに、クミルはまきに火をつけました。すぐに大きなほのおがもえあがり、音楽がはじまります。広場にいた人たちはみな、手に手をとっておどりはじめました。にぎやかにわらいあい、つぎつぎに相手をかえて。

「クミルさん！　わたしたちもおどりましょう！」

と、オッテさんがいいます。クミルは、

「やっほう、オッテさん！」

とさけびました。うれしかったのです。クミルは、オッテさんに手をひかれ、おどりのうずの中に入っていきました。みんなが拍手《はくしゅ》してくれます。オッテさんの相手がすむと、つぎつぎとダンスの申しこみがきました。クミルは、自分自身で、いま、心から、この夏まつりをたのしんでいるのです。人のためにではなく、自分のたのしみとして。

――ふと見ると、おどりの輪の外に、ひとりの少女が、ぽつん、と立っています。モールでした。クミルは、モールのほうへ行こうとしました。でも、その必要《ひつよう》はありませんでした。モールに、ほんとにおにあいの少年が、彼女《かのじょ》に近づき、ダンスの申しこみをしたのです。タギでした。ふたりは、あのラノフ川の橋以来、はじめて、おたがいの心をかよわせ、しあわせそうに、そしてじょうずに、おどりながら、ドーム郡の人々の中へ入っていきました。

――だれかと、まだおどってない！　と、ふと気がついたのは、そんなときでした。その人とおどれたら、どんなにかたのしいでしょう。その人と話しながら、その人の胸《むね》に顔をうずめて、よろこびをかみしめておどれたら！

そう思うと、いてもたってもいられなくなりました。でも、かかしは、どこをさがしてもいません。クミルは、ちょっと気になりましたが、でも、きっとどこかで見てる、と、そうかってに思いこんで、おどりの広場のまん中で、ひとりでおどりました。すると、いつのまにか、みんながクミルをとりかこみます。音楽

が、クミルのおどりだけのためにはじまりました。

「シェーラの娘《むすめ》のおどりだ！」

「そうだ、あれこそシェーラだ！」

ドーム郡じゅうの人々が、クミルにおしみない拍手《はくしゅ》をしました。

――そして、やがて、音楽は、ゆっくりとやみました。

まつりの、おわりです。


「みなさん、いや、シェーラとタウラの息子《むすこ》たち、娘《むすめ》たち！」

ラタル長官の声です。

「来年も、さ来年も、そして、これからずっと、ドーム郡が続くかぎり、この夏まつりを、すべてのものがいちばんもえあがる、夏のはじめの日に行なうことにしましょう！　これで、はじめての夏まつりをおわります。それでは、来年まで、たのしい日々でありますよう！」

「たのしい日々でありますよう！」

人々が、いっせいにさけびました。そして、みんな、広場のまきを手にとり、たいまつをかかげながら、東の壁《かべ》をふみこえてドーム郡に帰りはじめました。

きのうは　きのう

きょうは　きょう
どんなときでも　待っている
あしたという日が　待っている
ふりむかないで
悲しまないで
やがて　春が　やってくるから

子どもたちが、うたいながら、手をふりながら帰っていきます。なごりおしそうに。夏まつりを中心になって行なった人たちも、それぞれ手をにぎりあい、うなずきあって、ひとりひとり、去っていきました。

こうして、ドーム郡の、はじめての夏まつりは、おわったのでした。

けれど、クミルは、ただひとり、まつりの広場に残っていました。

だれにいわれたわけではありません。そうしなければいけないような気がしたのです。心は早く家に帰ってねむりたいと思っていました。けれど、クミルの足は、うごきませんでした。

やがて、夜の闇《やみ》の中から、ひとりの男が、たしかな足どりで、クミルのほうにむかって歩いてきました。

いつもは、その人のくるのを待ちこがれ、その人がそばにいることが、大きな心のささえでした。

けれども、クミルは、いま、その人がやってくることが、とても不安でなりませんでした。クミルは、ふるえていました。

第二十五章　いちばん長い旅

かかしは、クミルの前に立ち、きびしい顔でいいました。

「クミル、おいらをよんだね？」

クミルは、首をふろうとしましたが、できませんでした。

「道案内が、いるんだね、クミル」

かかしは念《ねん》をおすようにいいました。クミルは、やっとの思いでいいました。

「ええ、——ええ、かかし。そうなの。でも、たずねることが、こわいの」

「こわくても、あんたは聞かなきゃならない」

かかしは、きっぱりいいました。

「わかったわ。たずねるわ、かかし！　教えて！　フユギモソウは、夏まつりによって、かれたわ。これで、すべてがおわったの？　これで、ほんとうに、おわったって、よろこんでいいの？」

かかしはいいました。

「クミル。——これが、おいらの、最後の道案内だ。よくお聞き」

「フユギモソウはかれた。クミル、あんたと、ドーム郡の人たちは、勝ったのだ、すばらしい夏まつりをつくりだすことによって。だが、そのことは、残念《ざんねん》ながら、フユギモソウがほろんだことにはならない。そうなんだ、クミル。フユギモソウは、まだ死んだわけじゃないんだ！」

クミルはうなずきました。

「それで？」

かかしは、フユギモソウの谷間を指さしました。

「このフユギモソウの谷間を、まっすぐに歩いていってごらん、クミル。そこには、一本の、フユギモソウの親玉がいる。こいつだけは、黄色い花をつけて立っている。こいつが死なないことには、フユギモソウは、けっして死にたえることはない。いま、やつらはひるんでいる。ドーム郡の人々の心がひとつになったこと、つけいるすきがなくなったことにおどろいている。だが、ふたたび、やつらはやってくるだろう。まつりのあいだ、すばらしくなかのよかった人たちも、ふつうの日々にもどったとき、またいつものような心になって、まつりのことなどわすれてしまう。そんなときがやってくるのを、じっと待っているんだろう」

「その、親玉のフユギモソウを殺《ころ》すには、どうしたらいいの？　あなたはそれを知っているのね？」

かかしはうなずきました。

「たぶん、ね、クミル」

「教えて！」

かかしは、一本の剣《つるぎ》をさしだしました。

「タウラの剣《つるぎ》！」

「そうだ、クミル。これが、キリ・タウラだ。これで、タウラがフラバをやったように、フユギモソウの親玉の、息の根をとめるんだ。この剣《つるぎ》には、タウラの愛、そして、さすらい人の心がある。この剣《つるぎ》なら、フユギモソウに立ちむかうことができる。だが――。クミル、そのことは、この剣《つるぎ》を使うものが、自分の愛も、夢《ゆめ》も、希望《きぼう》もすてるということなのだ！」

それは、おそろしいことばでした。

「なぜ？　なぜなの？」

「タウラは、フラバを殺《ころ》したとき、同時にシェーラと、そして自分を殺《ころ》したのだよ、クミル。そして、そのひきかえがなかったら、フラバを殺《ころ》すことはできなかったのだ。だから、クミル、あんたがこの剣《つるぎ》を使って、フユギモソウを切ることは、あんた自身の、愛と夢《ゆめ》と、希望《きぼう》を、いっしょに殺《ころ》すことなのだ。この剣《つるぎ》につたえられていることは、そういうことだ」

クミルは、たじろぎました。一歩さがり、かかしにさけびました。

「かかし！　その剣《つるぎ》をわたしにわたさないで！　なぜ、なぜなのよ、その役をするのが、なぜ、わたしでなくてはならないの？　なぜ、ドーム郡の、ほかのだれかではいけないの？　わたしはいやよ！」

「あんたのほかに、だれがいる？　このドーム郡で、この剣《つるぎ》が使いきれるのは、あんただけなんだ、シェーラの娘《むすめ》、クミル！」

「かかし！　あなたはいったい何者なの！　わたしにそんなことをおしつけるあなたは！　どうして、あなたがやってくれないの！　あなたは、わたしの味方じゃないの？」

「おいらは、あんたの道案内なんだよ、クミル。これは、あんたの仕事だ。――どうするんだ、クミル？　あんたが、自分で決めるしかない！」

かかしは、そういいながら、クミルに剣《つるぎ》をさしだします。クミルは、それをうけとろうとはしませんでした。

「やらないのかね？　クミル」

「おそろしさで、死にそうなのよ！　たとえこれをうけとったとしても、きっと逃《に》げだしてしまうわ」

「なら、逃《に》げだすがいい。いずれにせよ、おいらの道案内は、ここまでだ」

かかしは、そういって、そっぽをむきました。クミルは泣《な》きそうになりました。

「ひどいわ、ひどいわ！　わたしだけが、わたしの、愛と夢《ゆめ》と、希望《きぼう》を、なぜすてなきゃならないの！　わたしだけが、そんな目にあって、そして、あなたは、ドーム郡の人たちは！」

「そうさ、クミル！　ドーム郡の人々は、しあわせにくらせるようになる！　それが、あんたの願いだったんじゃないのか！」

たしかに、それは、そのとおりでした。でも、そのドーム郡の人々の中には、自分が入っているのです。

クミルもいっしょに、しあわせになるために、願っていたのではありませんか。

「クミル。もしもヌバヨがいて、そんな役目につかなきゃならないとしたら、あんたはどうする？　ヌバヨが、あんたの役目をひきうけてくれると思うか？　ドーム郡の人々のかわりに、自分の愛と夢《ゆめ》と希望《きぼう》をすててくれっていうのか？　——だれかがやらなきゃならないことだ。ドーム郡の、だれかが。そして、そのだれかとは、あんたのことじゃないのか？」

クミルは、だまってうなずきました。かかしのいうとおりなのです。クミルは、タウラの剣《つるぎ》を手にとり、おおいをとりました。たちまち、あたりがぱっと明るくなります。

「タウラの剣《つるぎ》が、あんたを守ってくれるようにいのっているよ、クミル」

「かかし、わたしの道案内をありがとう。皮肉じゃないの。——でも、ここからフユギモソウまで行く道が、いちばん長いような気がするわ。そして、こんどというこんどは、——もう帰ってこられない道なのかも」

かかしは片手《かたて》を高くあげて、別れのあいさつをしました。

「シェラス・クミル！*　おれたちは、ふたたび会えるときがくる！　そのとき、おれたちは、あんたと、あんたの道案内としてでなく、たがいに名のりあえるだろう、ほこり高きシェラス・タウラスのひとりとして！」

それがどういうことなのか、クミルにはわかりませんでした。

「さよなら、かかし！」

＊訳注——「シェーラの娘、クミル」という意味の古代アイザール語。

クミルはふりかえりました。フユギモソウの谷間は、星のかがやきに照らされて、不気味に光っていました。そしてクミルは歩きはじめました。タウラの剣《つるぎ》は、クミルの行く手を明るく照らしました。クミルは片《かた》手《て》を髪《かみ》にあて、シェーラの冠《かんむり》が頭にあることをたしかめました。

——そうだ。わたしはひとりじゃない。シェーラとタウラ、そして、ドーム郡の人たちが、わたしを守っていてくれる。

フユギモソウの谷間に分けいったとたん、クミルの心に、ざわめきとも、つぶやきともわからない声が聞こえてきました。クミルは足をとめ、耳をすまして、その声がどこから聞こえるのかを知ろうとしました。ところが、声は、外からではなく、内側《うちがわ》から、クミルの心にひびいてくるのです!

「フユギモソウの声!」

いやなわらい声がしました。クミルは思わず耳をふさぎました。でも、その声は消えません。

「クミル、クミル!」

と、声はよんでいます。クミルは、その声に気をとられまいとして歩きました。こわさと、不安で、クミルの胸《むね》は高鳴ります。フユギモソウは、死んではいないのです! そして、クミルに何をしようというのでしようか?

「ようこそ、クミル。われわれは、おまえと話がしたかった。さあ、ゆっくり話しあおうじゃないか。どこへ行くんだい? クミル。もう、夏まつりはおわった。おや、変なものを持っているね、クミル。それは剣《つるぎ》じゃないか。およしよ、おまえに剣《つるぎ》はにあわない！」

声は、そうささやきかけてきました。フユギモソウです。人の心に話しかけているのです！

「あなたたちと話す気はないわ！」

と、クミルは答えていました。

「邪悪《じゃあく》な草！　山や野原の草や木のように、なぜ、人間となかよく、人の心をたのしませるために生まれてこなかったの？　そうすれば、みんながしあわせでいられるのに！」

フユギモソウは、いっせいにわらいました。

「おや、クミル。わしらはみんな、人間たちが大すきだよ。そして、人間も、わしらが大すきなはずさ。誤《ご》解《かい》しないでおくれ！　わしらは、人間に、よろこびをもたらしているんだよ！　ほんとうのよろこびをね！」

「なんてことを！　人の心の弱みや、悪い気持につけいることが、なぜ、よろこびであるものですか！」

また、わらい声——いやなわらい声です。

「わしらは、おまえに、ほんとうのことを教えてあげたいんだよ！　おまえはいい子だ。だから、みんなにだまされるのさ。ドーム郡の連中やら、あの、かかしって男やらにね。かわいそうなクミル！　およしよ、もうお帰り！」

「わたし、だまされてなんかいない！」

「そうかい、そうかい、かわいそうに！　それじゃあ、教えてあげようか。いいかい、これは、ほんとうのことなんだよ！　クミル、おまえは、おまえの大すきなドーム郡の連中に、何と思われているか知っているかね？　みんなが、おまえのことを、すばらしい、りっぱな娘《むすめ》だと考えているとでも？　とんでもない話だよ、それは！　みんな、おまえのことを、かげでこうよんでいるんだよ、犯罪人《はんざいにん》クミル、かわいい女の子を、ラノフ川につき落とした、ひどいやつ！　そして、大うそつきの高慢《こうまん》な娘《むすめ》だってね！」

クミルは、にっこりわらいました。

「そう思いたい人は、思っていればいいのよ。わたしは、わたし。わたしを知っている人なら、わたしのことがわかるはず。その、ありのままのわたしを見てもらえばいいの。人の心は、くもることだってあります。つらいときには、ほかの人を悪くいって、うさ晴らしになることだって、あるでしょう。いちいち、そんなことまで気にしているわけにはいかないわ」

「そう思うところが、おまえのきらわれるところなのさ。だれもおまえを相手にしてくれなくなるだろうよ。ドーム郡のおえらがたが、どう考えているか、知っているかい？　教えてやろうか」

「おだまりなさい！　聞きたくもないわ！」

「あんたを、こんどはどうやってこのドーム郡から追いだそうかと相談しているんだぜ。クミル。あんたは、えらくなりすぎたな。ほどほどにしておけばよかったんだ。そうだろう？　これだけドーム郡のためにいっしょうけんめいに働いて、あげくのはてに、また追いだされるんじゃな！」

「そんなこと、ないわ！」

クミルはいいましたが、声に力がなくなっていました。

「それに、かかしという男。あれは、とんだ食わせものだったよな、クミル。さんざんえらそうなことをいったあげくに、自分はさっさと逃《に》げだすんだものなあ。あれは、ひどい男だったよ！」

「かかしの悪口をいわないで！」

フユギモソウは、どっと、あざけるようにわらいました。クミルはまた耳をふさぎました。でもだめです。声は、あとからあとから聞こえてくるのです。

「おまけに、そのひどいかかしを、クミル、あんたは大すきなんだって？　かわいそうな話じゃないか！あんまりだよな、クミル」

「あの人は、あの人！　わたしはわたし。それだけのことよ」

「そうかなあ。それにしちゃあ、クミル。あのかかしは、あんたのことをどう考えているんだろうねえ？あれは、あんたがすきだったのかねえ？」

「知らないわ！」

「もしそうなら、こんなふうに、あんたをひとりで歩かせはしないよなあ。かわいそうだよ、まったくクミルは」

クミルは、うなずいていました。クミルは、ほんとにかわいそう！　フユギモソウは、何もまちがったことをいってない。それどころか、ひとりぼっちのわたしの心を、よくわかってくれる。よく、わかって――。

クミルは思いだしました。旅のとちゅうで、荒野《こうや》をさすらっていたときのことを。あのときも、こんなふうでした。クミルは、さけびました。

「わかったわ、フユギモソウ！　わたしに、同情《どうじょう》してくれて、ありがとう、といいたいところだけど、わたしには、あなたたちの正体が、わかったの！」

　フユギモソウの声が、ぴたりとやみました。

「そうなのね？　あなたたちが、わたしにささやいていたことは、実は、わたしの心なのね？　わたしの心を、フユギモソウがかわりにしゃべっていてくれた！　あなたたちは、わたしの心の鏡なんだ！　それも、わたしの、もうひとつの心、弱い弱いわたし、あまえたがりのわたし、いつもだれかのせいにしたいわたしばかりをうつしだす鏡なのね？」

　ふたたび、声がもどってきました。

「だとしたら、どうだ？　どっちのおまえを選ぶのだ？　――かわいそうなクミル、おまえには、ひどい道案内がついていたんだよ。おまえは、そのために、いつも、つらいほう、苦しいほうばかり選ばされてきたのだ。それでよかったのか？　あげくのはてに、おまえは裏切《うらぎ》られ、すてられるのだ。そんなものなのだ」

「もう、いいわ！」

と、クミルはいいました。

「あなたがわたしの心の鏡なら、もうわたしの気持はわかっているはずよ。人がみな、楽なほうを選ぶなら、そして、すべての悪いことを他人のせいにできるなら、その先は見えているわ！　ええ、わたしは選んだの！　ドーム郡の人々、やさしい人たち、いい人たち！　うたとおどりのすきな、さすらう魂《たましい》を持ちつづけた人たち！　わたしは、自分のやりたいように生きます。ドーム郡の人々を守るためではなく、わたしが、わたしの弱い心にうち勝つために！」

クミルは、一歩、一歩、歩いていきました。フユギモソウは、あらたな力をもって、クミルにおそいかかってきます。それは、もう、クミルの心の弱さが語りかけてくるものではありませんでした。すべての人の、邪悪《じゃあく》な気持をすいとって発せられることばであり、人間に対する呪《のろ》いに満《み》ちていました。クミルは、もう、何も聞こうとはしませんでした。それが、ただのおどかしであると思ったからです。ですが、ただひとつ、クミルの足をとめさせたことばがありました。

「おまえは死ぬんだぞ、クミル！　おまえは、愛も、夢《ゆめ》も希望《きぼう》も失う。そして、死ぬんだ、クミル！」

それはほんとうかもしれない、とクミルは思いました。この、おそろしいものをほろぼすためには、愛や、夢《ゆめ》や希望《きぼう》だけでなく、もしかしたら命も失うかもしれない。そして、それですめばよい、とクミルは思いました。それで、フユギモソウが死ぬのなら。でも、それでも、フユギモソウが死ななかったら――。

クミルは、自分の心と、フユギモソウとたたかいながら歩きました。長い道のりでした。コノフの森へ行こうとした道も長かった。でも、あのときは、希望《きぼう》がありました。いつかは、コノフの森に行ける、ヌバヨに会えるという。――いまは、何もありません。この道の先にたどりついて、そこにあるものは、愛も夢《ゆめ》も希望《きぼう》も失った自分、そして、もしかしたら、死！　それは、クミルにとって、いちばん長い旅でした。

やがて、クミルは、見つけました。かれたフユギモソウをしたがえて、山の中に立っている、一本の、それは大きな、フユギモソウの親玉！　ひと目見て、背筋《せすじ》が寒くなりました。太い茎《くき》には、らんらんとかがやくひとつの目があったのです！

「鏡！」

そうなのです、目のように見えたのは、茎《くき》にはめこまれた、一枚《まい》の鏡だったのです。クミルは、おそろしさにふるえながら、このフユギモソウが、ただの植物ではないと感じました。ただの草が、たまたまはびこったものじゃない。この邪悪《じゃあく》な草が、ドーム郡へとやってきたのには、何か、クミルの短い一生でははかり知ることのできないような、大きな力が、フユギモソウの背後《はいご》にあるような気がしたのです。そして、その力とは、きっと、よきものを愛する人の心とはあいいれない、おそろしい邪悪《じゃあく》な心であると、クミルはそのとき思ったのです。

フユギモソウの親玉は、らんらんと光るその目で、じっとクミルを見すえていました。クミルはいいました。

「おまえは、何者？」

これ以上、フユギモソウと語りたくはありませんでした。でも、それを知りたかった。もしも死ぬのなら、それを知ったうえで。そう思ったのです。

フユギモソウは、答えました。

「おれは、おまえ自身だ。そして、おまえよりも、はるかに大きいものだ」

「わたしより大きい？」

「ちっぽけな小娘《こむすめ》。もっと近くによってみろ。そして、このおれの目を、よく見てみろ。おまえのかたよった世の中よりも、はるかに多くのことを見せてやろう。人の心の、深い深いところも知らぬおまえに、おれが刺《さ》せるわけがなかろう」

クミルは、すいよせられるように、フユギモソウの目の中をのぞきこみました。見ようとしたわけではありません。見させられたのです。たとえクミルが目をとじたとしても、それはクミルの目にうつったでしょう。

その鏡の中には、――クミルがいました。クミルは、はだかでした。からだだけでなく、心の中も、すべてはだかでした。それは、見たくもあり、見たくもない、クミル自身でした。よごれた自分、みにくい自分の、けっしてこばむことのできない姿《すがた》でした。見ていると、心がとけていくようでした。それは、あやしい世界で、うっとりさせるものがあったのです。フユギモソウは、クミルにささやきかけます。

「クミル、おまえの心は、あまいよろこびを知らない。人の世には、石のようにかたいものだけでなく、もっともっと弱くてもろくて、だらしないがたのしいものがある。おれは、それを教えてやりたい。うたやおどりでごまかすな。ありのままのおまえでいいんだよ。もう意地をはるんじゃない。いまいるところから逃《に》げだすんだ。落ちていってごらん、この鏡の中に。ひざまずくだけでいいんだ。何もかも、おまえが背負《せお》うことはない。人のせいだ。おまえが悪いんじゃない。みんなが悪い。ほかのやつらは、みんな、そうしてる。おまえもそうしてごらん。それは楽になるものさ。いいかいクミル。この鏡の中には何がある？　みんなそろっているんだよ、愛も夢《ゆめ》も、そして希望《きぼう》もあるんだよ。それをこわすことはない。つらいことをすることはない。何だって手のとどくところにあるのさ。ただちょっと、おまえが自分のしんをはずせばいい。ぴんとはってるものをゆるめればいい。それが、おとなになることさ。世の中を知ることなんだよ。おまえがこれから先も、ドーム郡の人たちとうまくやっていきたいのなら、早くみんなといっしょになることだ。くだらないと思ってることをしてごらん。実はそれがたのしいことなのさ。実はそれが人間の姿《すがた》なのさ。約束《やくそく》をやぶってごらん。人の悪口をいってごらん。うそをついてごらん。心と反対のことばをいってごらん。なにも反省《はんせい》することはない。おまえがすべてさ。おまえがいちばんかわいいだろ？　自分がよければ、すべてよいことなのさ。そんなおまえになればいいんだ。さあ、クミル、ひざまずくんだ、このおれの目の前で。鏡の前で。愛と、夢《ゆめ》、それに希望《きぼう》をあげよう。さあ、ほらほら、クミル！」

クミルは、タウラの剣《つるぎ》を、しっかりとにぎりました。フユギモソウは、たじろいだようでした。

「やめろ、クミル！　おまえは、おまえ自身を殺《ころ》す気か！　おまえは、自分がどうなってもいいのか！　おまえの愛と夢《ゆめ》と希望《きぼう》はどうなる！」

クミルは、剣《つるぎ》をまっすぐフユギモソウにむけていいました。

「わたし自身の愛、夢《ゆめ》、そして希望《きぼう》が、おまえのそのいやらしい鏡の中にあるものなら、そんなものは、まやかし！　いえ、まやかしでないかもしれない。でも、だとしたら、わたしは、愛も夢《ゆめ》も希望《きぼう》もいらない！」

するとフユギモソウは、聞きおぼえのある、身の毛もよだつような声でいったのです。

「うそつき！　おまえは、大うそつきだ！」

——その声は、「かげの森」で、一度聞いたことがありました。あの山賊《さんぞく》と、同じことを、このフユギモソウがいったのです。あのとき、クミルは、このことばのためにひるみ、このことばのために傷《きず》つきました。けれどいま、クミルは、たじろぎませんでした。

「いやしい心、人への悪意、そんなものに正直でいるよりは、どういわれてもいい、よりよい自分の道を選ぶわ！　——そうだった。そうなんだわ、フユギモソウ！　それだけのことなのよ！」

あらためて、クミルは剣《つるぎ》をにぎりしめました。そして思いだしました。かげの森の山賊《さんぞく》を、そして、いくつかの、人の悪意、そして、クミル自身の心の中の悪意を。それらが、フユギモソウとなって、クミルの前に立ちふさがっています。けっして人を傷《きず》つけまいと、剣《つるぎ》を使うことなどありえないと思っていたクミルは、何のためらいもなく、いま、このフユギモソウを殺《ころ》そうと思いました。フユギモソウはさけびました。

「殺《ころ》してやる！　おまえを殺《ころ》してやる！」

クミルは、ほほえんでいいました。

「わたしは、わたしを殺《ころ》すのよ、フユギモソウ！」

左手で、シェーラの冠《かんむり》をはずしました。それから、夜空にむかってさけびました。

「お聞き、小鳥たち！　わたしが死んだら、このシェーラの冠《かんむり》を、夢《ゆめ》の森のおじいさんの木の根もとまで運んで！　そして、あの木にこうつたえて！　シェーラの娘《むすめ》、クミルも、あなたといっしょにねむります、って！」

クミルは、シェーラの冠《かんむり》を、空高く投げあげました。鈴《すず》の音が消えていきました。そしてクミルは、まっすぐにフユギモソウにむかい、タウラの剣《つるぎ》をかかげ、全身の力をこめて、鏡にむかってふりおろしたのです。

「ウラ・リーク・ヌバ・アイザール！」

（われらこそ、アイザールの王！）

――その瞬間《しゅんかん》、鏡はおそろしい音、まるで百人も千人もの人が金切り声で悲鳴をあげたような音とともにくだけ散り、あたりは雷《かみなり》が落ちたような、青いするどい光が走り、大地がゆれうごきました。

クミルのからだは電気をあびたようにしびれ、目の前がまっ白になり、そして、そのますうっと気が遠くなり、たおれてしまいました。

エピローグ　わたしのコノフの森

気がつくと、クミルは谷間の草の上にねていました。

空に、星がまたたいています。

クミルは、あたりを見まわしました。フユギモソウの姿《すがた》は、どこにもありません。あの親玉も、そして、谷間いちめんの、かれたフユギモソウも。

まるで、長い夢《ゆめ》を見ていたようでした。けれど、夢《ゆめ》でない証拠《しょうこ》に、割《わ》れた鏡の破片《はへん》があちこちにちらばり、星の光をうけてかがやいています。

「わたし、生きてる」

そう思って、クミルは起きあがり、ひやりとしました。

「愛と夢《ゆめ》と希望《きぼう》、なくしちゃったのかしら」

あわててクミルは、からだにさわってみて、思わずほほえみました。愛も夢《ゆめ》も希望《きぼう》も、かたちのあるものではないのに、ポケットなんかをさぐった自分がおかしかったのです。

——そうなのです。クミルは、もとのままでした。あいかわらずのクミルでした。

クミルは、もときた道を歩きはじめました。いつのまにか、早足になっていました。早く、かかしに会いたい！　早く会って、フユギモソウをやっつけたことをいわなくちゃ！

谷間は、フユギモソウがはびこっていたことなど信じられないほど、もとのままの、夏の夜の谷間です。虫の音が聞こえ、夜露《よつゆ》をだいて、夏草がねむっています。

やがて、クミルは、まつりの広場にもどってきました。広場のまん中に、だれかが立っています。クミルの胸《むね》は高鳴りました。大声で、

「かかし！」

とさけびました。

——けれども、それは、人ではありませんでした。ほんものの、鳥おどしの、一本足のかかしだったのです。

こらえていた涙《なみだ》が、かかしに会うまではと思って、がまんしていた涙《なみだ》が、どっとあふれてきました。

かかしは、クミルの帰りを待たずに、ドーム郡を去っていってしまったのです。もう、

「道案内するよ、クミル」

とはいってくれないのです。

クミルは、ぽろぽろ涙《なみだ》をこぼして、その一本足のかかしにむかっていいました。

「帰ってきたよ、かかし！　わたし、ちゃんと、あなたの道案内のとおりに、フユギモソウをやっつけたのよ！」

かかしは、首をかしげて、クミルをじっと見ていました。ほんもののかかしの声が聞こえてくるようでした。

「じゃ、なぜ泣《な》くんだい？　クミル。うん？」

クミルは、涙《なみだ》をふいて、かかしにむかって、にっこりしました。

「あんたに自慢《じまん》したかったの。えらいでしょ、クミルは？　うん、えらい、っていってもらいたかっただけなの」


そのとき、遠くのほうで、かすかなうた声がしました。声は、だんだん小さくなっていきます。

シェーラ・カリーン、
キリ・タウラ。
トゥルーク・フラルーザ、
チャフル・ティザ、
シェーラ・カリーン、

キリ・タウラ。

クミルも、そっと口ずさみました。やがて、そのうた声は、消えてしまいました。

「たのしい日々でありますよう」

と、クミルはつぶやきました。そして、ふと思いました。

もしかしたら、かかしは、ほんとうにヌバヨだったのかもしれない。そして、コノフの森というのは、あの、「百の森・千の森」のすべてをそうよぶのではないのかしら。

けれどもクミルは、すぐにその考えをうち消しました。

――いえ、そんなこと、どうでもいいの。かかしは、わたしの大切なかかし。ヌバヨなんて名前じゃない！　そして、コノフの森とは、これからわたしがつくる森。そうよ、このドーム郡のこと！

星のまたたく下に、ドーム郡が、きらきらとかがやいていました。

クミルはまっすぐに目をあげ、歩きはじめました。それは、クミルの新しい旅のはじまりでもありました。

（終り）

芝田勝茂　しばた・かつも
石川県に生まれる。「虹へのさすらいの旅」で児童文芸新人賞受賞。「ふるさとは、夏」で産経児童出版文化賞を受賞。ほかの作品に「夜の子どもたち」「きみに会いたい」「星の砦」「進化論」「サラシナ」「雨ニモマケチャウカモシレナイ」など、著書多数。

佐竹美保　さたけ・みほ
富山県に生まれる。イラストレーターとして、SF、ファンタジー、児童書の世界で活躍中。作品に、「虚空の旅人」「魔女の宅急便3」「サラシナ」「そして永遠に瞳は笑う」「リューンノールの庭」など、多数ある。

この作品は、1981年、福音館書店から出版されたものを、
改稿し、装幀、挿画も新しく描きおこしたものです。

ドーム郡シリーズ 1
ドーム郡ものがたり

2003年 6 月30日　第1刷発行
2015年 1 月10日　第6刷発行

著者――芝田勝茂
画家――佐竹美保
発行者――小峰紀雄
発行所――株式会社小峰書店
東京都新宿区市谷台町4-15
電話03-3357-3521　FAX03-3357-1027
組版/印刷――株式会社三秀舎
製本――小高製本工業株式会社

NDC913　335P　22cm　ドーム郡シリーズ

ISBN978-4-338-19301-6　乱丁・落丁本はお取りかえいたします。
http://www.komineshoten.co.jp/

ゲレンの山なみ
ドーム郡
リラの森
ヒナギクの丘
ラノフの学校
東の壁
まつりのひろば
ドーム郡庁
マイオーク山
フユギモリウの谷
マドリム郡
これからの森
だらしない森
おこってばかりの森
いいかげんな森
なまけものの森
らんぼうな森
どうでもいい森
わがままな森
出会いの森
百の森 千の森
サンショウウオの森
片耳ヤマネコの森
つゆの森
マムールの森
ひろば
ムラサキバナの野原
サルスベリの森
まつぎの森
おるすの森
ゆめの森
もぬけのからの森
からっぽの森